时光染红了流年

王杭丽 著

天津出版传媒集团
百花文艺出版社

图书在版编目（CIP）数据

时光染红了流年 / 王杭丽著 . -- 天津：百花文艺出版社，2021.11
ISBN 978-7-5306-8104-6

Ⅰ. ①时… Ⅱ. ①王… Ⅲ. ①散文集－中国－当代
Ⅳ. ① I267

中国版本图书馆 CIP 数据核字（2021）第 167338 号

时光染红了流年
SHIGUANG RAN HONG LE LIUNIAN
王杭丽　著

出 版 人：薛印胜
特约策划：凌　翔
责任编辑：李文静
出版发行：百花文艺出版社
地址：天津市和平区西康路 35 号　　邮编：300051
电话传真：+86-22-23332651（发行部）
+86-22-23332656（总编室）
+86-22-23332478（邮购部）
网址：http://www.baihuawenyi.com
印刷：廊坊市海涛印刷有限公司
开本：710 毫米 ×1000 毫米　1/16
字数：258 千字
印张：20
版次：2022 年 1 月第 1 版
印次：2022 年 1 月第 1 次印刷
定价：79.80 元

如有印装质量问题，请与廊坊市海涛印刷有限公司联系调换
地址：河北省廊坊市安次区码头镇金官屯村
电话：（0316）2516002　邮编：065003

版权所有　侵权必究

自序

为这本新书写序的时候，是戊戌年的春天，整个杭城都是春天的气息，柔蓝烟绿，疏雨桃花。

我在春天，终于写完并且修改完了这本散文集。这种感觉，就像是一段绝美的旅程，终于走到了尽头。而这段旅程的最后，我想再写点文字来回顾这一路的风光和那些曼妙的美景。

在这本散文集里，我用文字穿针引线，穿起那些令我感动的瞬间，我生命中点点滴滴的小幸运，我所欣赏的人，我所经历过的一些有趣的事，打动我的文字作品，还有一些我对艺术的理解，比如古琴、书法、昆曲，还有倪云林的画等等。

这本散文集分了五辑来写：第一辑是我自身经历过的一些趣事，遇到过的曼妙风光；第二辑是我所欣赏的艺术，还有大自然的美；第三辑是那些散落在旧日烟尘中打动我的文学作品，我从最遥远的《诗经》开始写起，一直写到现在；第四辑是我欣赏的那些拥有独特灵魂的人；第五辑写的是五个爱情小故事，故事的主角在不同的时间地点演绎着爱情，那也是我对美好爱情的理解和向往。

写这些文字大多是在下午，我总是习惯性地在茶台喝完一壶茶后，再去电脑上敲下那些点点滴滴。写散文和写小说不同，写小说是作者在和自己想象中的那些人物对话，而写散文是作者回归内心最深处，与内心对话，将那些最动人的瞬间一一化成文字，和自身共鸣。

可不管是写小说还是写散文，我想所有写作者都认同的一点就是——“总有一天，我们所有的写作者都会离去，但是我们的文字能够代替我们留下来永生”——我相信这句话的力量，就像我一直相信文字是有生命力的。所以不管时代如何变迁，文学一直都在，也一直会给人带来强大的力量，照亮人生的路。

记取流水今日，曾是明月前身。我是从什么时候开始爱上文字的呢？记不清了，文字于我，是念念不忘，必有回响，是郎艳独绝，世无其二，是飞雪寒冬看到第一朵梅开的惊艳……

那些翩飞如蝶的旧日时光，染红了我的流年，我期待与你们在文中再次重逢。

只愿来日重逢，我依然有着“竹外疏花，香冷入瑶席”的春风词笔，而你们也依旧在。

王杭丽

2018 年 3 月于杭州

目　录

第一辑　海棠花里寻往昔

第二辑　我只向美好的事物低头

第四辑　南风知我意

第五辑　明月照人来

第一辑　海棠花里寻往昔

那些跳跃在记忆深处的石斑鱼

记得小的时候，几乎每年放暑假我都会抽空回到故乡的小村，和爷爷奶奶一起过暑假。

记得那时故乡的天气总是格外的好，虽然是夏天，可却因为家就在一片竹林下，整日里绿叶青青，葱茏一片，凉爽至极，凉爽到连电扇也可开可不开。

我很喜欢独立民谣乐队“小娟 & 山谷里的居民”创作的一首歌曲——《山谷里的居民》，清新质朴，自然灵动，仿佛来自天空，又好像来自大地，空灵纯粹。每次我听到这首民谣，都会想到我的故乡。它的歌词是这样的，和旋律一样简单却动人，直抵内心：

山谷里有风，山谷里有雨，
山谷里有树，山谷里有河，
山谷里的天永远那样蓝，
山谷里的居民有许多许多代。

山谷里有风，山谷里有雨，
山谷里有树，山谷里有河，
山谷里的天永远那样蓝，
山谷里的居民住了许多许多年。
山谷里有风，山谷里有雨，
山谷里有树，山谷里有河，
山谷里的天永远那样蓝，
山谷里的居民祖祖辈辈不离开。

我的故乡是隐于杭州桐庐的一个小山村，僻静，仿佛与世隔绝。白墙青瓦的建筑，民风淳朴，家门口青石板桥下的河水仿佛永远潺潺流着，流向那不知名的远方，好像永远流不到尽头，烟波浩渺处似无尽头可探。青山掩映着那一望无际的麦田，一年四季齐齐整整。在这里生活，一切都会变得慢，从前慢，现在依旧慢。

爷爷知道我最爱吃鱼，他总会在黄昏时分，乘着自己做的竹筏小舟，一手撑着竹竿一手撒网，往湖心深处荡漾开去。第二天早晨，他早早的就会去河里把网收回来，网里有好多石斑鱼，还有一些我叫不出名字的小鱼。

午饭时刻，奶奶这个有经验的大厨会把它们做成这个世界上最美味的食物。奶奶会很多种烧法，有时候会清蒸，有时候会红烧，有时候还会炖汤，她总是不停地变换着烧法，因为她和爷爷怕我这个小孙女会吃厌。

可是他们不知道呀，我是永远都不会吃厌这样的鱼的，因为我永远都不会吃厌他们做的饭菜。这样的石斑鱼，这样的味道，是我在大城市里无论花多少钱都吃不到的极品美味。

多年后，我才明白，那些年我之所以一放暑假就回到故乡陪爷爷奶奶，最大的原因就是我迷上了那石斑鱼的味道，再也离不开。只要一放暑假，我就会想念爷爷奶奶，想念故乡宁静的小村，想念那小桥流水人家旁袅袅而起的炊烟。瓦蓝澄澈的天空下，我每日踏着黄昏的满地细碎光影，摇着一柄团扇，感受着清凉的晚风悠悠四起，行走在青石板桥上，看落日余晖，看渔舟晚归……

还有那乡间夜晚，在迷人的星空月色下，我和爷爷奶奶一起坐在藤椅上，看他们摇着蒲扇，听他们讲讲过去的事。他们会给我讲述他们那个时代的波澜壮阔，我就这样静静听着，在他们的描述中遥想那个时代。他们讲得累了，我便上场了，我会把我们这个时代的东西都说给他们听，他们都是我的忠实听众，就这样静静地聆听着，也是美妙的时光。

黄昏的光影、袅袅的炊烟、清凉的晚风，还有摇摇摆摆的蒲扇和漫天璀璨的星空……原来那些记忆早就深深刻在我的脑海中了，甚至早已深深嵌入我的生命中。

那些味道、那些记忆永远都会在，正如那些跳跃在我记忆深处的石斑鱼，真好。

是夜，梦回故乡，泛舟在青山绿水之间，在那片黛瓦青墙、烟水人家旁，日日清风明月、白云流水相伴，饮醉烟萝，陶然忘机。

山河简静，无有不好……

抓鱼记

童年夏天的记忆，我基本都留在了那个质朴简单的小村。从前读书时，每当放暑假，我都会回桐庐待一段时间，在故乡的小村过一段世外桃源般的日子。

小村的夏天有蝉鸣，有绿荫，那时小村的孩子最常见的一种过暑假的方式就是去河里抓鱼抓螃蟹，我也不例外。每次我和姐姐一起去抓鱼之前，爷爷都会为我们准备好一个水桶和两个小网兜，然后我们俩就高高兴兴地去小河边了，当然，我们还会叫上隔壁家的同伴一起去。

小河离家很近，大概只要走几十步就到了。那时小河的水十分清澈动人，完全可以用作文里常用的形容词“清澈见底”来形容。故乡的天空很蓝，明净的天空下，山峦叠翠，碧波荡漾。小河的水十分沁凉，记得我和姐姐两个人都穿着拖鞋，河水浅浅地漫上来，那一刻只觉得清凉舒爽。

我们会比赛抓鱼，我和姐姐一组，同伴两人一组，两组比赛看谁抓的鱼虾多。我们一起静静地等待小鱼、小虾、小螃蟹们的到来。比赛基本上都是我和姐姐赢，因为姐姐抓鱼的本事太厉害了！她总能敏锐地发现鱼来的踪迹，然后以迅雷不及掩耳之势飞快地将它们装入网兜中，动作干净利落。好多次我和同伴还未回过神来，她已经将网兜中的鱼儿尽数放入水桶中，开始凝神等待下一波鱼儿的到来了。

可惜我并没有姐姐那高超的抓鱼本事，大概是因为我那时还是小孩子吧，好动的天性注定会把鱼“吓跑”。很多次，等到姐姐告诉我“快！快！妹妹，快抓快抓！不然来不及了！”时，等到我兴奋地拿着网兜要去抓鱼时，那些鱼儿早就跑得没影了，了无踪迹，那清澈的河面上只留下了它悠游而去的痕迹。几次这样以后，我也泄气了，所以我就在一旁看着姐姐抓鱼，然后鼓掌叫好。

记得我们抓得最多的那一次，足足抓了三四十条小鱼、十几只小虾，还有七八个小螃蟹，我和姐姐都开心极了，我几乎是蹦蹦跳跳地提着水桶一路回家的。爷爷奶奶看到我们的成果也愣了，笑着说：“你们两个小家伙，竟然抓了这么多鱼……”

那时我们去河里抓鱼，通常都是上午，姐妹二人早早地起床洗漱，吃过奶奶做好的早饭就直奔小河而去。

故乡的早晨特别凉快，清风拂来一片绿意盎然，而沉浸在绿意中的我们备感凉爽。小河上面有一座青石板桥，青石板桥下又是绿树成荫，而我们的手与脚又都接触着沁凉的河水，所以这也成了一种别有趣味的消暑方式。

我们总觉得抓鱼的时间过得很快，等到我们抓满一桶小鱼尽兴而归时，往往一个上午的时光就过去了。也许人生中的好时光总是转瞬即逝吧，因为美好，所以也更难忘。

时光荏苒，流年如电，转眼间我与姐姐都长大了。姐姐早已出阁多年，当年那些一起去抓鱼的小伙伴也都在各自的学习与生活中辗转，那些抓鱼的童年趣事也只能在旧时光中慢慢回忆了。除了我们的记忆之外，也许只有故乡那条不变的小河才知道吧，我想，它一定懂得我们当年抓鱼的欢乐。

当年，青山横翠，流云竞走，几叶竹筏小舟随性荡漾于那条清澈的河上，碧波旁、青石板桥下，三个纯挚孩童和一个年龄稍长的姐姐在嬉戏，在一起，等鱼来……

听，雪落花开的声音

自从学古琴以来，我不断参加各种各样的雅集，最让我难忘的一场是在乙未年（2015 年）参加的“待雪”雅集。

那场雅集的请柬写得也是文艺到了极致，泛着黄色光晕的牛皮纸信封展开，一张描红的复古信纸上写着一手清丽的行楷——“乙未孟冬，红泥火炉，晚来欲雪。诚邀尊驾共赴待雪雅会。抚琴莳花，品茗赏雪，畅叙幽情。”

寥寥三句，冬日的温情与浪漫却透过信纸，拂面而来。

记得当时看到请柬的那一霎，我的脑海中马上浮现出唐代大诗人白居易的《问刘十九》：“绿蚁新醅酒，红泥小火炉。晚来天欲雪，能饮一杯无？”

千年前的文人诗，千年后仍然让我心动，原来我也有缘赴一场这样文艺到极致的雅会。这一切到底是巧合还是冥冥中早就注定的呢？我并不知晓，我只知道这场雅集在我的时光记忆中永存。

雅集的地方很好，在杭州的虎跑路上，一个艺术空间里。雅集活动内容很丰富，来宾到达以后先用毛笔签到，随机抽签决定席位落座。

记得我抽到的那支签上写着“琼花”两个大字，那下面用簪花小楷细细地写着宋代诗人卢钺的著名咏梅诗《雪梅》：“梅雪争春未肯降，骚人搁笔费评章。梅须逊雪三分白，雪却输梅一段香。”从小爱极梅花的我，在读到的那一刻便欣喜得不行。我迅速环顾四周，很快找到了“琼花”桌席，静静坐下，等待雅集正式开场。

大概过了一刻钟，主持人进场了。于是，围炉煮茶也跟着开始了，三道武夷岩茶连续登场——半天腰、水金龟和白鸡冠。也是那天我才知道，原来这世上，好喝的武夷岩茶并不只有大红袍。

喝茶的同时，我们还欣赏了从上而下依次传来的橄榄炭，这橄榄炭真是物如其名，橄榄大小，十分玲珑精致，可算是“炭中精品”了。

正当我们纷纷感叹橄榄炭的精致之时，现场有琴音泠泠响起，曲目不是别的，是最契合这场雅集主题的《白雪》，主持人介绍抚琴人的名中也有一个“雪”字，而这一刻窗外也飘起了白雪，引得我们连连惊呼，不停拍照记录。

当时是 11 月，按道理是不会下雪的，直到那场雅集最后我们才知道，原来那雪花是这场雅集的策划者，松石间意琴馆的馆主王老师用人工造雪机制成的。简直太像真的雪了，飞雪漫天的那一霎，茫茫苍苍足以乱真。和我同去的友人调皮地发了一条朋友圈——“各位小伙伴，明日请到虎跑来看雪”，配图是这以假乱真的雪景。她笑着和我说：“你看，肯定有人会上当。”果然如她所料，评论炸了，纷纷问她到底是真是假，我和友人笑得合不拢嘴。

那场雅集最让我难忘的是最后一个活动——感受日本小原流花道的魅力，并在老师的现场指导下，两人一组合作，完成一幅插花作品。

老师娓娓道出小原流花道的历史与插花风格等，然后她一边讲解一边示范，没过多久，在她的巧手下，一幅清雅的插花作品就完成了。她的创作结束了，我们的创作开始了。

我和友人分到的花材是马蹄莲和鱼尾葵，我们按照老师的示范一步步完成，先确定这幅作品的主枝长度，然后再挑出副枝和客枝，老师的手法娴熟，三下两下就插完了，可到我们手中却并不容易！幸好后来在老师的帮助下，我们人生中第一件小原流花道的插花作品终于圆满完成。

日本的小原流花道其实缘起于中国唐代的佛前供花，然而它发展到现在，已经成为代表东方插花艺术的花道，也是日本三大花道流派之一。小原流花道的一大魅力在于选材，材料大多是山林野地里的花木，那些从“诗经时代”就已经诞生的可爱迷人的花草，在创作者的心境和审美下会散发出更原始更迷人的美……东方插花的美讲究疏密有致，与西方插花追求饱满的风格迥然有异。

我从学古琴开始，逐渐进入茶、香、花的世界。我慢慢体会到，茶、香、花是一个有机结合体，三者不可分，艺术一定是相通的。茶、香、花其实和古琴一样，到最后追求的都是“天人合一”，静到极简，简到极致，万物与我齐一，天地与我同归……

我依然要感谢古琴，是古琴艺术让我触类旁通，让我思索与共鸣。我越来越相信那句话，一切都是最好的安排，遇到这样一场难忘的雅会，可不是吗？

至今仍记得那刻，看到我们亲手打磨出的作品时，我和友人不约而同地相对而笑，那一霎，仿佛听到了眼前那朵花开的声音，和着窗外雪落的声音，美妙极了，它一直在我的记忆中深藏，怎么也开不败。

我知道，这一场雪落花开的声音，这辈子都难忘。

心若有梅，又何须人在梅边

2016 年的 2 月底，正是杭城梅花盛放到极致的时节。我本计划像往年一样，去孤山赏梅或者去灵峰探梅，可因为参加了蔡老师举办的“慧心琴语”琴曲文化课堂之“且探梅花”后，我放弃了赏梅计划，因为梅花，已不知何时在心间悠悠盛放。

蔡老师的“且探梅花”课程究竟有多精彩？我想我真的很难用语言来完全表达出来。作为一个从小有着梅花情结和痴迷古琴到极致的“琴痴”来说，听了那天下午的课，我对琴与梅有了更深刻的认识，让我从此对它们也更加难舍难分了。

蔡老师为这次课程准备得十分充分，她足足筹备了好几个月。她从古琴曲《梅花三弄》的缘起导入，一层层深入，完美结合古琴与梅花的历史故事、文化与内涵，纵横古今。

那一下午，我们在她的引导下，仿佛穿越回了魏晋南北朝、大唐与南宋……还有茶道老师音泉从杭城去年第一朵蜡梅开放便采摘制成的“蜡梅茶”，香道杨杨老师亦根据梅花的神韵模拟出了一款“如梅香”，国画曹老师为此次活动创作了一幅红梅，并现场讲述创作心得以及他对梅花的见解。除此之外，我们还在现场看到了两盏难得一见的宋盏“月影梅花”。凡此种种，皆令人心醉……

梅为花之最清，琴为声之最清，这不是传说，亦非虚言。梅懂琴，琴亦知梅，它们是自古就存在的一对精神伴侣，就像踏雪寻梅，寻的是那一抹清奇，梅，因为雪的映衬，所以才更清绝。

不知道为什么，大千世界，万花竞妍，我却独爱那于冰天雪地中傲然绽放的一抹清丽。我从小就最爱梅花，莫名地喜欢它，也许是前世便与它结缘了吧。

世上的好花那么多，纷纷扰扰迷了人们的眼。牡丹国色天香，芙蓉洁净清新，菊花不畏秋凉，可是，我总觉得它们缺了些什么。牡丹太过鲜艳，芙蓉太过自矜，菊花太过孤高，唯有梅，是飞雪漫天中的绝艳风光，无论是怎样的严寒，它都傲然挺立在枝头！

记得多年前与友人去西湖孤山寻梅，我带着希冀、带着憧憬去了，带着惊喜、带着美好归来。彼时无雪，天气晴好，我们看到了整个孤山的梅花，见到了传说中的“梅妻鹤子”，终于明白为什么是孤山这个地方留住了林逋。

我也曾和友人去灵峰探梅，灵峰的梅，比之孤山更多了几分人间烟火气。

2016年，本计划去西溪湿地水上寻梅，可是参加完那天下午的“且探梅花”课程后，我决定将这个计划取消。

不需要了，不需要再去看那水上的梅花。梅花已在我心中悄然盛开，是最清绝的样子，孤寂却又绝美地凌寒而开……恰如蔡老师在活动中所说：“赏梅并不一定要去梅园中，其实把梅花移植到梅园中，本身已经失去了它原始的野趣了……”

“众芳摇落独暄妍，占尽风情向小园。疏影横斜水清浅，暗香浮动月黄昏。”千年前的林逋已经用这首咏梅绝唱，充分告诉世人梅之本色为何。

琴者当如梅。感谢蔡老师，也感谢梅花与古琴，感谢今生能有缘与之相遇并神交……

日本茶道中有“一期一会”之说，我相信我与这些生命中的美好必将再次重逢。

所有的好时光都值得铭记，所以这个落日黄昏，我用心记录下那些动人的瞬间。心里的一朵梅花悄然盛放，它宛如一个调皮的少女，朝我嫣然一笑，低低道：“心若有梅，又何须人在梅边……”

汉服，明媚了那个春天

从大二下学期开始，我就每天穿着汉服，行走在校园中，行走在我要去的每个地方。那个春天，因为汉服而无限明媚，因为汉服而染红了我的青春流年。

最让我难忘的是那一日。那是个明媚的日子，天气晴好，非常适合拍照，我带了三套汉服，三样道具——竹笛、折扇和油纸伞，和小伙伴露露一起去太子湾公园拍汉服照。

“太子湾”这个名字起自南宋，那时候这里还是西湖南隅的一片浅水湾。宋时滨水之地为庄文、景献两位太子的埋骨之所，因此得名“太子湾”。太子湾公园始建于 1988 年 7 月，1989 年基本建成。

太子湾公园总面积达一千两百亩，全园以园路、水道为间隔，划分为东、中、西三块景区。东部景区为望山坪、颐乐苑等。望山坪是一块宽广的大草坪，视野开阔，既可以眺望远处的景色，又可以在草地上嬉戏。值得一提的是，太子湾公园中有几千株日本东京樱，每年 3 月中旬盛放，远远望去灿若云霞，美不胜收。

太子湾公园内的水也是极其灵动的，曲折回环，聚散有致。临水坡岸植有很多宿根花卉和水生、湿生植物，野趣横生。园内有很多别致的小桥，跨水而立，不仅连接了两岸的园路，更是极佳的赏景点。那小木拱桥下的清波潺潺而来，久久不息。

我们去的那一日已是暮春时节，可整个杭城却依旧弥漫着春天的气息，太子湾公园更是如此，铺天盖地的绿万般曼妙，亦芬芳了那个暮春的午后。

非常庆幸，汉文化服饰之美都被我的小伙伴露露拍出来了，拍得淋漓尽致。她拍出了我想要的感觉，拍出了汉服的空灵飘逸和婉约典雅，像极了中国的山水画，足够留白，足够余韵，空灵写意……

我的三套汉服都是我和妈妈一起设计的，我们一起取了好听的名儿——桃源满春、咏梅引、粉蝶拂花。

绿影葱茏中，我执一把油纸伞，静静伫立于水一方，心事几许，都付予水面涟漪轻漾。白地红梅的油纸伞与汉服是绝配，是灵魂伴侣，两两相加，便缔造了不可超越、古典到极致的东方美……

小桥独坐，轻轻吹起那支已陪伴我十余年的竹笛，虽然我再也吹不出当年的曲调，可是在我心中那段年少飞扬的时光一直都在心底深藏。几年前呢？大概是读初中的时候吧，在太子湾春游，我用它吹起了心底的曲调，那些往日时光，在微风轻拂中一一带回眼前。流年已远，不知从何时起，我已从当年杏花天影中吹笛到天明的少女，变成了痴迷于夜阑人寂星月归去后抚琴的女子，可庆幸，情怀依旧在……

公园曲折转角处，假山石畔，落日熔金，暮色四合，我循着记忆中的舞步，随性舞了起来。一直觉得，随性而舞才是舞之本意吧，因为“天然去雕饰”。我不是一个好的舞者，可那一刻，在我身着“粉蝶拂花”——我人生中的第一套汉服翩翩起舞时，广袖飘飘、凌波欲去，我竟不知今夕何夕，分不清到底是蝴蝶在飞舞还是我在飞舞。

梦耶？幻耶？那一刻，庄周应知我……

小伙伴露露为我一一定格那些动人的瞬间，她一次次在按下快门后惊呼感叹，我走到她的身旁看到那些照片也惊呼，感动她把我和汉服的共鸣拍得这样美好、动人。

那是我第一次真正意义上穿着汉服出游，穿起的那一刻，我没有丝毫犹豫，因为这本就是汉族的传统服饰。我始终相信，终有一日，汉服会如同旭日东升一般，照得山河其红如火，照得日月亘古长存……

那是极难忘的一日，因为汉服而变得不一般。汉服，明媚了那个春天，也温暖了我的记忆与文字。

今夜月光又抱着我和你

立冬之后的一个晴朗明媚的日子，松石间意的馆主王老师早早向我发出了邀请，去她的小馆赴一场名叫“乐哉管弦客”的雅会。

我如约去了，乘兴而去，尽兴而归，心中是一如既往的美好与温暖。

王老师拿出了10年珍藏版的方砖黑茶“赤壁”，在日本铁壶里静静煮了一个下午。那味道真妙，恰恰好，好到足以唤醒沉睡的味蕾。黑茶像极了一个敦厚的男子，过尽千帆，通达包容。喝了十几泡后，人像惊了魂似的，明明是立冬，可味觉好像被燃烧灼热了一般。那味道悠悠流转唇齿间，带着时光沉淀出的醇厚与芬芳，不经意间，人已飘飘醉去。

雅会一如其名地文艺，王老师做了一个文艺的开场白，然后让我也做了一件很文艺的事——朗诵作家墨含为小馆松石间意写的一首诗，诗的温度与小馆的温度十分相宜。

那首诗也很文艺，叫作《等你在松石间意》。

一

你在红尘策马，累了，就顺道来这里小憩
都说江南是归宿，而这里
恰是江南心窝
松石，离月亮最近
而间意，离喧嚣最远
这里，律动着三千流水，十里春风
凭栏望去
你能看到水中的月影
你能看到心中的美人

二

她循着魏晋的竹径
湖山的踪迹
从蓬莱，从阳关，从星空
御秋风而下
从她的眼中
你会看到，阳关的白雪，大漠上那抹孤烟
你会看到，长河尽头的夕阳
平沙飞过鸿雁
她心中一定藏着江山
那里高山巍峨，水光潋滟

三

也一定藏着渴望，渴望在
丝弦上凌波微步
琴声里舞动江南
你无须带着酒壶，只要一颗
靠近蒹葭的心
这里备好茶汤，禅香与清风
等候
以琴韵作酒，痛饮知音的琼浆
端起玉盏
你就会暖圆三千江月

我在朗诵的时候，心底泛起无尽的暖意，读着读着，读到最后，眼中竟有隐约的泪意，如窗外月光，清凉泛起。

我看到台下那位来到现场的作家墨含静静坐着，白衣蹁跹的她，柔婉低垂的眉目中也隐隐含着泪意。落地窗外星空璀璨，而那一弯上弦月也似乎格外明亮，今夜注定是个美好的夜晚，因为这里是松石间意，是隐于闹市的桃花源。

我的诗念完，琴声琳琅而起，如空谷松涛，也像碧涧流泉，弥漫了整个小馆。

《酒狂》《良宵引》《阳关三叠》《湘妃怨》《归去来辞》《忆故人》，还有古琴二重奏《寒山僧踪》，一首首，一声声，都非常适合在这样一个美好的冬日夜晚响起。

在这个美好的夜晚，有清雅的琴音在流动，有醉人的茶香，还有所有与会者美好的情怀在一起碰撞，怎么能够轻易忘记呢？

我的小伙伴旭旭下了班就急匆匆赶到小馆，陪我听完上半场就跟我一起坐地铁回家，因为她说她不放心我一个人回去。她总是这么细心且温暖，她的这份温暖，足以抵御这个即将到来的寒冬。

时光飞逝，岁月无情，人世沧桑，可总有些温暖绝不会被时光打败，反而如陈年佳酿越来越醇厚，越来越动人，会为我们无形之间抵挡住这浮世所有的荒寒。

记得那天我和旭旭一起走出小馆，抬头看了一眼天空，月色似乎也醉了，它隐于重重云层之后，是被“乐哉管弦客”的琴声所迷吗？我想起古诗十九首中的古老诗句“明月何皎皎，照我罗床帏”，心头骤然一暖。

今夜月光又抱着我和你，真美。

禅是一枝花

在我见到雪小禅老师之前，我对她的印象一直都是如她的文字一样，总觉得她应该清绝、冷艳却又带着张扬，然而我在见到她以后，却完全颠覆了原有的认知。

她高、瘦，一米七三的高个子，身高带来的强大气场自然不必多说，她皮肤白皙，戴黑框眼镜，波波头，穿了一件白衬衫和一条黑色背带裤，背带裤是她自己设计的，中性风格。

那是 2017 年 5 月 13 日，她受邀在杭州解百大厦举办一场“禅是一枝花”的生活美学分享会，我和好友早早地如约赶去了。

这场分享会十分难忘，我穿着和妈妈一起设计的汉服“杏林春晓”，背着我的“小禅包”，去参加我大爱的一位作家的生活美学分享会。

雪小禅老师是我深深迷上的第三位作家，我从 15 岁无意中读到了她的文字，就被她文字中独特的气息迷住了，她的“雪氏文风”令我迷醉，使我倾倒。这几年，我收藏了她几乎所有的经典作品，我把它们读了又读，在一个个星月共醉的深夜，在一个个薄暮昏冥的黄昏。她书写的很多经典语句我都能倒背如流，那天我见到这位让我心仪多年的作家以后，深深觉得她没有让我失望。

现实中，雪小禅老师的魅力绝对不输她的文字，她一到现场，粉丝们便纷纷上前要与她合影。她没有任何架子，潇洒随意地往台阶上一坐，便开始亲切地与粉丝合影了。当时在台下看着这一切的我，无端从心底生出一种恍惚的错觉，我想雪老师前世一定是魏晋名士，因为，只有真名士才自风流啊。

讲座开始，她深情朗诵了白居易的《忆江南》作为文艺的开场白。然后，她风趣幽默的语言开始大放光芒，极其广博的知识面纵横古今，妙语连珠，整场讲座将美学与艺术和生活结合得淋漓尽致！

她是性情中人，她讲到她最痴迷的京剧，一时兴起便唱起了她爱的《春闺梦》。那一刻，仿佛时光倒流，她是二十世纪那梨园中最妙的一人。戏曲的魅力无穷，她是资深票友，也一直在书中、开讲座的地方向她的粉丝和读者不断普及戏曲的魅力与魔力。

好时光总是悄然流逝，讲座接近尾声时，她说可以提三个问题互动。第三个问题我举手了，问出了我心底的疑惑："作家都有瓶颈期，请问雪老师是如何度过的呢？"我清楚地记得，我的话音刚落，她就把目光投向我，一字一句地说："这是我最想听到并回答的问题。"那一刻，我深感荣幸，也许这心照不宣的默契，是冥冥之中注定的吧。

雪老师也充分解答了我的疑问。她说一个真正的作家，一定要遵从自己的内心，写自己内心真正想要写的东西，而不是一味跟风写那些"时髦"的所谓的"爆款文"。

雪老师说她是一个杂家，写作只是她的十分之一，她是一个真正热爱生活的人，她说生活一定高于艺术，真正的艺术和文学一定是建立在脚踏实地的生活之上的。

她还说，真正有深度有高度的艺术一定是小众的，因为懂得，所以慈悲……

讲座虽然只有两个小时，我却受益匪浅。故人不相忘，惜君如往常。我是一朵永远的“雪花”，我愿读雪老师的文字，读她的人，直到老……

雪老师并不像一个完全的作家，她更像是一个生活大杂家。她真是个天才，无论是写作，还是摄影、烹饪、戏曲、茶道、服装设计……她都能玩转自如。她全身上下都散发着满满的艺术气息和深情生活的朴素。

青年作家李菁是雪老师的得意弟子，她在《你的人生终将闪耀》中这样形容她的恩师雪小禅：“她雌雄同体，南北皆宜，东西合璧，理性与感性同在。活得没有年龄，不问性别。这样的她更像一个神奇的魔方，随时带给人惊喜。”对此，我深以为然。

禅是一枝花，人间难得雪小禅……

古琴生日会，如是我闻

2017 年，注定是让我难忘的一年，这难忘的一大原因，是我终于办了一场我期盼已久的古琴生日会，就好像圆了我多年的梦。

从我学习古琴开始，我就一直有个愿望——可以有一天向自己的好友发出邀请，办一场难忘风雅的古琴生日会。兜兜转转几年之后，终于实现。

年少时总有很多浪漫的小心思在不停地飞扬着，像青春。可我却忘了，太浪漫的东西，往往会因为过度趋于理想化而事与愿违。在我学古琴的最初，曾在脑海中彩排过无数次开这场古琴生日会的场景。我生在梅花盛开与飞雪漫天的时节，必须把它办在西湖的孤山旁，或者是灵峰的梅花处，抑或是携友人同往西溪湿地，潇洒的来一场水上探梅，我在一叶轻舟上盘腿而坐，抚琴，友人与我一同泛舟，她们都是我最佳的听众，还要有飞雪，有红泥小火炉，有古人唐诗宋词中所有浪漫唯美、花明玉净的情调……

最后，我放弃了这些理想化的彩排，办在了室内，却也是另一种圆满。

我把它办在了好友的松石间意琴馆里，这隐于闹市中的桃花源，适合发生一切美好。

生日会是上午九点半开始，我早早地在八点半左右就到了，然而我可亲可爱的好友们竟然比我到的还要早。我永远都不会忘记，那一日冬日暖阳照满整个杭城，我的三个好友云、静和毛，在暖阳下，在松石间意的门口，一直静静地等着我。

那场生日会感觉真像梦一样，就像我这些年学琴的时光。我穿着我最爱的梅花曲裾，弹了六首曲子，从幽静的《鸥鹭忘机》开场，到魏晋风流的《酒狂》、唐人诗意的《醉渔唱晚》、明清的抒情小品《良宵引》、孤高应景的《梅花三弄》，再到最后的琴歌《阳关三叠》，那些指下的琴声流转间，朦朦胧胧竟生出恍惚的错觉，仿佛自己是古人，早已分不清今夕何夕……

古琴生日会分为上半场和下半场，分别是“琴茶一味”和“如是我闻”。我邀请了“小茶客”友人旭旭来泡茶，我弹琴，我与在场的好友们分享古琴的神奇与魅力，而她则用心泡着茶，玻璃杯中的玫瑰盛放，摇曳舞动，盖碗中武夷岩茶的浓韵袅袅而起，这些美妙，都是她的杰作。

为了筹办这场古琴生日会，为了更极致地圆这个美梦，我提前几个月就陆续发出了生日会请柬，然后我买了武夷岩茶作为给参加古琴生日会好友们的伴手礼。这还没完，我又在大约百来封信纸中挑出了最符合我审美的信纸，用我饱满的书写状态在上面一一写了诗并签了我的笔名，作为与会好友抽签座席与礼物的信纸。不能说它已完美，但我已尽善尽美。

很幸运，所有来参加我这场古琴生日会的朋友，都深深留下了惊艳的印象，我也收获了很多感动，足矣。

琴茶一味，如是我闻，这是世间仅此一场的古琴生日会。日本茶道中有“一期一会”之说，我的好友们，我相信我们还会重逢。就像我那天最后所唱的琴歌《阳关三叠》一样，“劝君更尽一杯酒，西出阳关无故人。”

但愿到老都有一颗赤子之心，但愿此生都是春风少年。愿时光不老，愿我们不散……

我与蔡师的奇妙琴缘

我始终相信，这世上真正的有缘人一定会相遇，无论早晚，无论在哪里，该遇见的终究会遇见，就像该重逢的故人终究会重逢一样。

我总在想，我与蔡师一定是前世有缘，要不然今生怎么会成了这样投缘默契的师徒？

在见到蔡师之前，我知道她是国家一级演奏员，是国家级浙派古琴代表性传承人姚公白先生的得意弟子，也是“音乐精灵”。她从小就有着与众不同卓越的音乐天赋，徜徉在钢琴、大提琴、爵士鼓、木琴、扬琴、古筝、阮、古琴等等多种中西乐器的殿堂里，她是专业科班出身的大提琴手，从事昆曲伴奏二十余年，然而她却因为机缘巧合对古琴一见钟情，于是她选择一生与琴相伴，再也不分开。

记得初次见到蔡师是2015年的夏天，那时是我学琴生涯最低谷的时候，也是古琴学习最瓶颈的时期，我去拜访她，渴望她能为我指点迷津。

在那之前，我还在桐庐避暑。我与她在微信上相识，我记得她会在我的朋友圈下留言，其中有一条，让我印象特别深刻，一直都记得，在记忆中，在时光中，熠熠生辉——“总给我一种感觉，你是一个特别与众不同的女孩子，你有空就来我的慧庐喝茶，我们好好聊。”

同类的气息，再远也能闻到，同频的人，终会相遇。

后来我一回杭州，便与她联系，说要去拜访她。她极爽快地回复：“好啊，你明天就来吧，明天中午我有演出彩排，你可以早点到哦，九点就来慧庐吧。”

我永远都无法忘记我们这一次相遇。

蔡师和我想象中一样清雅，她的身上带着古琴的味道。记得那天她穿了一袭民族风的淡青色长裙，盘扣、立领，低头细心侍弄着花草，她那温婉如水的气质让我想到佛前的莲荷，在看到她的那一霎，我不由自主地产生了一种错觉，恍惚间以为看到了从江南水墨画中款款走来的美人，就那样温柔了时光、惊艳了岁月……

与君初相识，犹如故人归。

这句形容友情的诗句，形容我与蔡师也甚为恰当，我们的第一次相见，也担得起这句诗。那天我们聊了很多，畅聊古今，聊了古琴的前世今生，也分享了彼此的学琴经历，最重要的是她解开了我学琴遇到的最大困扰——都说古琴音乐的节奏“自由”，那这“自由”到底是什么样的一个形态，又该如何把握。

记得那天阳光甚好，把二十一楼的慧庐照得不像在人间，蔡师泡了不少好茶来招待我，慧庐的暖阳与茶香，还有她动人的琴声，也成为我日后生命中久久不能忘记的美妙记忆，我想这一切的源头也是因为那一日吧。

彼时我正学到《梅花三弄》，然而却一直弹不好，蔡师让我弹给她听。我由于紧张，只弹了半曲梅花，她为我指出问题所在，还告诉我该如何解决这些问题，毫无保留，她的真诚让我感动。

更令我感动的是，她为了让我更深刻地感受到她的讲解，还为我现场弹了一曲《梅花三弄》，虽然那时是盛夏，可我分明在她高妙的演奏中感受到了那份雪夜梅花之境。那一刻，我感受到了明代琴家徐上瀛在《溪山琴况》中所写的那句“暑可变也，虚堂凝雪”的境界，那一刻，我在心中感叹，庆幸自己选择了古琴，也庆幸遇到了蔡师。

后来的交谈过程中，蔡师的一段话更是让我心头泛起无尽暖意。“你知道吗？今天我的车坏了，在4S店里修，然后我先生就说我为什么这么固执，非要今天见这个学生？这个学生到底有什么魔力啊，你的车都坏了在4S店里修，你就不能换个时间见她吗？”她笑着一口气说完。

我却张大了嘴巴，内心和脸上一样震惊，我说：“蔡老师，那你可以改个时间约我的呀，这样你多不方便。”她笑着摇头：“哎呀，没关系，我跟我先生讲不行，今天我一定要见到这个学生，我想见她太久了……”那一刻，我的心头浮起了阵阵温暖，脑海中浮出了那句诗——与君初相识，犹如故人归。

记得那天离去之前，我在心里犹豫再三，尽管明知蔡师收徒要求很高，却还是向她提出了想要和她学琴的请求，她并没有拒绝我，她说“你下次来找我，回一个《良宵引》给我听一下。”当时，我就知道我和蔡师是有师徒缘分的。

后来，她在微信上一直耐心问我弹琴可有放松种种问题。

再后来，我们越走越近，转眼到了十月份，我本以为我要三顾茅庐她才会收我为徒，可十月份的一天，记得是早晨六点多钟，她在微信上发了一大段话给我，这段话也是我这辈子都不会忘记的珍贵记忆，她说：“如果你还是想在慧庐学琴，如果你还是喜欢姚门的琴风，那么我决定收下你，在彻底调整好方法和改好指法后，希望你可以发挥你的能量，和我一起去正确地传播古琴……”

这段话是极其震撼的，字字句句都是她对我的信任，这份信任让我感动。

再后来，我就成了她的学生，她带着我从头再来，她让我重新认识古琴音乐到底是什么。

流年飞渡，原来我与蔡师认识已经有这么多年了，原来我成为她的学生竟然也这么久了。蔡师对我很好，她总是亲切地唤我“小才女宝宝”或者“宝贝”，她也是除了父母之外叫我“宝贝”最多的人，每次听到，我心里都备感温暖。其实在我心里，她早就是和亲人一样的存在了，年月流转，我与她早已超越一般的师生情了。

闭上眼，泛舟在那一弯叫作“记忆”的烟波之上，我与蔡师煮茶论琴、畅聊古今，早就无论魏晋，那些美好时光仿佛都在昨日，历历在目，此生再难忘。

慧庐，慧庐

慧庐，这两个字读出来是有一种清香的，弥漫在风中，久久不散。

这香，也许是空谷幽兰的香，这香，带着几分遗世独立的味道。

慧庐，也是一处遗世独立的所在，它是隐于闹市中的空谷，它是蔡师倾心为真琴人打造的筑梦空间。

“吾庐虽小，性宜惟佳。弦歌未入归鹤，隔水墟烟凝霞。楼居映一山旧馆，课余得半日清嘉。无柴门之苔绿，有兰馨之妙华。三慧修闻思之学，十行泛觉海之槎。四壁虚白，还思姚门肸蠁；千里安期，每望师授泽暇。琴瑟在御，秋水无涯。”这是蔡师写的“慧庐茗”。当我第一次在微信上看到的时候，便对慧庐产生好奇，慧庐到底是一个怎样的所在？后来我去慧庐拜访蔡师，惊觉它好像曾与我梦中相逢过。

慧庐在二十一楼，屋内有琴、有茶、有明清家具，屋外有梅、有兰、有翠竹青青，还有那一抹最好的暖阳。我相信，每一个去过慧庐的人都不会忘记这个地方，因为它太美妙了。就像“慧庐”二字，起得真妙，佛教有“戒定慧”三修之说，而蔡师的名字里也有“慧”一字，陶渊明写下名句“结庐在人境，而无车马喧”，慧庐，可不正是如此吗？

也是在慧庐，我遇见了蔡师。我跟她从头开始学琴，从改指法和运指方式开始，然后到琴曲。

在慧庐，我记得蔡师指下的那一首首美妙的琴音，她弹了没几个琴人会弹的全本的《广陵散》，弹了姚门别具一格的《流水》，弹了去留无意潇洒自在的《龙翔操》，弹了“古今多少事，尽付渔樵一话”的《渔樵问答》……让我印象最深的是她弹的《大胡笳》。

那是十月的一天，窗外有大风，可阳光依旧明媚，照进慧庐，照在人身上，生出无限暖意，她和我讲完古琴曲《大胡笳》的前世今生后，便开始演奏《大胡笳》，十五分钟的大曲，她成功地把我带回了蔡文姬那个时代，朔风黄沙遍地起，一去紫台连朔漠……

“你听，这里是模拟轱辘的车轮声，你听，这里是她的大儿子在追着她，你听，这里是她的小儿子在号啕大哭着，他还太小，并不知道他的母亲就要离他远去了，他只是本能地大哭……”蔡师一边和我解析，一边忍不住拭去眼角不断落下的泪水。

她饱满深情的演奏与动情的讲解深深感染了我，习琴多年，我从来没有见过一个古琴演奏家会这样用心动情地去解析一首琴曲，我也从来没有见过一个古琴老师会这样带动学生去深刻理解曲中情致。那一刻我才明白，我有多么幸运，在慧庐遇见蔡师，是人生极乐，是上天慷慨赠予我的礼物。

每当我看到阳光特别好的时候，我都会想起慧庐。

我会想起它二十一楼的暖阳，我会想起蔡师细心呵护的清幽绝美的花花草草，我会想起蔡师煮的红枣茶，我会想起在那里和蔡师学琴的点点滴滴，想起她毫无保留的教学，想起她严格却幽默的授课，想起那个隐于闹市中的桃花源，慧庐慧庐，安且吉兮……

红鲤鱼，循琴而来

如果我不是收拾衣柜，整理出了那一套白色的对襟褙子汉服，我想我快要忘了那次穿着它拍汉服照的奇妙经历。

那还是我读大二的时候，那个春天我每天穿着不同的汉服行走在青青校园里，友人们唤我“汉服丽”。我喜欢这个绰号，毕竟我这样热爱汉服。

那是5月下旬的一天，春日芳菲差不多已尽歇去，夏日却茵茵一片，杭州的初夏已经有些热了，空气中带着一种无法挥去的炎热。

我找了擅长摄影的同学茜茜帮我拍汉服照。那天我早早地起床换好了这套白衣翩翩的汉服“月明如素”，也是平生第一次自己认认真真地化好了一个妆，请我心灵手巧的好室友帮我做了一个发型，然后便去校园内取景拍照。

同学茜茜是一个很艺术的女生，她创意无限，让我站在花丛中。我不知道那叫什么花，但我记得那花开得特别的粉特别的艳，一眼望去就会被那种浓烈的少女气息所感染，像青春，也像彼时读大学的我们。

她在花丛中摘下一朵开得极好的花，簪在我的鬓边。她说我这个姿势很好，就这样站在那里，然后她举起手中的单反“唰唰唰”为我定格那一刻的美好。

那一刻，我手拿团扇，微风吹过卷起我的衣袖纷飞，真有一种错觉，仿佛穿越回到古代，不知是哪个时代。不过我想前世的我应该是个古人吧，也有这样的一刻，在晨曦时分的庭院中轻摇团扇，少女心事也随之缓缓轻摇，一下，又一下……

记得那天茜茜还让我半蹲于百花丛中，与花儿低语，让我手拿折扇随风旋转，与风儿轻吟，她为我一一定格这些动人瞬间。她正准备为我定格在池塘边弹古琴的画面，然而初夏的天气瞬间变了脸，几乎是一个眨眼间就风雨大作，天上的云朵开始哭泣，天空不停飘落的细雨，使我们不得不到学校附近的物美超市里去暂时避下雨。

夏天的天气像极了小孩子的脸，也神似热恋中的男女，说变脸就变脸，说变天就变天，前一秒还风雨大作，后一秒却又阳光万里了。那雨下了十几分钟，天气便又恢复常态了，又是艳阳高照万里无云了，于是我们又继续了汉服照的拍摄。

我拿着古琴坐在池塘旁的假山石上，我望着水面，艳阳照射下，让本是平静的水面上泛起粼粼波光，千道万道似是夜空中璀璨的星辰。满天星辰中，荷花开得正好，颇有周邦彦词中那阕《苏幕遮·燎沉香》“叶上初阳干宿雨、水面清圆，一一风荷举”的意境。于是心下一动，指随心走，音随意转，一曲《醉渔唱晚》欢快地徜徉在指尖，琴声如流水般浮动。

我清楚地记得，当我弹得最激烈的时候，我隐约看到眼前有两条红色的鲤鱼不停地跳跃着，像夏日的火焰一样从我眼前闪过，那样热烈奔放而来。

那一刻我惊呆了，顿时在心中感叹万物有灵，天地万物都有灵气，尤其是自然界的万物。红鲤鱼一定是听到了我的琴声，所以它们循着琴声而来，自然而然地游到了我的面前。红鲤鱼啊红鲤鱼，你们是循着我的琴声而来的吗?

后来我一曲《醉渔唱晚》弹完，茜茜也为我拍完了照片，我迫不及待地告诉她片刻之前我与红鲤鱼在琴声中相遇的这件事。

她感觉十分诧异，却也和我一样，感叹万物有灵。

这两条红鲤鱼一直游走在我的记忆深处，也一直跳跃在回忆中，和着我的琴声，还有那夏日翩飞的白色衣裾，那是我定格在光阴中永恒的青春。

鸥鹭忘机，抱朴自然

“鸥鹭忘机”四个字出自《列子·黄帝篇》，其中《好鸥鸟者》一篇讲述了这样一个寓言故事：“海上之人有好鸥鸟者，每旦之海上，从鸥鸟游，鸥鸟之至者百住而不止。其父曰：‘吾闻鸥鸟皆从汝游，汝取来，吾玩之。’明日之海上，鸥鸟舞而不下也。”

传说在那遥远的海岸上，有很喜欢海鸥的人，每天清晨都要来到海边，和海鸥一起游玩。海鸥成群结队地向他飞来，多的时候有一百多只。后来，他的父亲对他说：“我听说海鸥都喜欢和你一起游玩，你乘机捉几只来，让我也玩玩儿。”第二天，他又像往常一样来到海上，他一心想抓海鸥，然而海鸥都只在高空飞舞盘旋，却再也不肯落下来了。

所以，唐代诗人李商隐有诗云：“海翁无机，鸥故不飞。”

古琴曲中，也有一曲同名同故事的抒情小曲，精致动听。此曲曲情充满生趣和怡然自得的情趣，和谐的琴声泛起，美丽的大自然随即逐音而来，听者的心境也随之豁然开朗。

此曲细腻流畅，哲理深邃，耐人寻味。《五知斋琴谱》的后记中曾说此曲表现了“海日朝晖，沧江西照，群鸟众和，翱翔自得”的意境。此曲通过鸟的安详神态，表达了人们对鸥鹭忘机式的质朴心境的追求。李白曾有“心静海鸥知”的诗句，人能忘机，鸟即不疑；人机一动，鸟即远离，只有心地纯正、自然，鸥鸟才会与之友善而不具防备之心，人与自然才能更和睦地相处下去。

《鸥鹭忘机》这首古琴曲，对我有着特殊的意义。因为我和蔡师学了整整四季。从萧瑟凉秋到夏木茵茵，横贯了飞雪寒冬和明媚的春，漫漫四季，见证了我琴学之路上的从头再来。

万物荣枯，有起有灭，再次学完《鸥鹭忘机》的那一刻，我庆幸自己终于度过了学琴的瓶颈期。蔡师是我见过古琴教学中最细致也最全能的老师，是她，让我通过此曲分清了东西方音乐最大的区别，她还教会了我如何演奏出弦乐的感觉，在何处去表现出二胡的感觉，怎样做到交响乐的表达，怎样在一呼一吸间做到“气韵生动”，怎样做到“弦与指合，音随意走”，怎样去完美地表达出曲意与曲境……

功琴如参禅，岁月磨炼，幡然醒悟则无所不通。

蔡师在教我音乐处理的时候，她总是声情并茂地为我示范，她告诉我：“你要想象海鸥飞翔的样子，那是一种怡然自得的感觉，带着俏皮与灵动，然后人有了机心，海鸥就立马远离他了。”

对我来说，古琴音乐比起其他音乐更多了几分走心和细腻的感觉。在蔡师的悉心指导下，我用心感悟每一个音符与每一个转折间的微妙，经过一段时间的打磨，终于打通了任督二脉，奇迹般地感受到了海鸥的飞翔、曲中人与海鸥从最开始融洽相处到后来人起了机心，海鸥开始逃离……那一幅幅画面，似乎都一一浮现在脑海，然后归入指下。

弹得久了，我总会在琴声中看到这样一幅静美的画面：一棹兰桨，乘月泛沧浪，江空人静夜茫茫，秋兴长，沙鸥白鹭，两两相忘……

整首《鸥鹭忘机》，说到底，弹的是那颗自然之心。我想，写完这篇文章，我该就着窗外日渐西斜的夕阳，在沧浪夕照中，去抚一曲《鸥鹭忘机》了。

西出阳关无故人

千年前，盛唐，王维。

古道旁，安西，送别。

大诗人王维送别他的好友元二，挥笔写下了送别诗中的千古绝唱——《送元二使安西》，也唤作《渭城曲》。

> 渭城朝雨浥轻尘，客舍青青柳色新。
>
> 劝君更尽一杯酒，西出阳关无故人。

《渭城曲》一出，成了送别诗的巅峰。不止千年前的唐朝人在送别朋友时经常唱和，而且直到千年后的今日，“劝君更尽一杯酒，西出阳关无故人”也是友人之间送别的经典诗句。

后来，后人根据王维的这首诗谱写了一首古琴曲，并以琴歌的形式流传至今。

琴歌叫作《阳关三叠》，谱入琴曲后又增添了一些词句，加强了惜别的情调。全曲分为三大段，基本上用一个曲调作变化反复，叠唱三次，故称“三叠”。

“清和节当春，渭城朝雨浥轻尘，客舍青青柳色新。劝君更尽一杯酒，西出阳关无故人。霜夜与霜晨，遄行遄行，长途越度关津。惆怅役此身，历苦辛，历苦辛，历历苦辛，宜自珍，宜自珍……”旋律高亢跌宕，打动人心。

记得初学《阳关三叠》的时候，我还在读高中，最是年少时，青春飞扬跳脱如竹笛声声清亮，哪里懂得离别之情，又哪里能弹出这曲中刻骨伤感的离别呢？

直到几年前和蔡师复弹此曲，学了琴歌版的《阳关三叠》，我才渐渐知晓这曲中情致。多年后，曲中人不见，江上数峰青，才终于明白什么是“劝君更尽一杯酒，西出阳关无故人”，才终于明了一曲阳关，唱尽故人情，才终于知晓李商隐说的“红绽樱桃含白雪，断肠声里唱阳关”。

有些人，转身就是天涯。阳关一去，真的再也不见，只有记忆在心底盘旋。时光潺湲而去，有的故人终究会迷散在旧日烟尘中。时光会催老容颜，一样会催散故人吗？

可是该庆幸，有些故人，终会重逢，无论在这浮世浮沉多久。

人生际遇往往奇妙，在兜兜转转之间，一个转身，一个回眸，那个刹那，你与故人，重逢在那水云间。但愿青山不改，故人无恙，你依旧坦坦荡荡的清澈，一如我们昔日分别时，依旧是春风少年，不改赤子心。

蔡师在教我琴歌版《阳关三叠》时，除了传授我琴歌演唱的精髓外，还告诉我昆曲唱腔中的“橄榄腔”，以及如何把它运用到古琴的琴歌吟唱中。

我记得那天的慧庐，是夏日的午后，落地窗外的热气在无限地蒸腾着，可室内却凉爽至极，甚至我觉得，空气中还带着千年前王维与元二依依惜别的雨意。师生两人，对坐弹琴，一遍，又一遍，三叠，唱遍故人情……

在一遍遍动人的演唱中，我似乎坐上了时光机，穿越回了千年前的盛唐，回到了那个古道，看到了那个安西和阳关，亲眼见证了那日下着细雨的早晨，王维送别他的友人元二，那一场客舍青青柳色新，那一段依依顾恋不忍离，我也成了那一段光阴的见证者。

这样的幸运，我知道，是来自古琴，来自蔡师，来自琴歌《阳关三叠》。

“渭城朝雨浥轻尘，客舍青青柳色新。劝君更尽一杯酒，西出阳关无故人。芳草遍如茵，旨酒旨酒，未饮心已先醇。载驰骃，载驰骃，何日言旋轩辚……”熟悉的唱词与旋律响起，这一刻，有缘读到我文字的你，可想起了你的故人？

人生中第一次登台，送给了最爱的《红楼梦》

《红楼梦》是一部千古奇书，是曹雪芹用心用情、呕心沥血之作，也是无数文学爱好者最爱的一部书籍，无独有偶，它也是我最爱的文学作品，没有之一。

还记得五年级的时候换了一个语文老师兼班主任，她上课非常严格，为我们开了很多必读书单，其中就包括四大名著，并且她让我们全班一起订购，然而令那时的我们不解的是，她只让我们买其他三部——《西游记》《三国演义》《水浒传》，不让我们买《红楼梦》。老师说那时我们还太小了，看不懂《红楼梦》，等到初中再看《红楼梦》。

可是我从小就是一个具有强烈好奇心和一定反叛精神的人，也许是因为水瓶座的特质使然，越是不让我看，我偏要看，于是我偷偷去书店买来了《红楼梦》。没想到这一买，就直接买来了我从此对书籍永无止境的喜爱，更没想到，这一读就入了红楼这场千古绮梦，终身不醒。

等到上初三的时候，我已经读了三遍《红楼梦》了，随着年岁渐长，一遍比一遍读得深刻。记得初三的课本中，有一篇课文是《红楼梦》中的“香菱学诗”那一节，班主任兼语文老师曾老师提前告诉我：“我知道你很喜欢《红楼梦》，所以这一课你来给同学们上吧，好吗？你记得提前做好准备啊……”

只记得当时我欣喜若狂，虽羞红了脸，却是发自内心的开心着呢！是呀，我最爱《红楼梦》，也常常在梦中梦到《红楼梦》里那些深深喜欢的人物。可那时年少，到底是紧张呀，我记得我做了整整三天的准备，我每天回家第一件事就是在写好作业后第一时间打开电脑，然后上网，搜索有关《红楼梦》我能查到的所有资料，为这次登台上课全力以赴，用心做好最充足的准备。

时间很快过去，近了，更近了，一天一天过去，很快三天时间就到了，我要上台了。那是下午第一节课，很容易犯困，然而我并没有像往常一样，我整个人清醒无比，只是我的心“怦怦”直跳，紧张到了极致。曾老师让我戴着“小蜜蜂”讲课，不过我拒绝了，因为我想用最本真最自然的声音去讲。

“叮铃”一声，上课铃声响了，我没有时间再准备了，于是我就上台了，拿着那本做满了笔记的课本。

讲课之前我先在黑板上写好了关于《红楼梦》最基本的一些笔记，然后让同学们记笔记，利用他们记笔记的三分钟时间，最后努力地调整紧张的情绪，让它平复下来，然后把早就准备好的视频点开，让他们先观看经典87版《红楼梦》中“香菱学诗”的片段。

这个视频看完其实也有三分钟时间，可我却觉得这三分钟过得无比快，甚至迅疾如火箭，又如那日窗外午后的风一样呼啸而去，简直快得像五秒钟似的。

我深吸了一口气，开始正式讲课。当我经过曾老师身边时，坐在我位置上的她悄悄地告诉我：“你讲得挺好的，声音再响一点就更好了。”那一刻，我真的感谢她对我的鼓励和建议，因为我渐渐入境了，我不再走动，只是专心地站在讲台上讲课。

那一刻，真有种错觉，感觉自己像是个老师，而台下坐着听课的是我的学生，并不是我的同学。我彻底地放开了，同学们也似乎被我的讲课氛围带动了，纷纷举手踊跃地回答我提出的问题，大家的脑洞都打开了。

记得我最后的提问缔造了整堂课的高潮。我说："请同学们好好想一想，为什么香菱要去向黛玉学诗，却不向和她住在一起的宝钗学诗呢？这个问题想通了，其实我们这篇课文所有的问题也都可以迎刃而解了。"

我的这个问题引起了同学们不断的思考，我听到他们在窃窃私语，然后开始举手发言，记得有两个同学的发言特别好。其中一个同学的回答好到她一讲完我马上说了一句："她讲得好不好呀？"

同学们都说："好。"

"那么掌声呢？"随着我的话音一落，雷鸣般的掌声响起，都送给了那个同学。那一刻，我和那个同学相视一笑，彼此间都是暖意，这暖意，可以消融整个初冬的寒冷，无限的温暖在教室中蔓延……

"叮铃铃"，下课铃声不知什么时候响起来了，而我和同学们都意犹未尽，怎么就这么讲完了呢，这一节课时间过得也太快了吧，怎么可以这么快？记得最后曾老师上台说："你讲得还是很不错的，毕竟是人生第一次登台……"

她一讲完，同学们都给我送出了最热烈的掌声，那掌声持久、轰动，如雷鸣般滔滔不绝，响彻整个空旷的教室，也一直在我的记忆长河中久久地响着，我深深地向同学们鞠了一躬。

时隔多年，当我再次回想，那些画面、那些瞬间，都依然让我觉得是我人生中不可复制的精彩，也是我永不再来的青春年华。

我永远都不会忘记，在我初三那一年，在非常紧张的学习中，在刷不完的试卷中，我却把我人生中第一次登台送给了我最爱的《红楼梦》，因为这件事，我的整个初中时代都显得无比精彩，精彩到所有旧时光都因此熠熠生辉。

你瞧，旧时光真是个美人呀，盈盈浅笑间往事重返，这一刻，我以文字为舟，终于荡回往昔静水流深，又见满园芳菲……

在松石间，你可以遇到很多种意

说来我和松石间意的馆主王老师认识也只有几年的时间，可我总觉得我们已经认识了好久好久，久到可能前世就已相识。

也许这世上总有一些人，会让你觉得“与君初相识，犹如故人归”吧，明明昨天才认识，可是今天却恍然觉得已经认识了很久。

这世上，与你特质相近的人，一定会跨越千山万水，来到你的身边，不管多久，不管在哪里，该遇见的总会遇见，同道之人终会相逢。

我与她算是同道之人，我们客观和主观上的相似点都有很多。比如我与她都姓王，都是来去如风、自由不羁的水瓶座，更神奇的是，我们的爸爸妈妈又都是同样的星座，爸爸都是天蝎座，妈妈都是巨蟹座。

我与她都酷爱古琴艺术，虽然我们都会其他的乐器，可古琴依然是我们的最爱，因为我们一致认为，古琴发出的每一个音都是有强烈生命力的。我们都喜欢日本文学，喜欢樱花的盛开与飘零，喜欢日本文化中枯萎凋零的美意，喜欢茶，喜欢天地大静、落雪听松风的时刻，喜欢南山路上的银杏叶，也喜欢那些古雅美丽的事物。我亲切地唤她为“水瓶大宝”。

她是个创意无限的人，她每次办的雅集都令人惊艳难忘。自从2015年参加过她办的那场“待雪”雅集以后我便和她打趣：“参加了你这场‘待雪’雅集，估计以后很多其他的雅集我都不会去了。”

我并没有夸张，她办的每一场雅集，无论是“待雪”，还是“风乎舞雩”，抑或是“圣诞声音”“乐哉管弦客”，都非常的让我难忘，每一场都精彩，都惊艳，也都让我感动，甚至每一场都让我觉得，我可能这辈子都不会再参加到这么惊艳难忘的雅集了。

“水瓶大宝”三十出头，可依然有一张娃娃脸，看上去像二十几岁的小姑娘。她的人生阅历非常的传奇，大学是金融专业，毕业后自然从事了热门的金融行业，去的也是世界500强的单位，拿着6位数的年薪努力工作着。那几年她一直和数字以及金融圈的高层打着交道，那时她出差、应酬、奔波、在路上，这些都是她的生活常态。

后来有一天，仿佛命中注定，她被古琴这个古老乐器的声音深深打动。她毫不犹豫地去学了古琴，这一学就注定了她和古琴一生的缘分，从此一发不可收拾，与琴相伴、不离不弃。

她没有任何犹豫，辞了高薪的金融工作，在杭城的某处开了琴馆。琴馆隐于杭州的闹市处，是“大隐隐于市”的桃花源——松石间意。这风雅的名字，其实是一张宋代古琴的名字，宋徽宗御制，乾隆御铭。她说她十分中意这四个字，因为在松石间，可以遇到很多种意。

她爱好颇丰，除了古琴以外，还学了日本的小源流花道和日本最古老的茶道，这一学又是好多年弹指过去，都是师出名门。她研习了多年的古琴、茶道和花道，整个人的审美亦越来越贴近这些艺术的本质。

她的审美，在她设计的小馆中展现得淋漓尽致。小馆分为上下两层，楼下一层放着古琴、各色武夷岩茶，来自台湾的植物手染围巾和衣裳，还有她自己设计的一些工艺品，比如手炉等等。楼上一层则是全日本风的装饰，榻榻米、枯山水、日本小原流花道的插花作品，我每次去二楼，都会有种仿佛置身于日本的错觉。

除了创意无限外，她还是个追求完美的人。小馆内的水果和茶点基本都是各地特产，柚子是福建的蜜柚，橘子是黄岩的蜜橘，西瓜是台湾的高山小西瓜，牛轧糖也是纯手工制作的山核桃牛轧糖，还有义乌的红糖麻花等等。

她店里所有的插花也基本都是进口花材，大多来自日本，还有一些平常不太见得到的花材，比如红柳，比如夜牡丹。我每次去她那里，都会生出一种大开眼界的感觉。

“水瓶大宝”更是难得的性情中人，记得之前要办“古琴生日会”，我跟她说：“王老师，我想来你这里办场古琴生日会可以吗？”她二话不说，笑着答应：“可以呀，完全没问题，你来办好啦……”当时是寒冬，心头却因为她这句话瞬间为之一暖，她犹如一盏明灯，照亮了在黑夜中久久行走的我，也温暖了杭城的整个冬日。

不久前她在微信上对我说：“你啥时候来一下小馆呀？新的一年，我有很多新的设想，我们一起去做一些更有意义的事情。”第二天我就去了，我当然想要和她一起做更多有意思的事呀。

她见我如故，依旧亲热，笑着问我：“你最近有什么新的作品呀？”我笑着回答：“我要出一本散文集，所以最近在创作。”她开心极了，说：“太棒了，出书了直接来我这里办场首发……”当时我心头仿佛本能般地涌起一阵暖流，足以驱散一场即将到来的暴风雪带来的寒意。

我每次去松石间意，都有一种回家的感觉，因为它很温暖，而“水瓶大宝”是最温暖的，这股温暖会吸引我一直去。

因为松石间意，真是一个美妙到会让人上瘾的地方，在松石间，真的可以遇到很多种意。

青青茶人

重读雪小禅老师的散文随笔集《在薄情的世界里深情地活着》，读到“茶人”这一章，便想起一个人来。

雪老师这样描写她心中的茶人模样：“茶人本就是接天引地，清格自在之人，魏晋时期，茶人就被称为素业了，茶为佳木，能成为茶人，心中必有一段春风，一朵清淡之莲，一截阔气豁朗，那浓烈、放肆、鲁莽之人，哪里能称为茶人呢？没有一份澄澈的清丽，也绝非一个好茶人。”

我心中的茶人也是如此，接天引地，清格自在，拥有澄澈的清丽，绝不浮躁、浓烈、鲁莽。陈老师应该算是我朋友圈中对茶最有研究的茶人了，她不仅对茶十分有研究，她的茶也一样泡得很好。她已经喝了将近20年的茶，算是一个不折不扣的老茶客了，整个人的气场也已经接近于茶，清格自在，风骨留存。

人一旦接触一种东西久了，身上必会染上它的气场。比如我研习古琴多年，朋友总说我的身上有古琴的气场，而陈老师习茶多年，她身上自然满是茶的气场，也许，她与茶早已经在年月更替中融为一体了。

她的名字中带着一个“青”字，人如其名，青青茶人。她曾拜茶文化专家江万绪为师，潜心研究中国茶叶文化，坚持现代“廉美和敬”的茶道思想，以人为本，以茶为媒，传承茶文化，体味恬静闲逸、清静无为、返璞归真，倡导让心灵回归诗画田园。

说来我和她见面次数并不多，但却次次深刻。第一次见面，是在雅育总校，我去蔡师那里上古琴课。我去得早了，上课之前在大厅闲逛着，只见偌大的待客大厅中，有一位女子在泡茶，动作娴熟、自然，绝非很多茶艺表演上的那种花哨做作的姿态，我看了便觉欢喜，于是上前喝茶，坐下倾谈。

和她聊天的时候才知道，原来她也会古琴，学过两年古琴。于是更加欣喜，我们聊了很多，关于琴与茶的交融。时间很快过去，一晃便到了我上课的时间，我起身和她道谢，说下次有时间再和她一起喝茶。

很快迎来了我们第二次见面，依然是在雅育总校。她依旧坐在上次见面的那个老地方。这一次我们喝了很久，足有两个半小时，这两个半小时，也是难得的人生极乐。

她一共泡了四种茶，分别是明前龙井、白毫银针、古树花茶，还有正山小种。那个下午我们聊了很多很多，关于茶、古琴、书法，也关于东方生活美学。她把她这十几年对茶的研究心得也无私分享给了我，其中有一点让我豁然开朗，让我印象深刻。

她泡着古树花茶，边泡边说：“其实我现在泡茶已经越来越不喜欢用滤网来过滤了。”

我第一次听到这样的言论，感到十分新奇，连忙追问为什么。

她一边说一边示范：“你看，如果我用滤网来过滤的话，会直接阻断水流的这种流动性，而水的流动性一旦断了，那么整个茶本身的美感其实也断了，除非是像古树花茶这种一定要用滤网来过滤的茶，那这个过程是必不可少的，但有些茶可以不用这样过滤……”

她这一段话像夏日惊雷，“轰隆隆”将我炸醒。我豁然开朗，恍如在重重迷雾中终于走出，又见桃花源。

是啊，为什么每种茶都一定要用滤网来过滤呢，就像人生又哪里来的那么多既定的公式呢？很多时候，其实人生也并没有那么多的烦恼，只不过是我们在庸人自扰罢了。我们已经习惯了那些思维定式，却忘了，要获得真正的快乐，第一步就是要放下那些定式，这是她那番话带给我的启迪。

记得那天我喝了大概有五六十杯小品茗杯大小的茶，所以那天晚上自然而然地、意料之中地失眠了。可那次失眠却是我人生中最开心的一次，因为非常值得。想起川端康成的名句：“凌晨四点钟，看到海棠花未眠。”于我却是凌晨两点，茶人共醉。

后来，我迷上了抹茶道，自己买了一套日本抹茶道的茶具每天在家倒腾，然而第一次倒腾却发现自己所打的抹茶没有起泡沫，于是马上在微信上向陈老师请教。

她问我是不是水温有问题，一语点醒梦中人啊，果然是我的水温没有调好所致。于是第二次按照她说的方法再去打抹茶，我的樱花抹茶碗里就起了很多泡沫。那一刻，我的心就和抹茶碗中的那些泡沫一样，欣喜地浮着，一点点向上翻涌着……

那次请教后没多久，我就收到了她的微信：“上周和仿宋点茶专家学习，沫的厚薄除技术外，重要因素是茶粉的质量，不同的茶粉打出的汤花差别很大。”我的心头浮起无尽暖意，她一直都是一个极其乐于分享的茶道老师，认识她这样的青青茶人，也是我人生中的小幸运吧。

原来声音可以这样美妙

2016 年的圣诞节前夜，我收到松石间意馆主王老师的邀请，带着小伙伴红红一起去小馆，参加一场美妙的雅集——圣诞声音雅集。也是在那个夜晚，我才知道，原来这世界上有这么多美妙动人的声音，原来声音可以穿越一切，可以打败时间与空间，可以在心间定格成为永恒。

原来声音可以这样美妙，美妙如斯。

那场雅集的主持人是知名的广播主持人孟杨老师，虽然一直有听王老师提起过他，但那天是第一次见到孟杨老师。

孟老师的气质是属于少年的，像一个纯真的大男孩，然而只要他一开口，全场都会为之寂静，因为他的声音太美妙了，一听就知道是接受过多年专业训练的广播主持人。

我该如何来形容他的声音呢？那种声音，像是雪后的青松，又像是经冬不凋，一直在风中摇曳挺立着的翠竹，铮然有声，在空气中，在微风中，泠泠响起……他的声音，听过的人都很难忘记，因为实在太美妙。

他念了一段非常深情的开场白后，雅集就正式开始了。雅集分为上下两场，上半场主要是与会者将准备好的最打动自己的声音——上台分享，而下半场则是一起看一部关于声音的电影。

那个夜晚，我听到了很多美妙的声音，每一个都很难忘。

我记得那些声音。我记得用桐乡话念出的《从前慢》，那一字一句念出的韵律与节奏，完全不同于普通话，更曼妙婉转，不得不感叹方言的美妙。

我记得那些经典电影中的原声，原来我们曾经忽略了那么多经典影片中美妙的声音。

我还记得那江南屋檐的滴水声，原来可以这样静谧又灵动。

还有那雪落松风的声音，更是婀娜动听！哦，快听！听听那白雪皑皑，听听那松风无痕，听听那飞雪与松风在空中的呢喃、相和……那是怎样原始的空空如也，拥有强大的力量，在那个深夜听来，仿佛整个灵魂都得到了洗涤。

终于，轮到我上台分享了。我分享的最打动我的声音，是来自浙派姚门的古琴曲《流水》。姚门的《流水》，并不是现在古琴界大多人所弹的川派张孔山的七十二滚拂《流水》，而是《神奇秘谱》中的《流水》，更空前，更原始，也更质朴。整首《流水》虽然只有一个半滚拂，却会神奇地让人感受到各式各样的水流从琴声中源源流出。

还记得我初次听到姚门的这首《流水》，是在蔡师的慧庐。和蔡师学琴有一个福利，可以在每堂课上课之前先听她弹一首。那日我不知为什么，特别想听听姚门的《流水》，便请求她弹给我听。她爽快答应了，然后端坐于琴前，闭眼、凝神、开始演奏，指下的如水琴韵便静静流淌出来，满室清灵。

虽然只有十分钟，然而我却生出了一种穿越的错觉，我好像穿越回了两千多年前的春秋时期，看到了琴师俞伯牙在弹《高山流水》。那一瞬，也终于明白，为什么钟子期去世之后，俞伯牙摔琴绝弦，终身不再鼓琴，因为知音不复。想起蔡师曾经和我说的：“如果人人都能在七十二滚拂的演奏技法下听出这是《流水》，那还有‘高山流水遇知音’这一说吗？”瞬间心性清明。

高山流水，这个千古流传的典故，我在雅集现场也分享了。当我说完，我分享的那首姚公白老师演奏的《流水》也随之而起了。

那一刻，空山无人，花开水流，我记得现场的与会者们大多都闭着眼睛，仿佛完全沉醉在这份花开水流之境中了。

我与小伙伴红红因为要赶在门禁之前回校，所以只参加完上半场就走了，然而上半场也足以令我们心生惊喜，并在记忆中永存。因为那是我们第一次知道，原来声音可以这样美妙，也是第一次知道，原来生活中有那么多美好的点滴瞬间值得我们去留意。

其实生活处处都有温暖和美好。很简单的道理，因为心暖了，所见一切便都是暖的，自然每一日都是春暖花开。

风乎舞雩

“风乎舞雩”四个字很妙，带着古意。这四个字出自古老的《论语》：“暮春者，春服既成，冠者五六人，童子六七人，浴乎沂，风乎舞雩，咏而归。”

丙申年春，我参加完那场叫作“风乎舞雩”的雅集以后，对这四个字理解得更透彻了，也更喜欢了。

还记得早在乙未年年底的时候，我有一次去松石间意玩，馆主王老师就跟我说：“明年我会办一场特别有意思的雅集，把汉服、古琴、唐妆全部结合在一起，我会准备很多漂亮的汉服，然后请专业的汉服发型师为每一位与会者做汉服造型、画桃花妆。总之是个特别有意思的活动，你一定要来玩哦，你还可以带小伙伴一起来。”我当时听了，便十分心动并且神往，一口答应，毕竟我这样热爱汉服与古琴。

时间很快到了，丙申年4月中旬，王老师在微信上发给我这场雅集的邀请函。此次雅集名为“风乎舞雩”，她把地点选在了良渚文化村，是一处拥有深厚历史底蕴的所在。

良渚文化是分布在太湖流域的古文化，距今已有五千三百多年的历史了，不可谓不悠久。著名文化学者余秋雨曾盛赞过良渚文化村，说这里自然环境没有动摇过，青山绿水没有动摇过，居住方式没有动摇过，人文心态没有动摇过，说这一带就是过日子的好地方。的确如他所说，良渚文化村拥有青山绿水和卓越的人文自然环境，早就美得超越了时间与空间。

我清楚地记得，雅集那天是2016年4月16日，天气格外晴好，杭城的四月，非常美，空气中到处蔓延着春的气息，百花齐放，绿意盎然，铺天盖地都是春的喜悦与热闹。草长莺飞、小桥流水，古诗词里描摹的所有江南胜景，在四月的杭州都可以寻到。我带着小伙伴红红一起去了这场雅集，我们早早地出发了。

吃过中饭后雅集便渐渐拉开了帷幕，第一个活动内容是抽签穿汉服，签名都非常美妙，都是来自古老《诗经》中的名字，比如“琼瑶”“桃夭”“蒹葭”“荼蘼”等等，每一个曼妙名字背后，都是一套汉服。与会者按照抽到的签名换上相对应的汉服，然后汉服造型师春香老师则根据衣服来设计发型并画桃花妆。我挑的那套汉服是粉色的一件长褙子，下面是一条白地粉色落花的裙子，落花点点，像暮春芳菲。

王老师见我换好出来，笑道：“这套汉服特别适合你，等一下晚上你要弹《梅花三弄》，这裙子上面的粉色落花与这首曲子非常相配，真好。”她说完我才恍然，是啊，这条裙子上粉色落花点点，虽然不是梅花，然而在某种程度上与梅花还是契合的，可见这也是奇妙的缘分。

我和红红都做好造型后，便一起去拍照了。良渚文化村的风景非常好，随便找个地方取景，都是绝美的景致，根本无须加滤镜，原图就很美。因为蓝天白云下，山峦起伏叠翠间，绿树掩映中，我与她身着汉服，广袖飘飘、凌波欲去，足以造就一张美图。我们拍了很多的照片，等我们拍完一圈回来后，发现王老师她们已经在包饺子了，饺子还未下锅，然而我们却仿佛闻到了诱人的饺子香。

好时光总是转瞬即逝，一转眼已是落日时分。现包的那些饺子纷纷出锅了，大家一起坐下吃饺子，其乐融融的气氛竟让我有种提前过年的感觉。我们吃好饺子后，便进入了雅集的正式主题。

在那之前，王老师邀请我弹琴，我答应了，连续弹了两首曲子——《良宵引》和《梅花三弄》。静谧的《良宵引》作为开场曲，当我指下第一个泛音响起，窗外的夜幕也不知何时悄然降临，仿佛我坐下弹琴前还是落日时分，黄昏的光影还不肯归去，然而当我坐下、闭眼凝神抚琴后，夜幕已经开始低垂。这个开场是知己的相遇，《良宵引》与窗外夜色的融合，一切都是那么恰当，不早不晚，刚刚好。那一刻，生出一种错觉，我的琴声仿佛在对着窗外渐浓的夜色轻声絮语："嗨，原来你也在这里呀。"

那场雅集，王老师还表演了日本茶道，繁复而隆重、严谨而清寂，也是那天，我才深深感受到日本茶道掩藏在层层仪式之下的"和敬清寂"。

除此之外，她为现场所有与会者准备了三种武夷岩茶，浓郁的岩骨花香与现场的饺子香，仿佛产生了一种奇妙的化学反应，出乎意料地融合，并未觉得有违和感。我想这是因为饺子与武夷岩茶也是等了对方很久了，所以才会如此没有违和感吧。

雅集结束差不多是八点左右，我们和王老师一起坐车回去，聊了一路。她说她这个追求完美主义的人坚持用汉服是对的，我点头，笑着说当然。

还好她追求完美主义，坚持用汉服，要不然那场雅集的下午，我们就不会拍汉服大合照了呢。我们每个人都穿着不一样的汉服，梳着不一样的发型，那一霎从心头生出一种恍惚的错觉，好像穿越回了从前的时光，做了一回古代闺阁中的女子。在自家的庭院里，看着满园春光，叹一句“原来姹紫嫣红开遍”，只是我们比杜丽娘幸运，没有错过江南的好风光，没有错过这姹紫嫣红的好风景。

风乎舞雩，满载而归。

琴在半山水云间

时间倒回到 2013 年。

那日是重阳佳节，彼时我正在紧张的高三阶段，但我为了在紧张的学业之余得到放松，我还是去参加了“琴在半山”的雅集。那场雅集规模隆重，是由杭州西湖琴社、温州如一琴庐，还有南京的幽兰琴馆一起合办的，雅集地点在半山国家森林公园。

那天雅集时间是下午 1 点，我早早地到了西湖琴社，大家统一坐大巴出发。那天好久不见的好友澜也去了，我与她未相约，却重逢，两人遇见的那一刻，相对而笑，为这默契。

大巴车开了一个小时，一路上，我与澜一直聊着天，彼时她初三我高三，两人都要奋战中考和高考了，压力都很大，然而我们尽量找一些愉快的话题来聊，尽力放松各自备考的紧张。在聊天中时间匆匆流去，一个小时后，我们到了。

半山国家森林公园与西溪湿地、西湖并列为杭州主城区的三大生态支撑。那里风景极好，群山掩映、绿树葱茏，有流水有假山，更难得的是翠竹成荫，微风吹过，碧波茫茫，阵阵竹浪翻涌，风景绝佳。雅集的地点在半山公园最里面，我记得我们兜兜转转，仿佛绕了十八弯以后才终于到了目的地，那感觉好像是在九溪十八涧中行走一样。

雅集内容非常丰富，我和澜因为是西湖琴社的社员，所以可以领一份由主办方精心准备的礼物，一个包装精美的礼品袋中，安放着三样东西：一卷画轴、一只刻有古琴减字谱的品茗杯、两个放有茱萸的香囊。那卷画轴颇有古意，展开一看，原来是本次雅集的所有内容和演奏曲目，古琴的品茗杯和茱萸香囊亦十分应景。重阳佳节，又怎能少了茱萸？茱萸，早已成了重阳的代名词，更是千古未变的情怀。

领完礼物后，我们便入席落座。一共有六桌，每桌都各有一个主题，分别是鸥鹭忘机、庄周梦蝶、高山流水、渔樵问答、秋宵步月和梅花三弄。每一桌的正中央都有一个正值芳华妙龄的茶艺师在泡茶，每一桌的茶叶和泡茶的泉水都不一样。

我和澜去的那桌叫作“庄周梦蝶”，我们这一桌的茶饮是东方美人，泡茶的泉水是虎跑泉水，也是在那一天我才知道，原来这个世上还有东方美人这样一种美妙浪漫的乌龙茶。茶如其名，明澈鲜丽的琥珀色，甘润香醇的回味，婉约中自有清丽，回风吹雪，可不就像是一个粉衫纤纤的东方美人正朝你含笑而来吗？

后来我才知道，东方美人茶因其茶芽白毫显著，本来名叫白毫乌龙茶，后来，有一个英国茶商将此茶献给维多利亚女王，那黄澄清透的色泽与醇厚甘甜的口感，令她赞不绝口，因为是来自中国台湾，所以她就赐名为“东方美人茶”了。

我们这一桌的主题是“庄周梦蝶”，茶桌上特别应景地摆了一只小蝴蝶，蓝紫色的，在秋日午后的暖阳映照下泛着美丽的光晕，灵动极了。那场雅集活动内容非常丰富，除了古琴演奏以外，还有古琴和琵琶与二胡的三重合奏、古琴的琴歌，还有诗人念诗，以及难得一见的宋代点茶表演等等一系列精彩的活动。

三家琴馆分别派出了各自的古琴演奏者，那场雅集让我大开眼界，原来同一首曲子在不同的琴人处理下，相差竟是如此之大，这就是古琴艺术的神奇之处吧。

因为是三家琴馆共同举办的，自然，三家琴馆的馆主都是压轴演出的。先是温州如一琴庐的馆主李乐园，她虽年轻，指力却很惊人，弹了一曲《高山》，巍峨挺拔，很难想象一个女子可以弹出这样硬朗的琴声。

然后是南京幽兰琴馆的馆长、中国琴会副会长马杰先生演奏了一曲《潇湘水云》，十多分钟的大曲，他把广陵琴派的那种疏狂跌宕、自由奔放，淋漓尽致地弹出来了。

杭州西湖琴社是此次雅集的东道主，社长徐君跃老师和洞箫演奏者朱建刚老师琴箫合奏了一曲《忆故人》，作为此次雅集的压轴曲目。彼时夕阳西下，落日时分，空山忆故人，声声伤感，在秋风中，在逐渐西沉的晚霞中……

记得徐老师演奏完，动情地说了一段话，有一句我记得特别清楚，他说："希望明年还可以在这个时刻办一场这样的重阳雅集，也希望大家可以再来，我们明年再聚。"他说完全场掌声雷动，那么美妙难忘的雅集，谁不想再参加呢？

流光容易把人抛，红了樱桃，绿了芭蕉，转瞬经年，澜已是中戏导演系的学生，而我也在岁月流转间找到了自己的人生方向，成了心之所向的自由写作者。我们都不负青春，因为我们都努力活成了自己想要的模样。而那场一起参加的"琴在半山"雅集，也成了我们共同追忆的美好往昔。

怎么会忘记呢？琴在半山水云间，那是我们的青春。

唐诗宋词与人生

秋日的午后，天气晴好，最适合泡一壶清茶，捧一卷诗书，静静品读。这一刻，我读着泛黄的书页，那些古老的唐诗宋词让我的心绪开始起伏，想起了我的大一时光。

记得那时，大一上学期的学期末要选大一下学期的选修课，我在三门课中一直犹豫不决——《唐诗宋词与人生》、《中国文化概论》和《周易》。三门课我都很喜欢，想选《唐诗宋词与人生》是因为从小就喜欢诗词，这种喜欢，是前世就曾与之相遇的命中注定，很难用语言来表达。想选《中国文化概论》是因为一直喜欢传统文化，想选《周易》是因为想要去了解这古老的文明。犹豫再三，我还是闭眼听从了内心的呼唤，几乎是本能一样地选择了《唐诗宋词与人生》。

时隔多年，我仍无比庆幸于我做的这个决定。我选择了《唐诗宋词与人生》，殊不知，其实也是唐诗宋词选择了我，我与诗词，注定一生相伴，这是冥冥之中的天意。

我清楚地记得，那一学期的《唐诗宋词与人生》的课安排在了每周一晚上，连上三节，可我每次都觉得那三节课过得特别快，因为课程主讲朱老师讲得实在太精彩，可以说，几乎没有可以挑剔的地方。他上课幽默风趣、诙谐生动，他口中总是金句不断，他的知识面又相当广博，每堂课他都能纵横古今，那些散落在历史烟尘中的吉光片羽他都能信手拈来，将它们一一穿成熠熠生辉的珍珠，然后惊艳我们。

我至今仍记得当时第一节课他说的开场白，他说中国文学是抒情性的文学，中国是诗的国度，而西方文学是叙事性的文学，这也是东西方文学最大的差别。他这一句话，看似轻飘飘，其实雷霆万钧，一语点醒了我。可不是吗？中国向来是诗的国度，中国文学就是抒情性的文学，而唐诗宋词就是抒情性文学的极致巅峰，而西方文学之所以大气澎湃，是因为它骨子里就是叙事性的文学，这是东西方文学本质的差别。如同东西方文化的本质差别一样，东方文化讲究天人合一、回归大自然，而西方文化更注重实用性和客观逻辑的层层深入。

唐诗宋词课上，他从“初唐四杰”开始讲起，讲到李白、杜甫、白居易、李商隐、杜牧等等，最后讲到南宋的周邦彦、姜夔……一学期学完，他带领我们一起穿越了初唐、盛唐、晚唐、五代、北宋和南宋。他上课总是妙语连珠，总能引得我们哄堂大笑，我印象很深。每次上他的课，几乎所有人都是认认真真地看着他做的PPT，然后看他在三尺讲台上讲得神采飞扬。在他的课上，几乎没有人会玩手机、聊天或者做其他的事情，基本每个人都会认真听他的课。这在大学的课堂里面并不常见，这也充分说明了他的课讲得多么精彩、多么有趣。

其实，我们学生之所以这么喜欢他的课，不仅仅是因为他讲课水平高超，更多是因为他有很强的人格魅力。说来也奇怪，只要他一开口，你就会被他吸引，幽默的讲课方式、海量的知识储备，还有他对生活的热爱、对世事的达观，都会感染到身边的人。

上完他一学期的课以后，无数次，当我再重新回味唐诗宋词的时候，当我在泛黄的纸页上，读到那些年少时曾令我心动的诗句，我都会想起朱老师，都会想要重新回到大一下学期的时光，再去上一遍他那门名为《唐诗宋词与人生》的选修课。

汉服共与西湖醉

初夏。

芳菲虽渐渐歇去，可夏木却正荫荫可人。

杭城的 5 月，已经有一些热了，然而这份热却丝毫没有影响西湖的热闹，也许西湖从古至今一直都是热闹的吧。

友人聪聪结束了九寨沟之行，便直奔杭城来找我玩了。她此次九寨沟之行，一路穿着汉服，她告诉我她一路上碰到了很多汉服爱好者。她是我朋友中的第一汉服狂热爱好者，我们一直约定要一起穿汉服去游西湖，终于，多年以后，我们实现了这个愿望。

那日我们两人早早起床，穿好汉服、梳好发型，便大摇大摆地出现在了一号线的地铁上，出现在了西湖边的餐厅里，还有西湖的断桥上、西湖的碧波旁、西湖的柳树下。

记得那天，天气好极了，初夏午后的西湖非常美，除了前几年目睹的雪中西湖之外，比我从小到大去过的任何一次都要美，美到让我有些恍惚，不知今夕何夕。我穿上和妈妈一起设计的唐风大袖衫“洛神”，面对湖光山色，天光云影，那一霎，衣襟带花，吴带当风，我愿就此归去，且共西湖一醉……汉服的飘逸之美与西湖的灵动之美，默契相合，妙哉。

而聪聪则穿着锦瑟家的V领半臂襦裙“凉州暮”，紫衣飘飘，被午后的阳光一照，仿佛一朵紫色睡莲，迎风涉水而来，只是为了与我一同完成此刻穿着汉服与西湖的共鸣……

汉服的美是灵动的，是婉约的，是东方的，是古典的，更是传统的，而西湖的美亦是如此，汉服与西湖是极其相配的。我一直都觉得汉服是最能展现东方古典神韵的服饰，而对于西湖，苏东坡的名句“欲把西湖比西子，淡妆浓抹总相宜”也早就写尽了它的神韵。这样“淡妆浓抹总相宜”的西湖，不就像汉服吗？

在汉服众多的款式中，既有端庄大气的曲裾，也有灵动俏皮的齐胸襦裙，还有婉约典雅的褙子、对襟襦裙等等，汉服之美，美在包罗万象，西湖之美，美在自然灵动。

这几年我与聪聪一直穿着汉服回归生活，我们穿着自己的汉服行走在路上，行走在青青校园里，行走在一切我们想要去的地方，也有人问过我们穿的是什么衣服，我们总会自豪地告诉她们：“这是汉服呀……”

那天在西湖边也遇到了同样的情况，有一个小姐姐带着好奇的眼光，笑着上前问我们：“小妹妹，你们穿的衣服好漂亮，这是什么衣服呀？”于是我们就耐心地给她普及了汉服知识。

那一日的西湖，记下了我们与它的共鸣，而汉服也会知道，它曾共西湖一醉。

孤山寻梅，寻的是前世的自己

中国文字是大美，有些词轻轻松松的组合在一起，就有了一种难以言说的美意，比如孤山。

在我去孤山之前，它给我的感觉就是一处潜藏在西湖云烟深处的桃花源，是遗世独立的存在，因为林和靖。

几年前我和小伙伴红红一起去了，果然如此。

这世上总有些人，你一遇到便会感慨，实在是相见恨晚。红红于我而言，就是这样的人，她是我的大学同学，也是亲密的室友。我与她都是风向星座，也都来去如风，我们都有自由不羁的灵魂，且都始终坚持自己的审美和格调。我知道，她和我一样喜欢梅花，所以我们相约一起去孤山寻梅。

那一天是3月初，天气晴好，并没有雪，然而梅花却开得正盛。

孤山碧波环绕，山间花木繁茂，亭台楼阁错落别致，是一座融自然美和艺术美为一体的园林。孤山如其名，是湖中一座孤峙的岛，孤山景色早在唐代就已闻名遐迩，唐朝大诗人白居易有“孤山寺北贾亭西，水面初平云脚低”的名句，孤山更有宋代隐居诗人林和靖的墓寝，流传着“梅妻鹤子”千年未变的传说。

林逋，字君复，后人称为和靖先生，他以杰出的咏梅诗闻名于世。他隐居孤山并种了三百多株梅花，写出了不少咏梅佳句，其中《山园小梅》最负盛名，一经传出，便压倒千古无尽咏梅诗，被誉为“千古咏梅绝唱”。

> 众芳摇落独暄妍，占尽风情向小园。疏影横斜水清浅，暗香浮动月黄昏。
>
> 霜禽欲下先偷眼，粉蝶如知合断魂。幸有微吟可相狎，不须檀板共金樽。

整首诗中，那一联“疏影横斜水清浅，暗香浮动月黄昏”一直备受千古文人墨客推崇，可我私心却更偏爱第一句“众芳摇落独暄妍，占尽风情向小园”，寥寥十四个字，写尽了梅的本色、梅的骄傲、梅的孤独。

飞雪寒冬，天地苍茫，众芳摇落，牡丹去了，莲荷萎了，菊花残了，只有梅花开了，独自暄妍，独自占尽满园风光！也许能与它相伴的，只有那雪后崖岸边仍旧傲立着的孤松，和始终挺立风中经冬不凋的翠竹了！

孤山上的梅，就是如此。

孤山寻梅，当我看到那些梅花的时候，我终于明白这首诗的意义。当我看到林和靖墓和“梅妻鹤子”四个字的时候，我更觉得像梦一场，有种恍惚的错觉，这个地方我上辈子一定来过。更或许，我上辈子就是这里盛开的一朵梅花，不然为何我今生会如此钟爱梅花呢？

作家白落梅说：“每个人的前世，都是一株草木，今生你钟情的，必是前世的自己。”如果真是这样，那我前世一定是一朵梅花，在天地间自开自落，潇潇一枝清逸。因为我从小最爱梅花，这种热爱就像我爱文字和古琴一样，宛如一场前世今生的约定，命中注定，不可违，我一定会爱上它。这么多年，梅花一直伴随着我度过春秋冬夏，我心深处，也早就盛放了一朵梅花，清艳自成风骨……

不知哪一世，我与梅花结下了这不解的尘缘，飞雪是我们的月老。否则，为何人间草木无数，百媚千红中，我却独爱那一枝疏月淡梅呢?

长大后妈妈告诉我，我生在 2 月份，那天大雪漫天，梅花在风雪中开得正盛，那一刻我明白，也许这就是我喜欢梅花的一个契机吧。

高中的好友毛曾经在写给我的明信片中，写下了这样一段话，令我心动，也令我久久难忘:“我一直觉得，你是雪中一枝清丽的梅，开在很久很久以前，你的言语、你的喜好、你的性格，都让我感受到了时光的味道。你是一朵凌寒独自开的梅，即使被积雪打压，又何曾见过梅花退缩妥协？”我当年看到这段话，心里“咯噔”了一下，如今流年飞渡，再次想起，依旧为了这份懂得热泪盈眶。

我从小喜爱梅花，它在我心中就像一个绝美的女子，如月瑰人，蓦然回首间遗世独立。我爱她令人不敢逼视的风雅，我爱她不流于俗的风骨，我爱她不与群芳争艳的独特，我爱她与世隔绝的空灵纯净，我还爱她那份独有的我自开来我自败的潇洒从容。梅为花之最清，她虽然没有牡丹的雍容华贵，没有兰花的空谷自在，没有玫瑰的娇艳欲滴，可她有一种这世间所有的花儿都没有的清雅出尘。

不止一次的觉得，我上辈子也许就是一朵梅花，开在驿外断桥边，开在江潭落月处，也许，还开在西湖孤山上。

三年过去，我至今却还记得，当时看到孤山上那些盛放的梅花，我的心情有多么的激动！那一霎，我与梅花恍如久别重逢的故交，是不知哪一世就曾相约今生的灵魂伴侣！我几乎是向它们狂奔而去，闭眼、抬头，去轻嗅它们的芬芳。红红告诉我:“你知道吗？这一刻的你，就像是梅花的知己，这些梅花好像在等你来看它们一样呢。”

她说出了我的心声呀，是啊，也许我就是梅花的知己，梅花也是我的知己，它们在等我来，我又何尝不是在等待这样一个时刻去寻觅它们呢？那一刻我顿悟，孤山寻梅，也许我寻的就是前世的自己，就是那个散落在旧日烟尘中的自己呀。

孤山上的梅花品种有很多，宫粉梅俏丽香浓，朱砂梅紫艳色重，洒金梅红白相间，还有我最爱的那一丛绿萼梅清逸出尘……

当我和红红离去的时候，我闭眼在心中祈祷：“今夜，孤山的梅花呀，来我的梦中吧，因为你我虽是初次相遇，却更像是久别重逢的老友呢。”

那夜，我果然在梦中梦到了白日所见的孤山之梅。人间蓬莱是孤山，有梅花处好凭栏，绝美不似人间，我也仿佛在隐隐约约之中看到了一个人影，是林和靖，以梅为妻、以鹤为子的他，潇潇孑然一身，自在如闲云野鹤，活出了旁人不可复制的精彩。

如果有来世，就让我做一朵梅花吧，就开在孤山上吧，等待知音来寻觅。如果等不到知音，也没有关系，有孤山上的茫茫飞雪相伴，也够了。

灵峰探梅，探出别样风光

孤山寻梅之后，我与友人静在第二年去了灵峰探梅。静是与我有着不可言说的奇妙缘分之人，我与她从同一个小学到同一个大学，横贯六年中学，这是怎样奇妙的缘分呢？然而我们真正的相识是在高三，也是那时我们才真正成为同学，之前一直不在同一个班，大学又考到了同一所学校，这么多年我与她的友情若要以一种花来形容，那也必是梅花，因为像极了梅花，一样清远、幽幽、难忘。

杭州素来有三大赏梅胜地，排在首位的是西湖孤山，因为林和靖的“梅妻鹤子”这千年的传说；排在第二位的是灵峰，位于植物园里面的灵峰；排在第三位的是和西湖并称“双西”的西溪湿地，那里赏梅的特色在于水上寻梅，别有一番风趣。

灵峰探梅，位于西湖的西部山峦中，灵峰山下青芝坞旁。早在后晋开运年间，此地就建有灵峰寺，有翠薇阁、眠云堂、妙高台、洗钵池等。明万历初年，山寺败落僧飘散，仅存殿宇。清嘉庆间，浙江都卫莲溪重修灵峰寺，四周植梅花一百多株。宣统元年周梦坡又植梅三百株，此地遂成为赏梅佳地，又名“灵峰探梅”。

1988年，园林部门重辟梅园四百多亩，植梅五千余株，其中还有罕见的“夏腊”二百株。因为地理特殊，地处山谷，所以灵峰的梅花比别处开得早，却谢得迟。也因此，每年梅开之时，楼阁参差，暗香浮动，梅林似海，引得梅花爱好者纷纷前来一探风光。

西湖孤山的梅，开得闲云野鹤，孤山之梅，美在逍遥自在，可是灵峰的梅花却不同，灵峰的梅花开得更加的俏皮生动。说到底，因为林和靖，孤山的梅始终有一种挥之不去的清傲，但灵峰的梅却开得更接地气。

我与友人去的那一天也是3月初，艳阳高照，万里无云，天空澄澈，杭城已经有了春的气息，我们害怕梅花会谢了，不等我们。可我们是幸运的，等我们到的时候，梅花还在那里等我们，依然是盛放的样子，傲立在枝头，绽放出最动人的模样。也许我们再晚几日，它们便真的要潇洒归去，等来年再开了，还好我们没有错过花期。

记得我和友人的这场灵峰探梅之旅十分颠簸，我们两个人由于下错了站，走了很多的路，其中穿越了一个将近六百米的隧道，两个人在那里走啊，走啊，似乎没有尽头，隧道内满是汽车的回声、噪音，各种声音夹杂在一起，真是令我们永生难忘啊。幸好后来我们走出隧道成功打到了的士，没过多久就到了。

当我们终于千辛万苦地赶到植物园，然后顺着植物园的路标一直走，走到了灵峰，看到了那些梅花时，两个人纷纷感叹：“今日所有的颠簸都是值得的，就为了这些一直在等我们的梅花。”

西湖的梅花，像林中隐士，潇潇清逸有林下之风，而灵峰的梅花像少年，生动、活泼、俏皮，各有各的美，难分伯仲。

那天植物园内游人如织，草地上随处可见游人，有一家老小来看梅花的，有小孩子在放风筝，有孩童在草地上奔跑，年轻的母亲抱着孩子看梅花，年迈的老人搀扶着伴侣，一同静静地看着梅花。还有年轻的小情侣一同并肩坐在草地上看梅花，微笑着相拥。

梅花是这一切的见证者，梅花其实很日常，很贴近我们的生活，不是吗？男女老少都爱它，可不是很接地气吗？

植物园很大，风景清幽独到，这里是植物的天堂，灵峰的梅花隐于植物园的曲曲折折之处，更应了那句“梅花之美，不在于直，在于曲；梅花之美，不在于密，在于疏”。灵峰的梅和这句话极为贴切，我与友人也是兜兜转转，绕了好久才终于找到了那些灵峰的梅花。

我与友人在回去的路上路过了景上书院，便走进去看看。我们发现著名古琴演奏家、琴歌演唱家乔珊老师的古琴课程就开设在景上书院里，有两间教室专门用作古琴教室。接待我们的茶艺师十分健谈，泡了上好的祁门红茶来招待我们，与我们一起聊着茶与古琴，还有梅花。

我本能地走到琴桌前，很自然而然，没有任何犹豫弹了一曲。

这一曲是《梅花三弄》。

灵峰探梅，弹什么会比《梅花三弄》更贴切吗？一曲弹罢，好像空气中、手上都沾满了梅花香，久久不散。那香分不清是来自灵峰的还是来自何处的，也许我内心深处早已盛开了一朵梅花吧。于是我将这朵梅花别在衣襟上，和友人踏着落日，在霞光万千中，和梅花，和古琴，和景上书院，一一作别，尽兴而归。

雪中西湖，天地绝美

2018 年，年初，难得的大雪。

单曲循环播放着古琴曲《梅花三弄》，我静静坐于茶台前喝着一壶白毫银针，凝神听着窗外的风雪之声。自从 2008 年以后，我再也没有看到过这么大的雪了。

下雪的杭城很美，而最美的地方莫过于西湖。明代后期的书画鉴藏家汪珂玉曾经说过这样一句话，是对西湖之美最深刻的诠释："西湖之胜，晴湖不如雨湖，雨湖不如月湖，月湖不如雪湖。"

汪珂玉是西湖的知音，张岱也是，我和闺蜜云也是。

记忆之门开启，倒回 2015 年年初。我和闺蜜云曾有幸看到过雪中的西湖，从此记住了西湖最绝美的时刻。

那天纤云低垂，天空中飘起了雪花，一朵一朵随风而落，仿佛九天玄女撒下的万朵流云，又宛如李太白笔下的诗："应是天仙狂醉，乱把白云揉碎。"是啊，天仙喝醉了，这一醉，揉碎了朵朵白云，于是它们飘散在空中，狂舞在人间，纷纷扬扬，久久不停。

我和闺蜜本来撑着伞，后来我们两个十分默契地一同把伞收下，任由雪花落满了我们的发间、额头……青山从此为雪白头，而那一刻我们两个也为雪而白头。可这白头是如此叫我们欣喜，那一霎我莫名的想到了明代最好玩的文艺男青年，有品有型酷到极致的“纨绔子弟”张岱，那年他驾着自己的夜航船，独往湖心亭看雪。不知张岱是否知道，几百年后也有两个他的知音，和他一样去西湖看雪。

我该怎样形容雪中的西湖呢？不下雪的西湖本来就已经很美，自古以来无数人为它倾倒，文人墨客为它写下了不计其数的名诗佳句，纷纷歌咏盛赞它的美丽。青山掩映下，万顷碧波荡漾，断桥烟波上，柳浪闻莺处，双峰插云，花港观鱼，无一不美，可是雪中的西湖有一种永远都无法超越、无可比拟的美！那美是天然去雕饰的东方大写意，带着最原始的穿透力与震撼，像王羲之的《兰亭序》行云流水，像倪云林的山水画卷缥缈空灵，也像那雪中孤梅、老岩古松……

天地间白茫茫一片，飞雪漫天，极目望去，烟波浩渺，湖上人影三两，我想能去看雪中西湖的人，都是真正热爱雪、热爱西湖的人吧。那种苍茫到极致的美丽，那种深邃到极致的清寒，那种人迹罕至的天地绝美，也只有骨子里热爱雪、热爱西湖的人才能懂得吧。

记得那天我和闺蜜本打算早上去南山路上的中国美术学院参观，然而那时正是寒假，中国美术学院放假关门了，可是无损我们的心情，因为我们赶上了难得一遇的雪中西湖，那种美，胜过人间美景万千。

中午我们一起去了河坊街。河坊街离西湖并不远，可它与西湖却是两个世界，雪中西湖，仿佛与世隔绝，像天山上的雪莲，像潇洒归去的隐世才女。而河坊街不是，它是市井的，带着热腾腾的喧嚣，一走进去，仿佛会穿越到千年前的南宋，人声鼎沸中，自有一番落拓古意。

那天下午我们一起去参加了西湖琴社的岁末雅集，记得那天曾老师也及时赶来了。她是我和云的初中班主任，也是语文老师，这么多年和我们亦师亦友，也一直见证着我们的成长。琴社的雅集活动发布前几天，她在微信上和我说这次雅集要和我们一起去。我十分欣喜，她和我们共赴这样一场特殊的雅集，在冬日的雪中西湖，自然难忘。

雅集内容很丰富，有古琴独奏、琴箫合奏、琴歌演唱等等。雅集以琴歌《阳关三叠》开场："清和节当春，渭城朝雨浥轻尘……"一开口，我们都已醉了。这首琴歌非常符合下雪的西湖风光，也十分契合雅集的地点——南山路上的恒庐美术馆，一处大隐隐于市的清静所在。

那天我也上台弹琴了，我弹了一曲《良宵引》。闺蜜和曾老师一直在台下为我拍照录视频，一曲终了，我们相视而笑，为这份不需言语的默契。

此时窗外，一直有大雪飘着，室内放着古琴曲《白雪》，白毫银针的清香萦绕了一室，白茶像雪，淡极始知花更艳，而我心中也早已好雪片片，和着那场西湖的大雪，不落别处，恰巧落在我指下的文字里。

国际茶博会，专业来自专一

2017 年 5 月中下旬，杭州和平广场中心举办了国际茶叶博览会。我和友人旭旭一起去参加了这场难得一见的茶界盛会。

旭旭是我同龄的朋友中最喜欢喝茶的，她是我的高中同学也是大学同学，我们之间的缘分，也是从茶开始的，在那一盏茶的浮沉中，终于奇妙的越走越近，蓦然回首，才惊现原来彼此竟有那么多的相似之处。

比如，对我和她来说，茶都是我们的一种生活状态，是必不可少的生活方式，如同呼吸一样自然。我们都是同龄人中少数的对茶非常热爱的人，在我们的日常生活中，离不了茶，每天都要喝茶，茶瘾极大。

国际茶博会，名不虚传。展会上展出了无数好茶，有黑茶展、白茶展、红茶展、绿茶展、武夷岩茶展，还有花茶展、茶具展等等，一系列各色茶类和茶具的展览，足以令观者眼花缭乱。

印象最深的有两家店，第一家是来自福建泉州的青晚田茶具，路过她家展厅前，我是被那个颇具日本铁壶风味的茶具给吸引的，于是我和友人一同踏入。那把铁壶大气、古朴，还带着几分沧桑寂寥，像极了八大山人的山水画，不多一笔，也不少一笔，一切都是那么恰当的刚好。

展厅的老板很好客，邀请我们坐下来一边喝茶一边聊，他们马上煮起了老白茶，不一会儿，透明玻璃壶中的老白茶和山泉一同交融，开始沸腾，发出“滋滋滋”的声音。也是在聊天过程中，我们得知他们是来自福建泉州的，此次展出的茶具都是他们自己设计并制成的作品，他们有自己生产茶具的工厂，一体化销售。老板娘还亲切地问我们平时都爱喝什么茶，我们都一一回答她。

“你们两个小姑娘年纪轻轻的，没想到竟然对茶这么有研究，真是不容易！你们喜欢茶味偏重的茶，其实也可以看出你们懂茶，并且也喝了很久的茶！”面对老板娘的称赞，我和友人默契一笑，其实我们对茶谈不上有什么研究，只是茶是我们的生活状态，因为热爱，所以更能感知它的真味吧。

在聊天过程中，老板夫妇二人得知我们喜欢白茶，便诚挚比向我们推荐他们认识的一个专做白茶的老板，就在不远处的一个展厅里，他们告诉我们那老板是年轻的 90 后，却因为与白茶结缘，专做白茶，一生与白茶相伴。

我与友人十分好奇，道谢，满怀期待而去，果然没有令我们失望。

那个老板的白茶展厅，也是此次国际茶博会中较大的几个展厅之一，里面摆满了各种各样的白茶，有压成饼状售卖的福鼎大白茶，也有罐装的白毫银针、白牡丹，还有存放在牛皮纸袋里的老寿眉等等。

专业来自专一。看到他的展厅时，我明白了，为什么他的这家店能够做得这么好！因为他只做白茶，专做白茶，他把对白茶的喜爱年复一年地深情投入在这些展出的白茶中。因为足够专一，所以才造就了专业。这道理简单朴素，可身处这繁华世界，却没有几个人有毅力可以做到！

展厅的老板夫妇十分的客气，见我们进来，便连连招呼我们坐下喝茶，热情地问我们喜欢喝什么茶，我们一一告知，于是老板娘便根据我们的口味，泡了七年的老寿眉和三年的白毫银针，都是好茶，都是他们家自己精心培植、用心制作的茶。

聊天的过程中才知道，老板是 90 后，因为对白茶有一种特别的喜爱，所以大学毕业以后便毅然去了太姥山，投身于他所热爱的白茶事业，他们家的白茶，全部出自海拔几千米以上的南山脉，那些白茶受了天地日月精华，所以更多了一份动人的味道。

我们从白茶开始聊，聊到武夷岩茶，聊到大红袍十二小时的醅火，聊到岩骨花香，最后，终于又回归到了白茶。从青青白茶说起，最后又回到这白茶，这一切，像是一个轮回，兜兜转转之后终于回到了原点。

他们夫妻二人对于白茶的热忱和执着，深深打动了我。我欣赏这种因为特别痴迷于某一事物而把它当作事业，并坚持不懈地用一生去奋斗的追梦者。离开之前，我挑了一饼他们家新出的白露寿眉茶，和友人在不曾褪去的白茶香中微笑离开。

买回家后，友人来我家时，我迫不及待的用茶具泡了。茶如其名，白露，带着深秋的诗意与朦胧，却是清清淡淡，那种美妙的如沐春风之感，在端起品茗杯轻抿的那一刻拂面而来，让人心醉。

从此，我的茶台多了几分来自南山脉的白茶香，久久不散。

我曾养过五年萨摩耶

狗狗是通人性的，它们是人类最好的朋友。在我养了五年萨摩耶后，我深信这句话。

记得那年我读初一，一天放学回家后，我看到家中多了一个“新成员”，爸爸告诉我：“你看，我给你买了一只萨摩耶，你喜欢吗？”

我看着眼前的这只萨摩耶，欢喜得不行，兴奋得手舞足蹈：“当然喜欢了爸爸，哎呀，这只萨摩耶真是太可爱了。”

萨摩耶是世界名犬，它有着雪白的毛和黑宝石般的大眼睛，有着非常引人注目的外表，向来有“微笑天使”的称号，是极其美丽的狗狗。

狗狗是我从小到大最喜欢的小动物，但是在那之前只养过土狗和一只博美犬，从来没有养过萨摩耶这样的大型犬。萨摩耶非常的友好，我轻轻地试着用手摸摸它，它非常亲热地朝我摇摇尾巴，我摸摸它的头、它的鼻子，笑着对它说：“你怎么这么可爱呀？”它像是十分配合我一样，连忙摇起它的尾巴。

我们给它起名叫“酷比”。这个名字是非常适合它的，因为它的确很酷，走起路来总是一副雄赳赳气昂昂的样子。

酷比一直陪伴了我们五年，我们养了它五年，五年的时光中，留下很多美好难忘的瞬间。

比如我每天放学回到家，在开门之前就能感受到酷比一直在热情地迎接我的到来，它上蹿下跳的脚步声就是最好的证明。我一打开门，它就亲热地蹭到我的身上来，我摸摸它，它也友好的让我摸。再比如，每天我写完作业、吃好晚饭后基本都会带它去溜达溜达，无数个夜晚，我们一起看繁星点点闪耀天际，看夜色如墨月华如水，在那一剪月华悠悠流照下，它显得更加美丽了。

酷比对人友善，是听话的狗狗，但它也有自己的一些小脾气。比如，有一年我们一家有事回桐庐，爸爸妈妈考虑到只回一天就没有带着它，等到我们第二天从桐庐回来，发现它的狗粮一颗都没有动，它看到我们回来的时候，只是用它那极其忧伤郁闷的眼神一直看着我们，我和爸妈瞬间明白了——酷比生气了，它以为主人抛弃它了，不要它了，所以伤心难过，郁闷之下就不吃东西了。

于是我们轻轻摸摸它的头，一点点慢慢跟它解释："酷比呀，你怎么都没有吃东西呀？我们没有抛弃你哦，只是想到就离开一天时间就没有带你去呀，你看，我们这不是回来了吗……"

它一开始不理我们，后来说着说着，它慢慢地又恢复到以前的样子，跟我们又像往常一样亲热了，开始上蹿下跳，小尾巴晃个不停，它那独有的"天使般的微笑"又重新绽放了。

那一刻，我明白狗狗是极其通人性的，并且十分讲情义，不逊于有情有义的朋友。

我还清楚地记得，有一次不知道为什么，我心情不是很好，放学回到家也一直闷闷不乐。酷比像往常一样热烈地欢迎我回家，只是它见我没有像平时一样和它说话，就一直把头埋在我的腿上，伸出它的小舌头舔舔我的手，好像在不停地跟我说："你别难过呀，小主人，你看这个世界还是很美好的，你看我还陪着你呢。"

那一刻，我被它逗笑了，一扫忧郁的情绪，它也高兴得上蹿下跳了起来。那时我终于知道，为什么说狗狗是最通人性的一种动物了，它是人类最好的朋友，并不是传说。

酷比一直陪伴着我，陪伴了五年，从我的初一到高二，那是我最青春年少的时候。多年以后的今天，我依然会常常想起酷比，我依然想念这只聪明可爱有灵性的萨摩耶。

我的萨摩耶，我的酷比，你还好吗？

过年记

“过年”两个字一说出口，就有一种热闹的感觉。挨家挨户红红火火过新年，几千年来，这份独属于中国传统文化中的热烈味道，从未变过。

春节，是一个古老的节日，历史悠久，早在秦汉时期便开始了。岁月更迭，年轮流转，草木也是一岁一荣枯。每隔三百六十五日，便会经历一次轮回，然后，冬去春来。

在我的记忆中，家乡的年味让我念念不忘。记得每次过年前，爸爸都会开车载着我和妈妈一起回桐庐老家陪爷爷奶奶。

客观来说，农村里的年比城市里的确实更有年味，更富有过年的感觉。

在我的记忆中，家乡的年是十分热闹的。每当我们一家风尘仆仆地归来时，爷爷奶奶早已为我们准备好了一切。我们只需卸下疲惫，放松身心就可以。一回到家，奶奶早已做好一桌拿手菜。然后，一家人围炉夜话，喝茶嗑瓜子。这俗世的热闹，很美妙，也很迷人。

乡村过年，年味极浓，也很隆重。早在过年前的一个月，各家各户都开始置办年货了，过年的食物，鸡鸭鱼肉、蔬菜水果自然是必不可少的。

在我的印象中，家乡的年味十足，每到过年这一天，家家户户都会放爆竹，都会一起守岁、包饺子、吃年夜饭。这三样，是永远都不变的习俗。

每到过年这天，奶奶和妈妈是最忙碌，她们会早早地准备好丰盛的年夜饭，鸡鸭鱼肉、海鲜冷盘一应俱全，各色蔬菜和点心也都摆得满满当当。每一道菜都凝结着奶奶和妈妈的心血，每一口饭菜都是纷繁人间中最纯粹的爱的味道。这份味道，是无价的。

一家人在过年这个团圆的时刻，坐在一起吃着年夜饭，说着日常琐事，时间似乎会变慢。我以前并不爱听日常琐事，可如今却不排斥，反而很享受这个时刻，因为那些日常琐碎都是真实的生活。

真实的生活里，藏着红尘温暖，藏着凡俗的好。多年后，我终于明白，生活才是最高艺术。年少清冷，一心认为艺术必定要高于生活，可现在经历了些世事才明白，艺术永远都不可能高于生活！

因为，艺术全藏在我们那细水长流的生活中，而日常就是不日常，所有的惊天动地全在日常中。

年夜饭吃到最后，爷爷奶奶和爸爸妈妈开始轮番发压岁钱，全家我最小，所以我拿到的压岁钱也最多。那红彤彤的红包中，藏着父母长辈对我的关怀和期许。

发完压岁钱后，一家人便开始等待春晚的开始。每到八点钟左右，奶奶会去烧全家的点心，是前一天包好的饺子。在除夕夜这天吃饺子，是几千年来不变的传统习俗，因为那一个个盈白如月的饺子中，承载着中华文化的精髓。

饺子是历史悠久的民间吃食，深受老百姓的喜爱，每逢新春佳节，饺子便成为必不可少的美味。它之所以能成为春节不可缺少的节日食品，主要原因有四个：

第一是因为按照古代的习俗，饺子是过年祭祀后食用的食品。过年时，讲究守岁时包，辞岁时吃，即到子时吃，此时为两年之交、迎新辞旧的时刻，具有特殊意义，取“更岁交子”之意，“子”为“子时”，交与“饺”谐音，有“喜庆团圆”和“吉祥如意”的意思，预示新的一年里交上好运。

第二是因为饺子形如元宝，人们在春节吃饺子取“招财进宝”之意。

第三是因为饺子有馅，便于人们把各种吉祥、喜气的东西包到馅里，以寄托人们对新的一年的美好期盼。

最后一个原因是饺子本身就非常好吃，民间也一直流传着“舒服不如倒着，好吃不如饺子”的俗话。

在我记忆中，饺子与春晚，一直都是最美妙的搭配。因为饺子会让春晚更好看，春晚也会让饺子更好吃。

关于过年，王安石有首名诗，叫《元日》：“爆竹声中一岁除，春风送暖入屠苏。千门万户曈曈日，总把新桃换旧符。”

放爆竹，自然在家乡的过年习俗中必不可少。吃完饺子后，爸爸都会去家门口的小院中放爆竹，巧的是，这一刻往往也能听到各家各户的爆竹声。于是，爆竹声响彻乡村，天空中似有无数流星划过，又宛如无数朵绝艳的花朵在天际绽放，璀璨到了极致后悄然隐退，静待来年再重生。

长大了我才明白童年时背得滚瓜烂熟的《元日》，那千年前古诗中的过年氛围在家乡的除夕夜确实能感受到几分。

千年后，爆竹声中一岁又过，春风又暖千门万户。

年年岁岁花相似，岁岁年年人不同。可这世间事就算千变万化，对我来说，总有几件是不变的，家乡的年味就是如此，一直都是记忆中留存的那个样子，一直没有变，也永远不会变。

家乡的年味，让我念念不忘，让我心生感动。

我只愿，流年可以暂缓，让爷爷奶奶身体健康，还是精神矍铄的老人，爸妈依然健硕，两鬓的华发可以生得慢些，而我依旧是自在如风的少年，依然年年岁岁有今日。

母亲的越剧

母亲十分痴迷越剧，自我记事起，便记得她总会在做家务的时候一边做，一边哼唱着越剧。也是在她一遍遍的哼唱中，我知道了越来越多的越剧名段，比如《天上掉下个林妹妹》《焚稿》《梁祝楼台会》《何文秀算命》《沙漠王子》《碧玉簪》等等。

母亲的声音婉转动听，如流水潺潺，有江南的深深况味。我遗传了母亲的声音，父亲总说我们的声音特别像，一样的婉转动听，一样的有江南味道。我从小在母亲的耳濡目染下也慢慢喜欢上了越剧，有时候也会一个人不由自主地哼哼起来。

记得小时候特别喜欢听母亲唱越剧名段《天上掉下个林妹妹》，有一个晚上嚷嚷着让她教我唱。她耐心教我，示范了一遍又一遍，从咬字、发音，到一句句的连贯，最后我唱得终于有了几分样子，不得不感叹，戏曲真的不好学。

也是在那个夜晚，母亲跟我聊了很多，我才知道，原来她喜欢越剧是有遗传的。外公非常喜欢戏曲，母亲从小音乐天分就特别好，会拉二胡，她的叔叔，就是我的小外公，更是当地拉二胡有名的才子。母亲自幼和小外公学习二胡，二胡是极其讲究听力天赋的乐器，所以她的听力自然比旁人要好很多。母亲对于二胡的热爱，大概等同于我对于古琴的痴迷吧，这种热爱和痴迷都是命中注定的，没有办法。

二胡是越剧的主要伴奏乐器，它在越剧中的重要性相当于笛子在昆曲中的重要程度。大概是因为越剧擅长抒情，以唱为主，优美动听，所以必须要用二胡这个乐器来表现“才子佳人”缠绵悱恻的离合悲欢吧。

我还记得年少时和母亲一起去看越剧的情景。那时我大概十岁光景，正月里去外公家拜年，外公家的村子几乎每年都会请上戏班子，热闹地唱上几天几夜。看戏，是那个小村一道浩大的风景，台上是生、旦、净、丑一齐登台，台下是观众拥挤如潮一齐叫好，锣鼓二胡、横笛声起，瞬间响彻山河，那气场华丽喧腾，让人难忘。

外公问我要不要一起去看戏，我那时年幼，对于戏曲倍感好奇，拍手说当然要去。于是外公外婆走在前头，母亲牵着我的小手一起去看戏，一路上静得只能听到乡间呼啸的风，看天上的繁星点点，那一轮皓月依旧高挂天空，千古不变地流照出人间的悲欢离合。而戏台上，亦是唱着人间的悲欢起伏。

夜晚看戏最入心，我和母亲都是看客，我们一同看着戏台上霓虹闪烁，只是我们的关注点不一样，她深深沉醉在她所熟知的越剧故事中，而我则深深沉浸在台上那些越剧演员美丽的服装与妆容中，云裙水袖、飞扬轻曼，真美呀！我最开始是被柔美飘逸的服饰和俏丽的妆容吸引的，可后来我竟然慢慢看得入境了，觉得演员演得真好，简直活灵活现。

时间不知不觉流淌了两个小时，台上演员唱完的那一刻，我与母亲都未缓过神来，直到台下的看客爆发雷鸣般的掌声，我们才惊觉，原来戏已唱完。掌声过后，看戏的观众便都纷纷站起散场了。可是我与母亲似乎还沉浸在故事之中，不愿离开，那一霎，年幼的我竟莫名心生恍惚，到底是人生如戏，还是戏如人生呢？

流光容易把人抛，可庆幸还是有很多东西没有被时光老人偷走。现在母亲依然热爱越剧，晚饭吃好，她经常会在唱吧里唱几首越剧，然后放给我听，她的声音依旧婉转动听，而我从小在她的影响下，也成功地喜欢上了越剧。

虽然这份喜欢比不了我对昆曲的热爱，但是越剧也在我的心间留下了不可泯灭的痕迹，这痕迹像极了三月江南的微风细雨，酥润那满庭绿杨，悄悄唤醒枝芽，听春风，耳畔响……

麦家理想谷，理想中的读书圣地

对于麦家理想谷一直久仰大名，我想去已久，终于在丁酉年的秋天和好友云一起去了。麦家理想谷位于西溪创意产业园中，“西溪”一直和“西湖”并称杭州的“双西”。在我看来，西湖的美更灵动，也许是因为它从古至今都是热闹的吧，而西溪相对而言要冷寂许多，自然，它比西湖也多了几分天然不雕琢的古意。

麦家理想谷很好找，只要进入西溪创意产业园，沿着小路顺行一百多米左右就能看到一片小屋，门口悬挂着一串串随风摇曳的红灯笼，灯笼上面用毛笔写着五个字——麦家理想谷。花木扶疏，绿荫葱茏，是理想中的读书圣地，有风拂过，能听到翠竹的沙沙声，清幽寂静恍若人间仙境。

谷外有一片潺潺水声，我与友人环顾四周一看，才发现原来是门口一台石质水车缓缓流转出的水声，这水声虽然不能与山涧清溪相比，却也不失灵动，闻之令人欣喜。院中花卉更妙，如春花无尽迷人眼，清风拂过，便飘来无数花香，令人心醉，而花卉旁边有一行字更令人倍感温暖——读书就是回家。

麦家理想谷是由著名作家麦家创立的一个公益性“书店综合体”，拥有近三百平方米的读书空间，内有一万余册人文史类经典图书，是国内唯一一家只看书、不卖书并且免费提供咖啡茶水的书吧。除此之外，它还特别设立了文学写作营模式，每年由谷主麦家亲自甄选并邀请八到十二名“理想谷客居创作人”，免费在理想谷进行两个月的客居自由创作，此举属于国内独创。

我和友人像其他来客一样穿上鞋套便进去了，一走进便发现我们仿佛进入了一个读书的圣地。麦家理想谷中的来客基本保持两种状态，要么纷纷静静地坐着认真捧读手上的书，要么就是在安静地寻找他们要找的书，几乎没有一个人发出一点声响。这样的情况在其他的书店是不太能够见到的。

我和友人进去以后也像他们一样，安安静静地去找自己感兴趣的书籍，书架上琳琅满目，除了谷土麦家的作品以外，还有纯文学、文史、哲学、艺术等等。书籍的丰富程度可以和新华书店或者购书中心相比，但是它的阅读环境却比新华书店要好多了，那种静谧悠然的阅读氛围不是一般书店可以与之比拟的。

没过多久，我和友人也找到了各自感兴趣的书籍，我找了钱穆先生的《中国文学史》和斯蒂芬·金的《肖申克的救赎》，友人找了东野圭吾的《解忧杂货店》和王小波的《黄金时代》。于是我们在麦家理想谷开启了这场难忘的阅读之旅。

我们都沉浸在各自的阅读快乐中，时间竟然在不知不觉间过去了两个多小时。我们低头看看手腕上的手表，两人很有默契的放下了手中的书，一起说我们去喝下午茶吧。

在离开麦家理想谷之前，我们拍了很多美丽的照片，它的布置格调温馨，分为上下两层，第一层是深咖色的书架、暖色调的地毯、墙上有绿植环绕，还有贴在墙上的许愿卡片，大多是来客写下的，关于理想、写作，也关于未来的美好憧憬。

而第二层则是谷主麦家为有文学潜力的作者提供免费创作条件的写作营，如当代著名作家苏童所说：“这是‘以文学之名开启的文学之行’，对文学创作热爱的年轻人常常被生计困扰，甚至中止其文学梦想，理想谷为这些年轻人抛开杂念，专心进行文学创作，提供了重要的帮助。”

在走出麦家理想谷之前，我对友人说：“我们下次再来麦家理想谷好不好？”她笑着回答：“当然，我们一定还要再来。”很少有一个书店，我去了一次还会再想要去第二次，除了晓风书屋以外，麦家理想谷应该是第一个。

记得我们那天离去之前，麦家理想谷门前的那些花花草草，仿佛也在对我们微笑，有风拂过它们，沙沙作响，花草亦通人情，它们的表情似乎在说：“欢迎你们两个爱看书的小家伙下次再来哟。”那一霎，心里倍感温暖。

是的，我们一定还会再来，我在心里说，期待与麦家理想谷，与这理想中的读书圣地，再来一次美妙的重逢，在不远的将来。

晓风书屋，不变的情怀

有人说，要想迅速地了解一座城市的气质，去本土书店看看就知道了。我十分认同，民营书店往往代表着这座城市的气息。杭城的民营书店有很多也都各具特色，但我最欣赏的还是晓风书屋。

晓风书屋是杭州最老牌的民营书店，现在已经有了八个分店遍布杭城。1996 年，店主朱钰芳开出第一家晓风书屋，直到现在，她用二十多年的坚守才成就了如今的晓风书屋。对于晓风书屋，我在上初中的时候就已经知道了，因为班主任曾老师一直向我们推荐。而我在很多年以后的乙未年夏天，终于和友人毛去了晓风书屋。

我们去的是位于体育场路上的总店，书屋并不是很大，但是每一个空间都充分地利用了起来，几乎没有浪费。书吧与茶吧紧密结合，店里的光线也非常好，那一盆盆小绿植在阳光的照耀下更动人了，点一杯饮品，和着书香，沐浴在阳光下，很容易就在那里消磨一个下午的时光，偷得浮生半日闲。

我和友人都点了饮品，我点了一杯青蛙撞奶，友人点了焦糖牛奶。

青蛙撞奶，我看到这个名字就很好奇，问店主这个是什么饮品？她非常耐心地为我解答：“是用现煮的红茶和鲜奶，再加上台湾的黑糖珍珠一起做的，并不是用奶精调制的。”听完她的解释，我对于这杯饮品除了好奇之外，更多的是期待，果然味道非常好，那种感觉就像晓风书屋给我的感觉一样，清新自然，没有很多雕琢的味道。

晓风书屋，我很喜欢书屋的这个名字，风动春晓，光影悠悠，非常美妙且诗意的名字。“晓风”二字，除了词人柳永的那句千古名句——“今宵酒醒何处，杨柳岸晓风残月”，还有晏几道的《鹧鸪天》——“梅雨细，晓风微。倚楼人听欲沾衣”。又想起《红楼梦》中那年大观园众人喜结海棠诗社，吟咏“海棠”诗，贾宝玉的《咏白海棠》诗中有一句——“晓风不散愁千点，宿雨还添泪一痕”。那“晓风”二字，真真为白海棠平添了一种风露清愁的美丽。

还想起了台湾著名散文家张晓风老师，每次看到她的散文，我都会想起晓风书屋。记得上高中的时候很喜欢读她的散文，清新、自然、简朴，却又动人。

记得那天我和友人去晓风书屋，里面人并不是很多，大多是来选书的，也有一些人和我与友人一样，点一杯饮品，然后静静地看一个下午的书，让一下午的时光就这么在书香中过去。现在的社会如此快节奏，能够静下心去书店看书的人已经越来越少了，都说现在是图文结合以及短视频的时代，似乎阅读已经与这个时代渐渐脱节了。

但是我并不这么认为，就如同我一直相信，无论电子书再怎样便捷，无论科技再怎样发达，纸质文明永远都不会被打败一样。因为纸质书是文化的象征，永远会有市场。

不说别的，就说不论电子书再怎么方便阅读，但是一本纸质书，一杯清茶，一个闲散的午后，这样美妙的阅读体验，这份唯一的阅读质感是电子书永远都不可能做到的！

所以，无论图文时代再怎样发展，纸质文明永远都会存在，而这些民营书店也还是会一直做下去的，因为始终会有这么一部分，像我和友人这样热爱阅读的人，会去这种有特色的民营书店，去看书，去挑选书，然后买回来认真品读。

我无法想象，这个世界上如果有一天没有纸质书了，那这个世界将会变得多么没有人情味、多么糟糕！一切都那么快速，看似便捷，其实早已丢掉了最初的心动。

这份心动就像是我们喝到第一口明前龙井时的那种感觉，就像是冬天约了好友煮老白茶或者是煮红茶加牛奶一起品味的温暖，还像我们凝神去听一朵花开的声音，去看窗外流云聚聚离离，去感受那一场天涯初雪的惊艳。

晓风书屋，不变的情怀，一直荡漾在我的心上。

大屋顶，初见却是久别重逢

大屋顶，位于杭州良渚文化村中，是由日本国宝级建筑大师、普利兹克奖获得者安藤忠雄设计的，建筑面积达到 10000 平方米。我久闻大名，想去已久，终于在 2018 年的春天和小伙伴红红一起去了，大屋顶，没有让我们失望，因为，好山好水好风光。尽管我和红红已经有四个月没有见面，可依旧亲切。尽管我和她住的离大屋顶都很远，可为了在春天赴这场美妙的约定，路途奔波两小时又算得了什么呢?

“我的建筑不能输给前人，要对得起这里的青山绿水。”大屋顶的建筑设计师安藤忠雄这样说。我想，这里的青山绿水若有回声，必会感谢他。

大屋顶的建筑属于那种让人一见就会难忘的，因为它独特的气息让人心醉，我在看到它的第一眼，就被它的气势所震撼，那种极其简约、中性、大气、内敛却又奔放的冷色调气场，令我难忘，一见倾心。

一眼望去，那巨大的几何形屋顶在蓝天白云下格外醒目，像西方的油画也像中国的山水画，中西合璧。我在看到它的那一刻，还想起了一个人，他与安藤忠雄来自同一个国家——日本——那反时尚反流行，非常独特的服装设计师山本耀司。

大屋顶的建筑，如果用服装设计风格来形容，那就是山本耀司的风格。黑色、灰色、银色、白色，旋转的楼梯，浑然一体的清水混凝土的外墙上，随着时间的流逝变幻，光与影也随时变幻出不同的风景。安藤忠雄向来被誉为“清水混凝土的建筑诗人”，他的大屋顶设计中随处可见这样的混凝土楼梯设计，充满着艺术张力，中性、低调，却又令人沉醉。

大屋顶的书店和图书馆也别有风格，4993 个书格，一本本良渚文化村居民自行捐赠的书，不得不感慨梦想的力量，也不得不震撼于他们这股强大的团结力。

我最喜欢书店的那扇巨大的落地窗，极目望去，窗外一片绿树成荫，远眺能望见连绵起伏的群山，那山峦叠翠的尽头似乎有仙气缭绕，是世外桃源的风致，缥缈不似人间。

那种空气中都弥漫着的绿意，那种缥缈凌云的风致，一下子就能让人产生一种不想回去，只想长留此地的感觉。起码我和友人在进入大屋顶书店的那一刻，在看到那无尽绿意时，都默契地同时感叹，不想走了，想永远留在这里，就这样一直与书香咖啡香为伴，就让时光这样天荒地老下去吧。这是我们在去任何一个书店都不曾有过的感觉，很奇特却也很真实。

据说夏天的大屋顶书店才是最美的，因为那时书店旁边有成片的向日葵，开得浩瀚如海，汪洋恣肆，美极了，想想便心醉。那真是理想中的读书圣地呀，一定要夏天再去一次大屋顶，也一定要在有心仪的电影上映的时候，去大屋顶的剧院里，在现场看一场电影。

这场大屋顶之行，唯一的遗憾是没有看到大屋顶美丽的樱花成片飞舞，可惜我们去的时候樱花还未开放，工作人员说花期还未到。

是吗？可是，我分明已经看到了那想象中绝美的场景：樱花盛放如林，朵朵飞舞在半空中，落在我的发梢，飘在我的眉间，我不由自主地伸出手去接住它们，然而它们却像是从天而降的九天玄女一般，在仙女散花后便纷纷归去了，飘飘如仙，樱花可不就是带着仙气的花吗？不然，它怎么会这样美，美到恍惚，像一场绝美却又凄婉的爱情，最终的结局是漫天飞舞，随风而散……

这场大屋顶之行，虽然没有看到心仪的樱花，可是蓝天白云，绿树成荫，还有那一望无际的油菜花田，成了最动人的风致，都已经一一盛放在我们的记忆中了，美好诗意，就像杭城曼妙的春光。

期待和大屋顶再次相约，这一天一定不会太远。因为大屋顶，初见却是久别重逢。

流云一朵，飘在我的心间

我一直相信，这世上所有的相遇都是久别重逢。就像我一直相信“缘分”二字一样，有些人的出现，注定是久别重逢，有些人的出现，会让你觉得是一道光，可以照亮你的人生。

我的朋友云就是这样，她是我最好的闺蜜。

十几年前，我们是初中同学，我们从后桌成为同桌，从普通同学变成好朋友，再被冥冥中的缘分指引，蜕变成无话不说的好闺蜜，最后自然而然地成了人生路上一路相伴的好知己。十几年后，她是北大汇丰商学院的金融硕士，我成了心向往之的自由写作者、斜杠青年，左琴右书，日日都是好时光。

好幸运，多年后，我与她都活成了自己想要的模样，我们都知道，那是梦想的绽放。流年飞度低回间，原来我与她已经相识十几年了。

我和她的故事，要从我们的年少讲起。

那年初一，我和她分到了同一个班，她坐在我的后面，是我的后桌。开学后的第一周，那天阴雨绵绵，午休的时候我望着窗外的天色，雾茫茫一片，秋雨润湿了我的思绪，我有感而发，随性写了一首小诗。我写完以后，发现后面有人在轻轻拍我，我转头，看到了她的笑容灿烂明媚：“你是在写什么吗？”我便把我写的小诗给她看了。

她看后夸我写得好，没想到她过了没多久，竟然顺着我这首诗接了下去，也完成了一首诗。读到她诗的那一刻，我的眼中泛起了亮光，我知道，我们一定会成为好朋友，因为我们几乎都从对方的诗里看到了另一个自己。

这两首年少所写的诗，就这样奇妙的起笔了我们一生的缘分。我们被冥冥中的天意牵引，越走越近，一发不可收拾，恍然回首才惊觉，原来我们的灵魂竟如此相似。

我们不仅拥有相同气质的外表，还拥有相似的与生俱来的老灵魂，我们都醉心于那些经典的事物，一样的外柔内刚，在我们看似柔弱的外表下，都拥有着一颗愿意为梦想不屈奋斗、执着努力的心。

我们都喜欢席慕蓉和林清玄的诗歌，喜欢汉服的飘逸灵动，喜欢秋日层林尽染的枫叶红，喜欢雪飘人间时白茫茫大地一片真干净的清澈空灵，喜欢纯净的白色和天空的云朵，喜欢生活中的小浪漫和小确幸，并且我们都极其热爱音乐，我们有很多共同喜欢的歌曲和歌手。那些年，我们一直唱着王菲、齐豫的歌，那些旧时光中，我们一直听着卡朋特乐队和席琳·迪翁的英文歌……

那三年，我们形影不离，几乎在每一个课间都会相约一同去上洗手间，一起牵手去上体育课，一起响亮的在音乐课上放声歌唱，还会一起牵手走在放学回家的路上，讲述一天的学习时光。

我记得在初一下的时候，热爱音乐的她曾经为我作词作曲，唱了一首讲述我们友情的歌送给我。那天天气挺好，其中那句歌词一直在我的记忆中久久不灭：“再大的风雨，也会让我们一起并肩前行，再大的磨难，也吹不散我们为梦奋斗的心，因为要做一辈子的好朋友……”

记得那时是三月，春水初生的杭城，春风又绿江南岸，蓝天白云下的她唱得让我很感动。听到最后，我捂着脸，眼泪不由自主地落下来。听到这样的歌词，我怎么可能不热泪盈眶？这句歌词也是我们日后友情的写照呀。

那三年里，我们会和对方毫无保留地分享心底的小故事、小心思，那些青春期特有的懵懂和小情绪，我们都会分享给对方，因为足够信任，因为是推心置腹的好友。

那三年里，我们也会因为对方的高兴而开怀，因对方的难过而失落。有同学开玩笑打趣说我们两个人已经好到了像一个人似的，听到的那一刻，我们两个相视一笑，我们非常骄傲能听到这句话。两个人能够活到像一个人，这难道不是友情的最高级吗？

那三年，我们深情地诠释了友情的最高级，那些青春飞扬的往昔岁月，旧时光都知道。

转瞬三年过去，一转眼就到了毕业的时候，毕业那天，我们默契地互送对方毕业礼物，随礼物一同附送的，是对方的文字，我为她写了一首古体诗和一阕词，她给我写了一封千字长信，我们再次像往常那样在不变的公交车站前说再见，我们在夕阳下拥抱，说以后一定要常常联系呀，还和现在一样。

我们做到了，不负青春，不负年少时光。那是我们初中生涯的结束，却是我们一生友谊真正的开始。

我们上高中后仍会时不时地聊天，关心对方的生活和学习，依旧会给彼此带小礼物、写信和明信片。那时高中我迷上白落梅的文字，她便送我白落梅的书，我喜欢读仓央嘉措的诗，她又送了仓央嘉措的传记给我，我喜欢古雅美丽的事物，所以她会精心挑选美丽古雅、独家设计的笔记本送给我。高中毕业她和父母去江苏旅游，她会记得给我带江苏当地的特产。她赠予我的所有美好，不仅珍藏于我的家中，也一一珍藏于我的时光记忆中。

我对她也一样，当我和妈妈逛商场时看到一个许愿瓶是她喜欢的蓝紫色，我就会近乎本能地买下送给她，当我看到作家李菁的十年励志随笔集《你的人生终将闪耀》出版了，我毫不犹豫地下单两本，一本送给她，一本送给我自己，因为我们都是一路在追梦的如风少年呀。我知道她也喜欢古琴这千年寂静的声响，所以我早就对她许下了一个承诺：“云，只要你想学古琴，无论什么时候，我都会用心教你。”这是我对她一生的承诺，郑重不变。

这十几年我与她一起走过了很多有趣的地方，一起做了很多有意义的事情，翻开相册，满满都是我们的回忆。每次见面，我们都会一起度过很美妙的时光，会用心分享彼此生活的亮光。弹指间十几年光阴如流水落花而去，我与她却依然是彼此心中那道最亮的光，照亮彼此的路，还有各自的生活。

这一照亮，是懂得，是天高地阔，也是人生极乐。最让我难忘的回忆是我们 2015 年去看了雪中西湖，那真是天地绝美的风光，一直盛放在记忆深处，就像我们一生的友情。

人生没有多少个十几年，十几年前相识的人，又有谁能保证十几年以后，依旧是当年的样子？十几年红尘翻转，真正在原地的又还有几个人？我该庆幸，无论世界多么不如意，始终都会有那么几个人，一直在原地等我。

我和云，彼此早已坚信，无论多少个十年以后，依然能小坐凉室，一盏清茶，闲话旧时光里的风轻云净。

此刻窗外霞光满天，流云来来去去、聚聚离离，终有一朵落下，飘在了我的文字里，还飘在了我的心间……

我有一个好姐姐，我很幸福

高中好友毛，曾经不止一次地向我感叹道：“你有姐姐真好啊，真羡慕你有姐姐。”我知道她之所以这样感叹，其中一大原因是羡慕姐姐会给我买书，买一切我喜欢的书。

读高中时我迷上了匪我思存的言情小说和步非烟的武侠小说，姐姐知道后就毫不犹豫的给我买了匪我思存全集，还有步飞烟“华音流韶”小说系列的全集。她对我的好，绝不止于买书，她知道我喜欢汉服，便给我买了配汉服的梅花绣花鞋，那双绣花鞋我十分喜欢，也是我第一双汉服绣花鞋，粉色的底，像三月盛放的桃花，灼灼其华，鞋面上有两枝梅花，静静地开着。她知道我学古琴，便给我买了古琴界的学习“圣经”——顾梅羹先生的《琴学备要》。

姐姐对我的好，绝不仅限于此，更体现在日常中。她近两年迷上烘焙，工作之余总会做蛋糕、饼干和牛轧糖，所以这几年我的生日她都会给我亲手做一个生日蛋糕。蛋糕香甜可口，让人回味无穷，她的这份心意更让我回味，因为珍贵，因为无价，花多少钱也买不到这样的心意。

姐姐大我九岁，记得上小学的时候，每年暑假我们都会回桐庐待一段时间，那时我总是像个跟屁虫一样跟在她的后面，她也从不嫌我烦，带我去小河里抓鱼、抓螃蟹和小虾，带我去山上采杜鹃花和映山红……那时春风浪漫，青春泛滥到好像永远都过不完似的，可我们都忘了，青春如露亦如电，不过弹指刹那，转瞬即逝。

转眼间，姐姐已经出阁多年了，她早就开始了她的另一段幸福人生。她有相处融洽和乐的公婆，她有对她很好的丈夫，还有可爱活泼的儿子。可是在我心中，无论再过多少年，她永远都是我至亲至爱的姐姐呀，因为我们身上流着一样的血。

亲情是这个世界上永远都不可磨灭的，因为那融于血液的骨肉之情，不管怎么样，都无法改变，也只有亲人才会在你最无助的时候，第一时间带给你最需要的温暖。

姐姐大我九岁，所以我在她面前能够一直像个小孩子一样撒娇任性，而她也会和爸妈一样无条件包容我，因为她是姐姐，因为我是她从小呵护着的小妹妹呀。

这一刻我的记忆如海潮翻涌，想起前几年我要参加古琴摄影的一个比赛，我和姐姐说了，让她帮我拍。她精心计划带我去桐庐的白云源景区拍，那样拍出的效果会比较好。她帮我换上汉服、做好造型、化好淡妆，便提着我的古琴，开车带我去了。

那日是午后，我们从艳阳高照一直拍到天空飘下细雨，落满整个白云源，她为我在白云源的一帘瀑布下、茅草小亭间、碧波轻漾处、荫荫夏木旁，都一一定格了我曾来过的痕迹。

拍完以后，她带着我驱车回去。白云源景区离桐庐市区并不近，开车大概需要四十分钟。回来的路上，我记得我的眼眶有些红了，因为心里的温暖不断泛起。

这世上能这样待我的，除了几个知心好友外，也只有我最可亲可爱的爸妈和姐姐了！

我有一个好姐姐，我很幸福。所以，时光啊，请你慢点走吧，请你缓一缓脚步，请你善待我的好姐姐，我很爱她。

那两个永远呵护我的人

我总在想，上辈子我一定是做了无数的好事，所以今生才这么幸运，能够遇到我的父母。

现在我是一名自由写作者、斜杠青年，左琴右书，过上了我向往已久的生活。我的好友都羡慕、赞叹我的生活状态。可我知道，我比谁都清楚地知道，我之所以能过上理想中的生活，不仅仅是因为我这么多年从未停止过追梦的脚步，更大的一部分原因是我有通情达理的父母，因为有他们的支持、理解与包容，因为他们一直以来对我的呵护，所以我才能如愿，我的人生路才越走越好。

他们是我在这个世界上最亲的人，他们是我亲爱的爸爸妈妈，也是从小到大能够一直无条件包容我、呵护我的人。在他们眼中，在他们心里，我永远都是他们可爱的女儿，是他们捧在手心里的小公主，所以他们直到现在还会叫我“宝宝”。

他们从小培养我静心阅读的好习惯，他们十分尊重我的兴趣爱好，知道我对古琴的热爱以后，便毫不犹豫的培养我学习古琴，他们从小为我去书店买回所有我喜欢的书籍。可以这么说，如果没有他们，就没有现在的我，我可能不会在那么早的年幼时光就养成热爱阅读的好习惯，我更不会早早地就圆了古琴这个梦想，而家中收藏的书籍也一定会少很多。

都说女儿是爸爸的贴心小棉袄，这句话一点都没有错，而我之所以能成为爸爸的贴心小棉袄，是因为他从小就无微不至地照顾我这件小棉袄。

记得我那时上幼儿园，当时有一个童装品牌叫“乖宝宝”，特别流行，但是价格挺贵，随便一条小裙子都要三百多元，十几年前三百多元的裙子，价格其实算高的，可爸爸给我买了好多条，没有犹豫。

记得在我四岁的时候，爸爸去上海出差给我买回了一套超级美丽的小风衣和一顶可爱的小帽子。买回来以后我就立刻穿上了，臭美地摆了好几个 Pose，然后他和妈妈给我照相，还立马去照相馆把照片打印出来。那几张我像瓷娃娃一样可爱的照片，也一直存放在我们一家人的老相册里。

爸爸不仅在物质上让我无忧无虑，他还不忘培养我的兴趣爱好。上小学二年级时，他给我报名了少年宫的作文班，于是每个周末，他都风雨无阻地开车送我去学习写作。彼时我在教室里听老师讲课、现场写作，他在车上一直等着，每次都足足得等一个半小时，我下课了，他再接我回去。记得我在少年宫学了整整一年的写作班，而他也风雨无阻地接送了我一年。

爸爸知道我很喜欢吃巧克力，所以小时候我每年过生日，他都会送我很多盒巧克力。很多人也问过我为什么这么喜欢吃巧克力，其实我爱吃它，不仅仅是因为它本身就很好吃，很诱人，更是因为我深深怀念，那旧时光里存在着的父爱的味道。所以，直到现在，巧克力都是我最喜欢吃的食物，永远都不会变。

还记得小时候的周末时光，爸爸经常带我去大清谷钓鱼，那时的大清谷景区，主要是以钓鱼为主的，青山绿水环绕，碧波荡漾处，无数的鱼儿在尽情地悠游嬉戏。

每次，我都是静静地看着爸爸钓鱼，而我则坐在草地上一边吃着巧克力，一边沐浴在阳光下，伸着小懒腰、喝着热奶茶。等看到他把大鱼钓上来的时候又瞬间变得雀跃，蹦蹦跳跳像只小白兔，迫不及待的去看他的“战果”……

十几年过去了，大清谷早已没有了钓鱼的去处，但那时的蓝天白云还有嬉戏的鱼儿会记得那一段过往——曾经有很长一段时间，有一对父女在周末总是身披满身阳光而来，来这里钓鱼……

时间转眼流逝，很快到了我高考，那是学生时代最重要的一场考试。我考试的那几天，爸爸妈妈都开车接送我，包括中午吃饭也带我去考点附近的餐馆一起吃。

我知道，他们是要用实际行动告诉我——他们一直陪伴着我，别怕，放松就行。也是因为他们的鼓励，我放松了下来，也如愿顺利地完成了高考。

妈妈对我也是一样的呵护。她是我很佩服的人，因为她是自学成才的服装设计师，所以从小到大基本上我的衣服都是她帮我设计并制作的，所以同学朋友都特别羡慕我有一个会设计时装的妈妈。以前她帮我设计时装，现在她帮我设计我喜爱的汉服，不管是时装还是汉服，都承载着她对我的爱，那是母爱，浓浓的母爱，也是这世上最无与伦比、永不可替代的母爱呀。

妈妈的审美也一直影响着我，时至今日，我越来越发现，我在很多艺术上的审美，其实是直接来自她，或者说遗传于她。比如她在设计时装时追求独特性，追求不重复的唯一，而这一点也深深地影响着我，也一直影响着我的文学与艺术认知。

在我三岁时，妈妈就教我念了很多唐诗，我想也是因为三岁时就开始的启蒙，所以才埋下了我与文学前世今生的伏笔吧。

我十分喜欢并认同作家李菁在《你的人生终将闪耀》中写的一段话：“父母给予儿女最大的财富并不是物质上的无忧与无虑，而是心灵上的自由自在，他们从不会逼我做不喜欢的事情，而是愿意倾听我内心的声音，无条件支持我的梦想，让我能活成自己最想要的模样。”

她这段话写的也是我的心声啊，从小到大，我的爸爸妈妈也是这样啊，他们一直愿意倾听我的声音，给予我心灵上的自由自在。所以，从小到大，我也会和他们一起分享我的小秘密和小心事，因为他们是我在这世界上最亲最爱的人呀。

因为有他们做我强大的后盾，所以我尽兴活成了我想要的模样。

亲爱的爸爸妈妈，如果有来生，我还愿意做你们的女儿。

第二辑　我只向美好的事物低头

昆曲等我六百年

江南六月，正应了北宋词人贺铸所写《青玉案》中的那句“一川烟草，满城风絮，梅子黄时雨”。

梅雨季雨声连绵不绝，虽是暴雨如注，可我依然出门了，依然无视瓢泼大雨，让我这样坚定出门的是因为一场约定，一场关于昆曲的约定，位于雅育总部举行的幽兰讲堂——“昆曲等你六百年”的讲座。

我以为我早到了半小时，人肯定不多，没想到，还有很多人比我早早地到了，席位早已所剩寥寥。

“和大家说声不好意思哦，我们海盐赶来的听众因为大雨还堵在路上，所以本场讲座要延迟十五分钟开始哦。”主持人甜甜的声音不知何时响起。

我听了只在心里感叹昆曲的魅力真大呀，这样的狂风暴雨，依然阻止不了从外地驱车赶来的听众。

等待的时间总是觉得格外漫长，我打量着不远处端坐着的今天昆曲讲座的主讲人张侃侃老师，她穿着一袭中式衣裙，粉衫纤纤中透露出几分江南女子的婉约典雅，而她手中的折扇似有魔力，随风而动。不知道为什么，她这样静静地坐在那，却让人觉得她自身带着无限气场，好像与我们听众之间有一道无形的屏障，屏障中的她是舞台上端然生华的昆曲妙伶，而屏障外的我们是她忠实的听众……

正当我在神游物外之际，讲座开始了。

两个小时，侃侃老师将昆曲的前世今生娓娓道遍。她从“昆曲之美”为点切入，层层铺垫，现场演绎了最经典的昆曲名段《牡丹亭·皂罗袍》，并且还现场教学示范了昆曲艺术中闺门旦的坐姿、站姿以及最基本的兰花指手形等等。

这些动作，看她随性做来非常简单，然而我们现场做起来却深感不容易。难怪戏曲界一直流传这句话——“一个人如果能把昆曲学好，那么可以说她几乎什么都能学会。”可见要把昆曲学好是何等的不容易。

侃侃老师告诉我们，昆曲之美，美在唱词，它是所有中国戏剧中最具文学性的剧种，没有之一。它的唱词集楚骚、汉赋之韵，融唐诗、宋词之雅，以古腔特有的温婉绵长，把一个“情”字唱到了骨子里。多少人因为这句“原来姹紫嫣红开遍，似这般都付与断井残垣。良辰美景奈何天，赏心乐事谁家院”而深深迷上昆曲艺术？闺阁深处一唱三叹的春愁婉转，这是《牡丹亭》的幽幽深情……

昆曲之美，美在唱腔，它的唱腔起源于苏浙一带的民间清曲，依字行腔，细腻舒展如水磨细物，所以又唤作“水磨腔”。它的特征是“启口轻圆、收音纯细”，每一声都仿佛是从声腔里磨出的轻柔、细腻与婉转，你瞧那檀板慢拍，怎能不叫人心生摇曳，神思悠然呢……

昆曲之美，美在演绎上，它的服饰、身姿、步态以及手势等等，无不呈现出绝对的精致和优雅。步履轻曼间，低垂眉目处，是谁的情丝微动？指尖遥指处，水袖抛舞时，又是何处在声声说着离愁别恨？

昆曲之美，美在它高妙的象征艺术上，比如“昆曲皇后”张继青表演《寻梦》一折中的“忒忒令”，她手上的一把扇子悠悠开合之间，就扇活了满台的花花草草，这就是象征艺术的最高境界，这也是昆曲极其厉害的地方。

昆曲之美，还美在写意传神，飞扬轻曼低回间，是中国气韵真正曼妙的灵魂所在。

昆曲真美，侃侃老师也好美，那种冉冉风荷带露开的气韵真叫人难忘。

习琴多年，我一直在探索古琴和其他中国传统艺术之间的相关性。古琴是东方音乐形态的杰出代表，而昆曲是“百戏之祖”，是集诗词文学、音乐舞美等等为一体的集大成者，二者自然是相关的。

从侃侃老师演唱的一曲《牡丹亭·皂罗袍》中，从她那高绝清亮处如昆山玉碎，低回婉转处如芙蓉泣露般的高妙唱腔中，那一刻，我觉得昆曲像极了古琴，二者的张力都非常之大，异曲同工，都是一样的有大美而不言，一样的叫人尚未解意，已自沉迷……

在我回家的路上，脑海中还一直回荡着昆曲的音韵，久久不能回转。那一刻，我才恍然大悟，原来昆曲已等我六百年。作为从小痴迷古典文学的人，怎么可能不爱昆曲？戏曲之中，我最爱它，这一切，好像也是命中注定。

昆曲等我六百年，不可违。

古琴，古琴

你，信前因吗？

我是信的，一直都信。我相信，在何时何地与何人何物相遇，都是命中注定。就像我与古琴的相遇就是如此，是命中注定，是冥冥不可违的天意，相遇的那一刹那，有种前世今生的味道。

我试图降低我对古琴的温度，可我发现，不行，既然如此，那我就随心而写，在这万籁俱寂的夜，以高山为景，以流水为墨，以梅花为神吧，意蕴笔端，闲话那松风远拂、石涧流寒……

怎样解释我与古琴的缘分呢？说不清、道不明。2006年的午后，我像往常一样在中国古曲网上看民乐的演奏视频，看到古琴频道有一首琴箫合奏的《梅花三弄》，因为一直喜欢笛箫演奏家唐俊乔，发现那视频中她是吹箫者，就毫不犹豫地点开来看了。

当年的我怎么也不会想到，这一看，竟这样直接引出了我和古琴一生的缘分。

我该怎样来形容，我第一次听到古琴的那种激动与惊心呢？在琴声响起的那一刻，我觉得世间万物都静了下来，仿佛回到了盘古初开天地，世界清明之至。只有碎玉琼花的飘落之声，只有梅花在漫天飞雪中凌寒吐艳的怒放之声，在空气中萦绕，许久不散，从此，也在我的心间，久久不散。

也是在听到的那刻，我第一次有种感觉，我这辈子的归宿一定是古琴，这种前世今生的归宿感仿佛命中注定，像极了爱情，不可说，不可说呀。

大千世界，万芳竞妍，我独爱那冰天雪地中的一抹清丽。我爱梅，爱它超然物外的洒脱，爱它与世无争的淡泊，更爱它独立严寒的一派气节。

踏雪寻梅，长夜入梦来。梅花三弄，声声醉人去。

絮雪纷飞的寒日里，天地苍茫，万物萧疏，唯有红梅朵朵、自开自落。云霞蒸蔚中，我独一身青衣潇潇，七弦瑶琴横陈盘膝，抚一曲《梅花三弄》，琴音泠泠，朔风过处，梅落阵阵……

纵观中国乐器，古筝风荷婷婷，袅袅玉立如江南少女；箜篌牡丹国色，雍容华贵如少妇；琵琶丁香凝露，朦胧诗意如小巷女子，而古琴则是雪中寒梅、崖岸孤松、风中苍竹，它是潇洒淡泊的隐世才女。

古筝、箜篌、琵琶，三种音乐都好听极了，或华丽、或缠绵、或幽怨。可古琴却比它们，多了几分走心的味道，悦己，更悦心。古琴，从来都不是刻意弹给别人听的，只为随心而奏。若是有幸，得遇知音，好琴声便不再寂寞。若无知音，如绛珠仙子林妹妹所言："知音难遇。若无知音，宁可独对着那清风明月，苍松怪石，野猿老鹤，抚弄一番，以寄兴趣，方为不负了这琴。"我是有幸的，结缘了古琴，结缘了这几千年未变的风雅，亦有幸得遇了知音，能听懂我随性抚琴时的万般情绪。

古琴是神奇却不神秘的。记得唐代著名琴家薛易简写有《琴诀》，他写出了八道琴诀——可以观风教，可以摄心魂，可以辨喜怒，可以悦情思，可以静神虑，可以壮胆勇，可以绝尘俗，可以格鬼神。

琴诀七道，道道真理。对古琴有深入研究或是真正热爱古琴艺术之人，都能懂得薛易简所言非虚。琴至深处，的确可以反映出人生百态，可以震慑心魂，可以精确地传达出各种情感，可以在琴音响起的那一瞬间让你心静，可以在强劲有力的琴声中鼓舞人心，可以清风入弦，可以绝去尘俗，甚至可以在人琴合一时惊天动地、感动鬼神！

东西方艺术存在本质的差别。比如绘画，西洋画注重“写实”，而中国画注重“写意”。音乐也一样，西洋音乐是一个完整的合音体系，而东方音乐则不然，东方音乐是线条式的，注重在一呼一吸间表现音韵。而古琴作为东方音乐的杰出代表，更是把“气韵生动”四字表现得淋漓尽致。

抚琴者都知道在古琴音乐的学习与演奏中，细致而又精确地处理“气口”是一件多么重要的事情。所谓的“气口”，其实就是和你自身的呼吸息息相关。自然的呼吸处，便是“气口”所在，它的位置对了，琴音自然如潺潺溪水般灵动了。这就是“气韵生动”，这也是东方艺术的魅力所在，极其写意灵动，看似随性潇洒的泼墨一笔，其实是一个完整艺术的重要组成部分。这就是你中有我、我中有你，其中的包容大美，让人折服！

写这篇文章的时候，电脑里一直循环播放着古琴曲《梅花三弄》，即便时隔十多年，我在键盘上敲下这些文字，依然能深切地感受到当年初次听到这首曲子的震撼，它似乎破开了时间与空间，带着泠泠琴音绽放出的清冽梅香，再度袭入我的心间，让我的心绪为之荡漾……

泠泠七弦上，静听松风寒。这样绝妙绝世的松涛之声，只要你用心去聆听，势必不能忘怀。无论是《梅花三弄》的傲骨铮铮，还是《潇湘水云》的风起云涌，抑或是《流水》的空山无人、花开水流之禅境，《广陵散》的纷披灿烂、戈矛纵横，《渔樵问答》的飘逸潇洒，《平沙落雁》

的幽寂清远……无一不美，无一不具有打动人心的力量。

古琴是寂静的，它是三千多年前便已在古老中国诞生的久远声响，带着三千年来不变的原始的质朴与清雅，它在等待更多的知音。

你，准备好聆听了吗？

姚门琴韵，如月风华

琴棋书画中，“琴”排在首位，一个重要原因是它的历史悠久，流派众多。诸多流派中，浙派是当今文献可考最古老的一个古琴流派，操琴风格属于吴越一派，指法圆润，节奏紧凑。创始人是南宋的著名琴家郭沔，他用自己高超的艺术造诣、对琴乐的独特体会和对国家危亡的急切关注，创作了《潇湘水云》《泛沧浪》《秋鸿》等传世金曲，也为浙派琴艺的形成奠定了基石。

北宋琴家《琴书大全》曾对浙派古琴风格做出了这样高的评价：“京师（开封）过于刚劲，江西失于轻浮，惟两浙质而不野，文而不史。”寥寥一句，却把浙派琴风的质朴而不俗，文雅而不雕琢，古朴雅致、技艺高超的操琴风格写了出来。而姚门是浙派古琴发展到现在的一个重要分支，也是浙派古琴“质而不野，文而不史”的杰出代表。

姚公白先生是当代姚门古琴的最具有代表性的人物。他自幼从其父姚丙炎先生学琴，曾受教于吴振平、张子谦，以右手轻灵、下指干净、挥洒自如的特点著称，积数十年来操缦不辍、清心内养之功，渐入纯净自如之境，琴品如其人品，在传统琴人中独具一格，多次于国内外讲学及公开演奏。

我还记得初次听到姚公白先生演奏时的震撼。

那天他弹了《乌夜啼》和《楚歌》，好像时间与空间都在他的指下一一被划破。那份艺术张力，现在回想起来，还让我在键盘上心惊。

也是现场看了听了他的演奏之后，我才明白，为何浙派姚门琴韵能以其纯正的文人琴风，别具一格的琴曲特色得到琴界的推崇与喜爱。

姚门琴韵，堪称如月风华。

同是浙派的《良宵引》，但是徐门和姚门的处理截然相反。

徐门的《良宵引》是极其男性化的，它是兄弟多年不见开怀畅饮，酒至酣时却把酒杯随手一掷的豪迈，浊世滚滚烟尘中，它是浮沉随浪只记今朝的洒脱……

而姚门的《良宵引》却完全不是，它是女性化的，它是良夜深深人寂，皎皎月华如水如银，佳人独上高楼对月怀人且思人的一种小女子情怀，这种情怀也许是伤春悲秋，也许是惆怅晚风，也许还是内心深处的千回百转……

对于《良宵引》的处理，徐门是笑傲江湖的酣畅淋漓，而姚门则是灯火阑珊处的惆怅朦胧……到底哪一种风景更美？可能也只能据心境而定了，各有千秋，难分伯仲。

蔡师曾告诉我："姚门琴是空谷幽兰，净清品自高，无人亦自芳。"可我始终觉得姚门琴也像极了梅，它有自身强烈的个人特色与不流于俗的风骨。就这一点来说，它与梅之妙趣异曲同工。所以它能凭借独树一帜的琴风独步琴坛，它是琴中隐士，从不高调亮相，但是在姚门传人的指下只要一挥手，它行云流水的琴韵便出来了，以柔克刚的张力足以惊艳听众。

从前我在学徐门的《良宵引》时，十分喜欢它洒脱的处理，但是自从和蔡师学完姚门的《良宵引》后，却更爱姚门琴韵倾泻出的静谧之境。

静到极简，回归本心，才能得见天地大美。

姚门琴韵，如皎皎月华流照天际，似闲云野鹤自在缥缈，是屈子的那朵幽兰生在空谷，也是林和靖的那剪梅影暗香忽来，就这样，荡漾了这个诗意的冬日黄昏。

琴茶一味

都说琴茶一味，从前并不觉得。后来研习古琴开始喝茶后，才发现这四个字说得极妙极贴切。

可不是嘛！琴和茶，是相识已久相知甚深的灵魂伴侣，琴之韵与茶之香，彼此之间，早连成了一体。就像飞雪与寒梅这对自盘古初开天地就在一起的恋人，那清艳的寒梅必须要在漫天飞雪中盛放，才更显得清绝与出尘呀。

当七弦琴音在风中弥漫，清风过处，它正等待着一个知音。这知音，恰恰是那在风中起舞跳跃、氤氲而开的一缕茶香。琴茶一味，在风中相遇、相知、相和，是前世阔别的知己吧，今生有缘，所以才能重逢在风中。没有早一秒，没有晚一秒，就是这一刻，恰恰好，因为世间所有相遇都是久别重逢呢。

天地有灵，所以有了集天地自然灵气于一身的茶，接天引地、清格自在。万物通灵，所以有了伏羲与大鸟的美丽邂逅，于是七弦瑶琴横空出世，横绝古今独树中外。

总觉得我的人生有两大无比幸运之事：一是今生能与古琴结缘，我可以将心中的无限心事都化入指尖，付予它倾听，我的快乐、我的忧伤，我生活中遇到的小惊喜、我生命中的小确幸……一切的一切，我都可以毫无保留地告诉它。因为，它是这浮世之中我最好的知音呀，琴能解意，从来都不是谣传。

除了结缘古琴以外，我的另一大幸运是我爱喝茶。在大多数二十多岁的同龄人看来，喝茶应该是老年人的事吧，我们这样的年轻人当然应该喝咖啡啊。然而事实上，茶是一种比咖啡更会让人上瘾的存在，因为茶带着最原始、热烈也最奔放的骄傲，低调一现却惊鸿一瞥，早就让人欲罢不能。我能做到一年不喝咖啡，但绝不能忍受两天不喝一口茶。

我真正爱上喝茶其实是在我学习古琴以后，学琴之前我基本只喝绿茶、红茶和铁观音。学琴之后我才知道原来这世上有这么多让人上瘾的好茶——白毫银针、寿眉、生普、祁红、滇红、正山小种、凤凰单枞、大红袍、水仙、肉桂、半天妖、铁罗汉、古树花茶、东方美人、冻顶乌龙、台湾高山茶……无一不美，无一不让人上瘾。

茶的世界广阔无边，像天际像大地更像璀璨星空。这些年，这些迥然有异却又各具特色的茶韵，在我的心中都一一划下了烟火绚烂，不经意间早已光芒万丈。

我已经忘了，是从什么时候开始？我越来越享受与琴茶相伴的生活。我已经习惯了，在下着微微细雨的江南早晨，煮一壶老白茶，和着书香一同度过一个上午的悠然时光。我已经习惯了，在冬日暖阳的午后，午睡小憩醒来，泡一壶大红袍，一人自斟自饮，在茶台喝完三四泡后再去抚琴几曲，最后再写字。

我记得，好多次当我静静地在琴桌前抚完一曲，当指尖最后一缕琴音划过琴弦时，那茶台上的好茶，香味越加浓烈，好像不停地在召唤着我，仿佛一直在等我归去！一切都是恰到好处，一切都刚刚好，琴与茶的默契，我与它们的缘分，原来冥冥之中早已注定好。

琴茶，无间。两者都是静到极处才更生韵的艺术，而琴人与茶人，都需要那一份铅华洗尽仍不忘初心的执着，然后带着在纷繁时光中沉淀出的风华，将它们一一带入琴茶之间。

琴茶一味，短短四字，却是一辈子的修行，慢慢来，急不得，又有什么好急的呢？正如此刻窗外夜幕已经低垂，可明天旭日一样会升起，不必急。

琴茶一味，琴茶，无间。

吃茶记

总觉得，这世上人与人之间的交集都是冥冥之中注定好的，而人与物其实也是如此。对于茶，我有着与生俱来的喜欢，就像我热爱文字与古琴一样，是命中注定，是一生相伴，世间所有相遇都是久别重逢。

我爱茶也许是遗传吧，自我记事起，父亲与母亲每日的水杯中必泡着一杯茶，或是红茶，或是绿茶。总之，他们每日都要喝茶。也许就是这样的潜移默化，我那颗爱茶之心渐渐被点燃，继而绽放、璀璨、不败。

我真正去了解茶的学问，是从我学古琴开始。

琴茶一味，这四个字精准到位，仔细想来，确实只有茶与古琴最为相配。茶和琴，都是静到极简却可通天地的自然艺术，都带着最原始的古朴、沧桑与回归的生命状态，到最后，都是自由极致令人心驰神往。茶中真味，是把一壶茶从有味喝到无味，再从无味品到有味；而琴中真意，是把有声弹到无声，再从无声回归有声！异曲同工。

我记得最初喝茶时最爱喝铁观音，尤其是安溪铁观音，那绝妙的味道一直盛放在我的记忆中。那绝妙味道中，有独属青草一样的清香，有好像幽兰一样的馥郁花香，还有着宛如瑶池鲜果般的果香，青草香、兰花香和果香，三种香合在一起，直叫人心悸神摇！

我大概就这样喝了两年的铁观音，突然有一日，另一种乌龙茶的出现让我“移情别恋”。铁观音来自闽南，而这款来自闽北的乌龙茶却深深地打动了我——大红袍，拥有着“岩茶之王”的称号。

我永远都不会忘记，我初次喝到大红袍的感受，就像我永远都忘不了我与大红袍相遇的那个午后。那种感觉，就像是“众里寻他千百度，蓦然回首，那人却在灯火阑珊处”！

我该怎样来形容大红袍这种辨识度高到极致的茶呢？记得入口的一刹那，我整个沉睡的味蕾被骤然唤醒！茶汤入喉的一霎，全身都已沸腾！

这种感觉，在我的生命中并不常有，印象中只有三次：第一次是十几年前听到古琴的声音让我震撼，并确信古琴是我今生归宿；第二次是年少时读了《牡丹亭》，读到那句“情不知所起，一往而深。生者可以死，死可以生”时的震撼；第三次是前几年和友人一同去西湖孤山寻梅，看到那满园梅花仿佛是与久别的故交重逢！

恍恍惚惚之间，好像回到盘古初开天地的鸿蒙时刻！大红袍，茶如其名，非常男性，非常霸道、刚烈、直接、深刻，可是这样的霸道、刚烈、直接、深刻，却又让人如此心安。我想，大红袍若真是男子，那么和这样的男子在一起，应该一生一世都能心安吧。因为，他是那么强大，强大到可以撑起整个天地，可以为心仪的女子在谈笑间挥手挡掉所有风雨！

喝到大红袍之后，我也爱上了其他岩茶。比如水仙与肉桂，一样深得我心。水仙，水仙，多么美的名字呀，一唤便感觉是在唤一个妙龄女子，那女子仿佛带着几分清冷，又带着几分孤芳自赏，茶味亦如此，清冷隽永如冬日水仙。可肉桂完全不是，它不是清冷女子，更像是唐诗中“骑马倚斜桥，满楼红袖招”的美少年，入口醇厚而鲜爽，汤色澄净，香气持久……

绿茶之中，唯爱碧螺春。不知道为什么，比起西湖龙井，我更爱洞庭碧螺春。碧螺春，这三个字就极好，三个字一出口，春天的气息仿佛铺天盖地席卷而来，碧色青青中，螺黛生烟妩媚撩人，春风又绿江南岸……

一直都觉得，乌龙茶像男人，而绿茶完全不是，它像少女，是豆蔻年华的曼妙女子，是绽放在满园春色中的琳琅风景。而碧螺春，一定是这满园春色中，最突出的那一枝！因为它的外形就迥然于其他绿茶。它白毫显露、卷曲成螺的样子好像一声声都在说着："任你如何千变万化，我独这般到老！"

碧螺春，极有个性，像极了"倚门回首，才把青梅嗅"的少女。而它在冲泡后的样子更让人难忘，它在玻璃杯中绽放飞舞如白云翻滚，如海潮不息，一阵清香袭来，它在杯中盛放得极其饱满，那种饱满与生动，几乎就要破杯而出，而那份饱满之外，其实更显孤绝！我对于孤绝的事物，有种天生的喜欢，大概是因为气场相和吧。

也爱白茶和红茶，白茶之中，最爱白毫银针，红茶之中，最爱正山小种。它们都是极富张力的茶，恰如中国传统艺术中的古琴与太极，以静制动，一招一式看似极慢极轻盈极悠然，然而张力非凡，在出现的那一刹那足以夺日月之光辉、星河之灿烂！那份张力太迷人了，慢热却让人在陷入的那一刻，欲罢不能！如果能喝着它们到老，与它们一起看遍这人世间细水长流的风景，那又何尝不是一种人生极乐呢？

我愿与茶神交，直到老。

茶乐，无间

写完《琴茶一味》和《吃茶记》后，我发现我还有很多关于茶的感想没有表达出来。于是这一刻，我打开电脑，指尖落在键盘上，思绪在空中慢慢飞扬，文字开始跳跃、飞舞，于是就有了这篇《茶乐，无间》。

茶的世界广阔淋漓，如流云无际；音乐的世界，一样浩瀚，如宇宙。茶生天地间，也许在产生的那一刻，就已经注定了与它相合的乐。恰似，人生世间，每个人都会有自己的精彩人生。

绿茶是茶中的美少年，它与竹笛最配，因为竹笛的声音那样年轻，飞扬跳脱，可不像是年少无惧的少年吗？阳春三月，桃花灼灼、垂柳依依，三五好友泛舟在那湾西湖碧波之上，品一壶雨前龙井，或者喝一壶洞庭碧螺春，配乐自然是笛曲，可以是《幽兰逢春》，也可以是《姑苏行》《鹧鸪飞》，曲调飞扬婉转，声声都是青春的气息弥漫在风中，而绿茶与竹笛的共鸣也会深深沉醉在风中……

红茶像古筝。红茶是茶中少妇，醇厚、柔美，亭亭玉立，而古筝，音色柔美细腻，悦耳动听，是极其女性化的乐器。闺蜜相约，下午茶的首选一定是红茶，而配乐若选古筝，实在是太相宜不过了。选一曲《渔舟唱晚》或是《蕉窗夜雨》，清脆如山泉的声音，就着手心的那杯红茶，可以温暖一整个下午，窗外暖阳悄悄照进来，只想叹一句岁月静好。

乌龙茶是半发酵茶，是红茶与绿茶的结合体，能与它相配的必定是一种可刚可柔的乐器，这种乐器，必须是也只能是传统民乐中的古琴。乌龙茶中，不论是台湾冻顶乌龙还是武夷大红袍，不论是闽北乌龙还是闽南乌龙，它们的回味都一样，一样地绵长，一样地能在七八泡后仍不绝，绵长到了极致，回味隽永不绝。

这份绵长与隽永，与古琴神似得仿佛命中注定。三千多年的历史，让古琴的声音带着撼动人心的古朴与沧桑。小小的一架七弦琴上，既能奏出大气磅礴、铺陈瑰丽如史诗般壮阔的《广陵散》，又能生动地刻画出疏影横斜、暗香浮动月黄昏的《梅花三弄》，能文能武，回味丰富，多么契合乌龙茶啊。这是命中注定的一拍即合。

白茶清淡写意，像隐士，像箫，像《红楼梦》中薛蘅芜吟咏白海棠的那句“淡极始知花更艳”。放了几年的老白茶用铁壶静静煮了，能煮出枣香甜香，一边煮，一边放一段箫曲，简直是绝配，令人迷醉、欲罢不能。这箫曲，可以是委婉忧伤的《妆台秋思》，也可以是优美诗意的《平湖秋月》，都无妨，因为煮了一下午的白茶能听懂。

黑茶像老男人，是那种历经沧桑过尽千帆后仍存赤子之心的老者，拥有着洞察一切的睿智与一颗老灵魂。喝普洱，一定要放埙的音乐。埙这种乐器，至今已经有七千多年的历史了，早在新石器时代的红山文化时期，埙的演奏就很盛行了，这样的历史，不可谓不悠久。

普洱的茶味像极了埙，那种悠久之感，只属于埙，也只有埙，才有。埙的声音空旷浩渺，它响起的那一刻，会让人生出一种错觉——好像时间凝固，回到了远古时代。这份错觉，在喝到普洱的那一刻，也同样会有。普洱，也许注定是茶人的最后一站，那是历经世事后最终所见的绝美风光，如月夜下倏然而开的昙花，刹那一现却已永恒。

都说琴茶一味，却不知，茶乐一样无间。

千年前的乌夜啼，千年后的姚公白

乌夜啼，三个字总给人一种不可言说的妙意。好像在一个月黑风高的夜晚，忽然有好事近了，然后空气中开始弥漫出喜悦与动人的气息。

《乌夜啼》，本是魏晋南北朝时期表现爱情题材的西曲。唐代的清商西曲、宋代的词牌、元代的曲牌，还有后来的昆曲中，都有此曲，而它最著名的是古琴曲《乌夜啼》。

古琴界的一大奇书《神奇秘谱》中这样为它解题：宋临川王刘义庆作曲，因受皇帝疑忌，刘义庆担心将要大祸临头，而他的姬妾听到乌鸦夜啼，告知将获赦，后来果然应验，遂作此曲。还有唐代的李勉《琴说》中也有关于此曲的记载："何晏系狱，在二乌止晏舍上，晏女曰：'乌有喜声，父必免。'遂作此曲。""乌夜啼"的"乌"字，是指喜鹊。乌鸟夜啼，喜事将临。

古琴曲《乌夜啼》保留着传统的民歌风格，曲中有月明星稀之意境，有群乌飞翔，争栖于巢的活泼情景，《五知斋琴谱》中这样描写："其音细小而和，感慨而透，嘤啭而圆也。"

琴曲一开头，一段舒缓而平稳的泛音，描写月明星稀、宁静而安详的夜景，接着以活泼跳动的曲调，展现出生机勃勃的雏鸟形象，从而贯穿全曲。慢慢形成了争巢的喧闹气氛，继而又出现较为华丽的泛音，推向欢乐的高潮。从而以入慢打圆的手法，展示慈祥的母鸟性格。末两段分别以渐慢和人慢引向曲终。

《乌夜啼》在琴界影响较大，流传广泛，1983年，在北京召开全国第三次古琴打谱会，著名古琴演奏家姚丙炎、杨新伦、吴文光、徐晓英等等大师都打过此曲。其中最负盛名的是琴家姚丙炎根据《神奇秘谱》打谱的版本，他的儿子姚公白先生更是将此曲弹到极致，以至于古琴界只要一讲到姚门古琴，就会立马想到姚公白，想到姚公白，自然会想到《乌夜啼》，对所有琴人来说，这好像是本能反应一样。

我很有幸，在2016年的3月有缘去参加姚公白老师关于《琴曲乌夜啼流变》的古琴讲座。那场讲座令我印象深刻，不仅仅是惊叹于他精湛的大师级别的古琴演奏水平，更难忘于他对古琴音乐的痴迷与发自内心的热爱。

姚公白先生虽然已近七十，可聆听他的讲座会让人忘记他的年龄，他认真做了几十页的PPT，每页都做得很精致，戴着一副深棕色眼镜，慈祥和蔼地坐在电脑前声情并茂地讲着。那一刻会让人涌起错觉，眼前的老者应该是一位大学教授吧，在认真地开着学术会议。

然而姚老师语言风趣，幽默诙谐，丝毫不死板，妙语连珠，引得众人常常掩嘴而笑。其中一句话，我印象深刻。他笑着说："古琴曲没有好与不好，只看你是否喜欢。"

这句话简直一语惊醒梦中人！是啊，琴曲并没有好与不好，只看自己是否喜欢，如果自己喜欢，那就是好的，如果自己不喜欢，旁人再如何喜欢，那都是没用的。多么像梦想，还有爱情呢。

姚老师还说弹琴要弹出对故事的表述，音乐的形象要在指下完整表达出来。比如这首《乌夜啼》，是说江州刺史刘义庆、刘义康，相会江西，刘义庆的小妾担心他被杀，一夜未眠，听到窗外有乌鸦夜啼，她觉得有好事发生，果然次日刘义庆被皇帝大赦。所以这首琴曲，一定要弹出从黑夜到黎明的故事转变，从忐忑不安之心到最后归于平静的戏剧性情节。

也是在姚老师的侃侃叙述中，才知道原来此曲竟然有30个版本，有的引用了《神奇秘谱》中的解题，有的改变了故事，谱本众多，但是羽调式不变。也正是因为古琴音乐的流动性，并不固化，所以才会演变出这么多版本。

《乌夜啼》最早出现于《神奇秘谱》，古琴音乐的演绎空间是非常大的。也是听了那场讲座后我才明白，为什么姚门的《乌夜啼》张力如此之大，因为姚门的《乌夜啼》最原始，它是直接来自《神奇秘谱》，而最原始往往意味着最大的演绎空间。

最后讲座的最高潮，来自姚公白老师现场演奏的《乌夜啼》。也曾看过很多名家的现场演奏，可没有一个让我感到如此震撼，这份震撼，是来自艺术张力的本身。那份张力太强，强到忘记时间，打败空间，回到千年前的那个夜晚，惊心动魄。

千年前的乌夜啼，千年后的姚公白，这一切，似乎都是冥冥中的天意，一切都是那么刚刚好。而我与《乌夜啼》的相逢，也是命中注定的刚刚好，也是恰逢其时的美妙。

广陵散未绝

古琴音乐是中国古典音乐艺术的最高点，而“琴曲之王”《广陵散》，则冠绝三千年的古琴音乐，是巅峰之上的那颗最璀璨夺目的明珠。

《广陵散》的故事虽然没有“高山流水遇知音”那么家喻户晓，但是也一直被大多数人所知。

《广陵散》，又名《广陵止息》，是一首曲调激昂的古琴曲。根据刘东升的《中国音乐史略》记载，《广陵散》大约产生于东汉后期。据说，《广陵散》这一旷世名曲，以聂政刺韩王为缘起，又因嵇康临死前从容演奏而绝世。因此古琴曲《广陵散》的背后，其实包含了聂政和嵇康两个典故。

《广陵散》的琴曲最早出现的年代大约是东汉后期。在东汉蔡邕的《琴操》里这样记载它的故事：战国时期，聂政的父亲为韩王铸剑，因为延误了日期，而惨遭杀害。聂政立志为父亲报仇，他听说韩王非常喜欢听琴，就决定扮作琴师接近韩王。他苦苦寻觅，终于拜得名师，入山学琴十年，终成绝技，名扬韩国。传说他的琴艺“观者如堵，马牛止听”，于是韩王得知后便立即召他进宫演奏，聂政终于实现了刺杀韩王的报仇夙愿，而他最后也毁容而死。

后人根据这个故事，谱成琴曲，气势宏伟，为古琴著名大曲之一。汉魏时期的“竹林七贤”之首嵇康因反对司马氏专政而遭杀害，临刑前曾从容弹奏此曲，现有琴谱最早见于《神奇秘谱》。

我曾有幸在现场亲耳听过两位古琴名家演绎千古名曲《广陵散》。

第一位名家是在2008年北京奥运会开幕式上参与古琴独奏的名家陈雷激先生。那是2012年的10月，在杭州红星大剧院有一场关于古琴的西湖国际音乐会，那场古琴音乐会也是我听的第一场，记得当时我买了贵宾票，就坐在第二排。

陈雷激老师是第二个出场的，演奏了一曲《广陵散》，慷慨激昂，几乎点燃了现场。我清楚的记得，他是那场古琴音乐会上八位演奏大师中穿的最随意的一位，时光荏苒若惊鸿飞羽，这么多年过去了，可他那套随意的装扮和他那曲犹如万马奔腾的《广陵散》，一直在我的脑海中久久深藏。

记得他那天演出穿了一件很普通的夹克衫和一条休闲裤，脚上是一双运动鞋，那种感觉就像他只是去小区打打篮球而已，可谁也不会想到他是赴约一场空前的古琴音乐会。他演奏了节本的《广陵散》，截取了《广陵散》这首曲子中比较精华的一些段落，大概只有六分钟。

然而，这六分钟并不简单。在这短短的六分钟里，我觉得时空一直在变换、跳跃，随着他的琴声响起，我们来到了人才辈出的战国时期，七雄争霸的历史壮阔，眼前万马奔腾，跃起尘烟无数……忽而音调一转，又穿越到了后来的魏晋时期，那是个名士风流的年代，宽袍大袖、人狂言野中，那绝代名士嵇康在潇洒的弹了一曲《广陵散》以后，便从容赴死了，死前，他慨然长叹：“《广陵散》于今绝矣！”

可在陈老师酣畅淋漓的演奏中，我却觉得《广陵散》未绝，因为千年后的古琴演奏者依然把它诠释得原始，且极具生命力。

第二位名家是我的古琴老师蔡群慧老师，那是 2015 年的 10 月，不知是命运的巧合还是注定好的机遇，我两次听《广陵散》都是 10 月，都在杭城的深秋。

那天在慧庐，蔡师弹了全本四十五拍的《广陵散》，二十多分钟。那种贯彻全曲的浩然之气，打破时间，穿透空间，化作 8 月的钱塘潮水朝我澎湃涌来，不断涌来，好像没有尽头。

真的，很难想象那么壮阔的一首大型叙事性琴曲，那曲中的“纷披灿烂，戈矛纵横”却被身形娇小的蔡师演绎得完美。

那天，她还跟我分享了很多关于全本《广陵散》的故事，她说现在大部分琴家所弹的节本《广陵散》是把全本中那些大段的泛音全部都删掉了，但《广陵散》是一首大型的叙事性琴曲，既然是叙事性，那就应该要用琴声来完整的讲述这个故事和那一段历史。她所弹的，她所讲述的都令我折服，用叹为观止来概括也不为过。不得不感叹，琴学之路，永无止境，路漫漫其修远兮，吾将上下而求索。

现在国内古琴界会弹全本《广陵散》的琴家并不多见，蔡师的琴艺得姚公白先生亲传多年，她是其中一个。想到这里，感觉分外自豪，有她这样的老师，真的是我们所有学生的荣幸。

在《广陵散》短短三个字的背后，却是一曲烈士的悲歌，是那段波澜壮阔历史的呈现。在这个初春的夜晚，我单曲循环着姚公白老师演奏的全本《广陵散》，一遍又一遍。

越听越觉得，《广陵散》未绝，值得我们所有琴人庆幸。

留得残荷听雨声

我，是从什么时候开始，注意到那些残荷的？

我，又是从何时开始爱上那些残荷的呢？

我已经忘了。也许是在我看了川濑敏郎的《一日一花》后吧，也许是因为我在那年冬天，看到那凋敝萧瑟的西湖烟波之上，满池的残荷寂寞萎红而凋，尽被雨打风吹去，可我却被它的气场所深深打动、震撼，所以喜欢上了吧。

不管是何时喜欢上残荷的，但我想，这份喜欢，是不早不晚的来临，是命中注定的久别重逢。

就像我，当年上初中时特别喜欢李商隐的诗，那三年有很长一段时间里，我每天捧着他的诗，读了一遍又一遍，他写的诗真美呀。那种灵动、婉约、朦胧，像极了夏日杭城西湖十景“曲院风荷”中的荷花。

最爱他的那首《锦瑟》：“锦瑟无端五十弦，一弦一柱思华年。庄生晓梦迷蝴蝶，望帝春心托杜鹃。沧海月明珠有泪，蓝田日暖玉生烟。此情可待成追忆，只是当时已惘然。”这首诗，我在诗词摘抄本上抄了一遍又一遍，他怎么可以写得这么美？那种美，是夏日初开的菡萏吧，清水芙蓉出绿波，却随风而舞，轻轻摇曳，就透迤出了万种风情。

可是后来，突然有一天，我不爱看他的诗了。我和《红楼梦》中的林黛玉一样，只喜欢他的一句诗——“留得枯荷听雨声”。

这句诗初读无味，可再读，会发现别有一番风味，那种缠绵却深刻的韵致，是走遍千山万水、千帆过尽后的通透，是一年四季中的秋天，是中国文人书画中秋水长天的意象，几千年来不变地传承着。

曾经看到这样一段话：“如果一个画家只会画盛开的荷，而不会画残荷，那么他只是一个心灵地貌还不丰满的画家。他的审美还没有到凋零的状态，所以他的荷就算画得再好，画到极致也最多是宫廷画中那盛放的荷，却没有真正打动人的气象，成不了直抵人心的大写意。”

我十分喜欢这段话，这就像我们的人生。人世迢迢沧桑，我们漫步人生路上，会遇见风和日丽，自然也难逃狂风暴雨，不可能永远丰满永远闪耀，凋零是必经的常态，谁都避免不了，就像一年四季的最后，终究要回归到万物萧瑟的冬天。

忆起从前有一次去上国画课，那堂课老师教我们画荷花，我对她说：“老师，我想画残荷，你教我画残荷好吗？”

我清楚的记得，那老师惊住了，她有五秒钟的迟钝，一直看着我，后来终于回过神来，说：“好，我教你画残荷，想不到你小小年纪竟然喜欢残荷……”

那堂国画课，我把老师教我画的残荷，画了一遍又一遍。越画越喜欢残荷，画到最后，猛然惊觉心中突然有一个地方，通透了，彻悟了。那一通透，是繁花不惊；那一彻悟，是银碗盛雪。这个刹那，自带无限禅意。

蓦然忆起，那年冬天去看西湖，孤山旁的景象令我难忘。孤山旁有一片残荷，荷叶已残，翠色不再，荷花已凋，花容不复，只剩了那一片离离破碎，萧瑟的在寒冬中摇摆着。那一刻，我想到了白居易的诗“寂寞萎红低向雨，离披破艳散随风”，这是他用来形容牡丹花落的诗句，可我觉得也可以形容那一刻的残荷。

不知为什么，我在看到它们的时候，并不觉得凄凉，反而觉得它们是这世间的智者，因为它们比人类更懂得人世的轮回。生老病死，没有人可以逃脱，这世间不管你是开名车住别墅，还是骑自行车住平房，不管你是谁，最终都逃不过这四个字。就像荷花的一生，它盛开的时候那样绝美，迎风涉水袅袅而开，出淤泥而不染，可它一样逃不过花残叶褪的命运。

这，是大自然的轮回，也是生命的轮回。

留得残荷听雨声，这是荷花最后的归宿，也是它的命运。我始终认为，残荷的魅力比盛开的荷更大，因为它散发出了一种完全不同于盛开时的美丽，那种别样的美丽，叫作风骨，叫作气象。

这多么像人生，当一个人褪去了所有浮华，抛下了一切形式主义，回到极简，回归内心的平静时，就是他真正有了风骨和气象的时候。这也像我们人生删繁就简的过程，它是每个人都必须经历的。

我又想起了川濑敏郎，《一日一花》之外，他的另一部代表作品《四季花传书》中，有这样一幅图片，深深打动了我：一只极其普通的酒坛子，不大不小的瓶口处，插着一枝残荷。可是，这两样很普通的东西碰撞在一起，却迸发出了一种极其强大的艺术张力。

我想这张力的本源，是因为它碰撞出了别样的风骨与气象。酒坛子看似普通，可却十分贴近我们的生活，残荷看似萧索不起眼，却自带万千气场。日常就是不日常，所有的惊天动地，所有的艺术，完全都在我们的生活之中。当一个人彻底明白了悟了这一点，也是他真正开始热爱生活的时候。

这一刻，我坐在电脑前，静静地敲下这些字，我知道，我的内心深处，有一朵荷花，悄然盛放。然而转瞬之间，这朵荷花，又悄然萎谢了，可我却这样欣喜。因为它经了风雪之后，依然傲然，依然清凉，更因为，我心已空山无人，花开水流……

世有桃花

三月的杭城，柔蓝烟绿，疏雨桃花，烟波流水人家，唐宋诗人词客笔下的江南之美全都可以在这里看到。

有很多年，我一直认为桃花只是一种特别少女的花。因为它一开就是粉，就是大片大片的粉，像三月初粉嫩嫩的春光，带着浓烈的少女气息，开不尽，开不完，热热闹闹地开满枝头，似乎永远都看不到尽头，如云霞蒸蔚般，一直热烈燃烧个没完。

可是后来，我在似水年华里走过一个又一个冬夏，读了越来越多的诗词，渐渐地，我发现桃花在中国文化的意象中实在是太复杂了。它不仅仅像少女，它也是隐士，它还是陶渊明笔下的桃花源，李太白笔下的“桃花流水窅然去，别有天地非人间”。

很少在一种花身上能够看到这么多看似矛盾的意象，但是桃花有，并且这些意象看似矛盾，然而一旦融合在桃花身上，并不会让人觉得矛盾，它能很神奇的融为一体，因为桃花有一种包容的美。这种美从三千多年前的《诗经》里就已出现了，听，那是谁在唱——

桃之夭夭，灼灼其华。

之子于归，宜其室家。

桃之夭夭，有蕡其实。

之子于归，宜其家室。

桃之夭夭，其叶蓁蓁。

之子于归，宜其家人。

那年那日是春天，桃花开得漫山遍野都是今天，她出嫁的时候，一定也和桃花一样，灼灼盛放，一定美得惊了他的心，惊了他的意！从此他只想紧握住她的手，和她凤凰于飞、朝朝暮暮！

千年后的唐代诗人崔护，写下一首千古流传的桃花诗《题都城南庄》：

去年今日此门中，人面桃花相映红。

人面不知何处去，桃花依旧笑春风。

传说那年崔护到长安参加进士考试落第后，在长安南郊偶遇了一位美丽动人的妙龄少女，那少女的脸庞，与明艳的桃花两两相映着。

第二年清明节，他重访旧地，再去看她，那少女却早已不知去了何处，只剩下门前那棵桃花树依旧盛放，明媚如初，含笑开在春风之中，美得就像她一样。

虽然结局人去楼空，可这场如桃花盛放般的相遇，究竟有多美？我猜桃花是知道的，因为它是爱情花，它早就在悄无声息间默默见证了一切。

哦，还有陶渊明的《桃花源记》，醉了多少文人墨客和隐者的心扉呀，已醉了几千年。“晋太元中，武陵人捕鱼为业。缘溪行，忘路之远近。忽逢桃花林，夹岸数百步，中无杂树，芳草鲜美，落英缤纷。”每次读陶公的《桃花源记》，每次读到“芳草鲜美，落英缤纷”这句，都会产生错觉，仿佛有阵阵清香透过纸页溢出，仿佛那千年前真的曾有这样的桃花源出现过，惊艳人世……

桃花的美如少女，时而娴静，时而热烈奔放，花影重重间、隐隐约约中，又含着一种贞烈之意。也许自从它在三千多年前的《诗经》里惊鸿一现，就已注定它会在几千年的历史长河中开不败。

真是喜欢桃花初开的那个颜色啊，那是天地间最清雅的粉，那是大地回春，春林初盛、春水初生的粉呀，带着无尽的诱人，一切都是刚刚开始，美得那么自然。就像青春时期的爱情，纯美如桃花，热烈如桃花盛开的姿态，轰轰烈烈地燃烧，花期结束的那一刹，也一样轰轰烈烈。也许每个少女的心底，都深藏着一段桃花般的初恋吧。那种感觉，那种心情，也只有春天的灼灼桃花才知道。

在我朋友中，汪是让我觉得最具有桃花气息的女子。她为人热烈、直率、奔放，就像桃花一样，清爽自在，让人难以忘记。一直记得她做的菜，那次我去她家中做客，我们两人对坐，她为我烧了四个菜，其中有我最爱吃的红烧鸡翅和剁椒鱼头，那味道好极了，一入口，就是春天的味道，就是桃花盛开的味道，直接奔放、轰轰烈烈。她一个劲地对我说：“你多吃点，我知道你爱吃这两个菜，你一定要都吃完哦！”那种直接热烈，也让我觉得像极了桃花，久久盛放在我的记忆中，不曾凋零。

记得有位作家曾经说过：“桃花难画，因它要画得静。”起初我不以为然，桃花怎么会是静的呢？它有静过吗？可随着年岁渐长，慢慢发现桃花最开始开的时候的确是静的，然后它一点一点变得热烈，从幽静婉约到热烈奔放，再到最后的轰轰烈烈。

桃花有侠气，却又柔美，桃花有仙气，却又带着凡俗的好。总之，桃花是个复杂体，从古至今，也许它一直都是复杂的，多种意象在它身上叠加，然后奇妙地融合在一起，绚烂人世。

世有桃花，我仍然爱在三月的江南，桃花初开的时候，走在那些桃花树下，闭眼、轻嗅它的芳香，感受它的娴静和奔放，还有那颗潜藏在粉红外表下最是轰轰烈烈的心。

世有桃花，灼灼其华，在时间的轮回里已经开了千年。而此刻，这株开了千年的桃花也在我的文字里跳跃着，光芒万丈，不败。

青青翠竹

梅兰竹菊，向来被称为“四君子”，分别担当着傲、幽、坚、淡的品质。梅花孤傲，它剪雪裁冰，兰花清幽，它空谷自芳，竹子坚韧，它潇洒淡泊，菊花淡泊，它凌霜飘逸，它们都是国人眼中感物喻志的象征，自古不变。因为对它们这四种人格境界的神往，所以它们也自然成了咏物诗和文人字画中最常见的题材。

梅兰竹菊是传统文化中的“花中四君子”，而松竹梅又被称为“岁寒三友”。在“花中四君子”和“岁寒三友”中，只有梅与竹同时在列，足以可见它们的萧萧风骨，卓然不同。

所有开花的植物中，我最爱梅，所有不开花的植物中，我最欣赏竹。我爱它的颜色，青青翠翠，像初夏，怡然自得，像传统的水墨画卷，沧浪烟波里流转出万千风华。

苏东坡有首诗写得甚好，叫作《於潜僧绿筠轩》：

宁可食无肉，不可居无竹。无肉令人瘦，无竹令人俗。人瘦尚可肥，士俗不可医。旁人笑此言，似高还似痴。若对此君仍大嚼，世间那有扬州鹤？

其实他这首诗的典故是出自《晋书·王徽之传》，传说书圣王羲之的儿子王徽之为人高雅，最喜欢竹。一次，他寄居在一座空宅中，便马上令人种竹。有人问他缘故，他只是指着竹子说："何可一日无此君！"所以苏东坡的"宁可食无肉，不可居无竹"便是借这个典故而化出的。千年前的魏晋名士王徽之爱竹，千年后的北宋真名士苏东坡也最爱竹。

自古文人大多都有自己所钟爱的一种植物，陶渊明独爱菊花，周敦颐最爱莲荷，林逋为梅痴狂，而苏东坡把他的这份挚爱给了竹子。纵观他这一生，也像极了竹，不管他身处的环境多么恶劣，不管上天给了他多少苦难，他都一一经受住了，像经冬不凋的翠竹，一年四季始终青青如一，"乌台诗案"没有泯灭他的坚韧，几度流放黄州、杭州、惠州，也都没有折损他的傲骨，依旧铮铮。千帆过尽后，他仍然是那个高唱着"大江东去"的东坡居士，所以有了那一阕千古留名的《定风波》：

莫听穿林打叶声，何妨吟啸且徐行。竹杖芒鞋轻胜马，谁怕？一蓑烟雨任平生。

料峭春风吹酒醒，微冷，山头斜照却相迎。回首向来萧瑟处，归去，也无风雨也无晴。

是啊，人生路上总有风雨，又有什么好怕的呢？一蓑烟雨任平生，回首看去，也无风雨也无晴。

在我的朋友中，也有一位很像青青翠竹的朋友，她是大川，她跟我很有缘，她是我的高中同学，也是我的大学同学兼室友。我之所以觉得她像竹，是因为她为人坚强，始终有一种坚韧刻在她的骨子里，对于她喜欢的事她一定会尽全力坚持并做好。

我记得上大学时，她喜欢上了速录，然后就义无反顾的去报班学习了，并且用她超强的毅力坚持学下来了。很难想象，一个女孩子可以坚持那么久学习一个看上去如此枯燥乏味的东西。记得大学每年寒暑假，她都坚持每天从早上八点钟打到傍晚五点，所以她很快就考下了高级速录师，从初级到中级再到高级，她都考得很顺利。

但我知道她看似风光的背后，曾经经历过什么。她之所以能在短期之内取得这样的成绩，是因为她花了无数的心血和心思在里面，我知道那是她花了无数个日日夜夜的咬牙坚持才换来的。想想就知道，那个速录键盘上的声音多么枯燥难听，它不是乐器不能够发出美妙的乐音，它也不是画笔不能够在画卷上呈现出美丽的图画，它也无法与文字相比，能够在一定的时间之后，在电脑上呈现出一个唯一瑰丽的文字世界。

虽然速录如此枯燥，可她全部坚持下来了，那些只能独自跋涉的千山万水她都一一挺过。从这一点上来说，她就非常像竹，始终有自己的坚持，为自己所爱的坚持着，翠竹经冬不凋，挺立严寒，可不就是一直为着自己所爱的坚持着吗？

想起几百年前爱竹的郑板桥，他一生只画兰、竹、石，自称“四时不谢之兰，百节长青之竹，万古不败之石，千秋不变之人”，他在它们的世界中逍遥自在，的确千秋不变。还想起他的那首咏竹诗：“举世爱栽花，老夫只栽竹。霜雪满庭除，洒然照新绿。幽篁一夜雪，疏影失青绿。莫被风吹散，玲珑碎空玉。”举世爱花中，他却偏偏爱极了那身翠色萧萧，也只有真正爱竹爱到骨子里的人，才能写出这样的诗吧。

在我心中那杆翠竹，一直被那些风骨与气节都一样卓然的人所深爱。这风骨，这气节，傲立了几千年，一直不倒，也永远都不会倒。

昙花一现，刹那却永恒

如果我不是看到蔡师发在朋友圈中她一夜未眠等待昙花开放的照片，我想我不会写这篇文章，当我看到那些昙花的照片时，我决定我必须要写一写昙花。

是的，我承认，我被昙花的美深深震撼了，震撼到在那之后好几天的夜晚，我的梦中都出现了昙花。

哦，这绝美的昙花，我臣服这场命运的安排。

昙花的美，不同于其他任何花卉，因为它的开花时间就迥然于其他的花卉。它选择在深夜盛放，在神秘的夜色下，它在那轮皓月下独自开着，是孤独，却也是喜悦，是清欢。它的绽放如烟花绚烂天际，刹那之后幻灭如尘。传说昙花的花瓣在渐渐展开后，过一两个小时就开始慢慢地枯萎了，整个过程仅仅只有四个小时左右。

昙花的美，刹那却永恒。

传说昙花一现，只为韦陀。这个传说是伤感的，故事的开始如同所有绮丽爱情开始的最初。昙花本来是一位花神，她每天都开花，四季都灿烂。她爱上了每天给她浇水除草的年轻人。后来这件事被玉帝知道了，玉帝大发雷霆，拆散了这对鸳鸯。玉帝将花神抓了起来，把她贬为每年只能开一瞬间的昙花，不让她再和情郎相见，还把那年轻人送去灵鹫山出家，赐名“韦陀”，韦陀、韦陀，意思是让他忘记前尘，当然这前尘中，包括花神。

多年过去了，韦陀真的忘记了花神，潜心习佛，渐有所成。可花神却怎么也忘不了那个曾经每天照顾她的小伙子。她知道每年暮春时分，韦陀总要下山来为佛祖采集朝露煎茶，所以她就选择在那个时候开放，她把聚集了整整一年的精气全部都绽放在那个瞬间。她希望韦陀能回头看她一眼，能记起她，能想起他们曾经所有的过往……

可是时间一天天如风而逝，弹指间千百年过去了，韦陀一年年的下山来采集朝露，昙花也一年年的默默绽放。然而韦陀却始终都没有记起她。

缘起缘灭缘终尽，花开花落花归尘。昙花一现，只为韦陀。所以昙花又名韦陀花，也因为昙花是在夕阳后见到韦陀，所以昙花都是夜间开放。

故事中花神和韦陀的爱情也像昙花的美丽，刹那却永恒，绝美又孤寂。昙花不会后悔自己的选择，就像她不会后悔遇到韦陀一样，因为没有人会拒绝爱情的来临。

如果有来生，韦陀会记起花神吗？会在昙花为他绽放的那一刹那驻足吗？我们不知道，正如我们永远都预测不了明天会发生什么、会遇到谁一样。但我想如果有来生，昙花一定还会为韦陀在老时间盛开，造就这场绝美的花事……

又想起蔡师发出的昙花照片，她还配了一段文字，其中有一句，我记忆深刻：“为了等昙花开的夜晚是值得的。”如果是我，我想我也会为了等待昙花的盛开而一夜不眠，因为昙花盛放的那一霎，泯灭了天地间其他所有光亮，那种美，太震撼了。而这份等待，自然值得，就像踏雪寻梅，就像去西湖断桥看第一场雪，都是一样值得的事。

我们来到这个世间，不就是为了这些美好之物而低头的吗？

都说昙花是“月下美人”，不，这个赞美远远不够，它是“月下仙子”，独一无二。它的美宛如皓月，绝艳、清幽、寒凉却震撼，虽然转瞬即逝，但是在它开放的那一瞬间却几乎可夺星河之璀璨、日月之光辉。

因为，昙花一现，虽然刹那，却在不经意间早已刻下永恒。

在江南听雨，听的是心

此刻，三月的阳春时节，窗外飘起了细雨，隽永的雨意醉了整个春天，醉了整座杭城，亦深深醉了整个江南。我在窗前，凝神听着，听“滴答滴答”落在桃树上，似乎雨已经等不及了，它急着催开桃花灼灼，早日芳菲。

我在室内的茶台前，喝着刚泡好的一壶白牡丹，在客厅的落地窗内，看窗外的飞雨落在江南屋檐一角，翩翩起舞，绽放在空中，然后潇洒飘落。可惜我不是诗人，不然一定能绣口一吐，碰撞出美丽惆怅的诗行。

其实我小的时候并不怎么喜欢下雨天，总觉得下雨天潮湿阴冷，地面上都是湿漉漉一片，而积水又泛滥，无论是出去玩还是走在路上，都不方便，所以我就不喜欢雨天，就这样不喜欢了很多年。

后来，不知道从什么时候开始的，我竟然有一些喜欢雨天了，更生出听雨的闲情。

我仔细泛着一叶小舟，在记忆的那江烟波上回想，哦，也许是因为我爱上了在雨天读诗词吧，也许是因为我喜欢在下着雨的黄昏亦学学古人，写两首小诗、作几阕小词，更或许是因为我迷上了在下雨天的午后喝咖啡吧。对于喝奶茶和咖啡，我一直按照自己的心情和天气而定，我喜欢沐浴在暖阳下喝着暖暖的奶茶，而咖啡，我更喜欢在飘着细雨的午后喝，在我心底，一直认为下雨天和咖啡更配。

雨天，我喜欢沉浸在咖啡香中，然后静静读一本村上春树的书，或是川端康成，抑或是紫式部的《源氏物语》，清少纳言的《枕草子》……总之，下雨天非常适合看日本文学，因为无论是日本文学还是日本的作家，始终都有一种共同的凋零感，还有那挥之不去的潮湿，那份浓浓的惆怅之感和从天而落的雨，实在是有异曲同工之妙呀。

雨为什么会从天上落下来呢？我总觉得是因为天上的云朵在哭泣，所以它的眼泪就变成了雨水，飘落了下来，湿了人间，苍茫一片。

杭州是个雨水很丰富的城市，一年四季，总能听到雨滴的声音。在江南听雨，可以选择在一扇雕花的古窗下，可以选择在一处黛瓦青墙旁，但其实哪儿也不用去，就在原地听，最美妙。因为，这里是江南的心窝，因为，江南处处都是风景，只要带着一颗自然的心去听雨就够了，如果这颗自然之心中还带着几分悠闲的心境，那就足矣。

梅雨季应该是杭州这座城，雨下得最频繁的时候吧，黄梅时节家家雨，青草池塘处处蛙。梅雨季的雨总是连着下，一下就是几天几夜都不停，甚至连睡梦中都能清楚地感知到那冷雨敲窗之声。

每当夜晚听到冷雨敲窗的时候，虽不是秋雨，可我也总会想到曹雪芹笔下的大观园里，那绛珠仙子林黛玉写下的《秋窗风雨夕》："罗衾不奈秋风力，残漏声催秋雨急。连宵脉脉复飕飕，灯前似伴离人泣。寒烟小院转萧条，疏竹虚窗时滴沥。不知风雨几时休，已教泪洒窗纱湿。"窗外风雨凄凉、连绵不绝中，她本就伤感自己的身世凄苦无依，寄人篱下，又不知和贾宝玉的前途究竟如何？不知道，她在贾府是怎样度过那一个又一个风雨之夜的？幸好曹雪芹把文字给了她，幸好她还可以用文字来消遣，用文字来抵挡所有的风刀霜剑呀。

江南四季都有雨，四季的雨都不同。

江南的春雨是落花人独立，是微雨燕双飞的诗意，朦胧的无边丝雨细如愁，如梦如幻，非常写意通透。哦，快听，听听那雨打芭蕉，听听那春雨遍地，听听那花间的十六拍呀……

夏天的雷雨是轰隆隆的，是直接明快的，如烈焰燃烧，如青春奔放，像极了那场年少时的爱情。可不是吗？你还在想着该穿哪件衣裳、该化什么样的妆、该背哪只包去赴那一场约会？可转眼间，他就打电话告诉你他已经来到了你家楼下，你不信，打开窗一看，发现他真的就在楼下傻傻的看着你笑。那笑席卷了你的心，你心动了，终于越陷越深。然而你怎么也不会料到，他就像雷雨一样啊，惊天动地地来又悄无声息地走了，没有任何征兆，不带走一片云彩，潇洒地好像根本就从未来过一样，徒留你在原地惆怅，在旧时光里怀念往昔。

秋天的雨是带着萧萧落意的，萧瑟的秋、枯黄的叶，落花亦如流水一般，满地落花随风而起，亦随风而去，落花是死去的蝶，等来年重生，而一层秋雨一层凉，飘落的秋雨更为这个季节平添了几分萧索。

冬天的雨就如冬季，也像倪瓒的画，彻骨的寒凉和孤寂。然而这无限寒凉孤寂中，却是大美，不自知间已入心。

不知从什么时候开始，我越来越喜欢在江南听雨，越来越喜欢一个人在下着雨的午后，或是飘着丝丝细雨的黄昏，推开家中的窗户，感受雨和空气的共鸣。如果雨不大，就撑一把油纸伞去楼下走走停停，感受空气中那因为雨水而被滋润所散发出的无限清香，格外的清冽，在微风中……

回到家中，闭上眼，静静的听窗外风雨琳琅，然后再泡一壶老白茶，一个人自斟自饮，茶喝得尽兴了，就去写写文字，或者弹弹古琴。

虽然古人对于古琴有“五不弹”一说，而排在第一的就是“疾风甚雨不弹”。古人认为，疾风声枯，甚雨音拙，所以不弹，更因为在疾风甚雨之中，人往往不能心平气和，有伤于琴心的抒发。

可是，只要一颗心真的静下来，便无关风雨如何疾甚了。我喜欢在下雨的时候弹琴，尤其喜欢弹那曲《渔樵问答》，似乎窗外的风雨，古今所有风雨，都会尽付指下，都在这一曲渔樵闲话中慢慢停止、归去，青山绿水依旧无恙，心内澄澈亦是空明一片……

在江南听雨，听的是小桥流水，诗情画意，在江南看雨，看的是烟波画船，雨丝风片。如果你想在江南听雨，请记得要带上那颗靠近蒹葭的心。

你，闻到过雪的芬芳吗？

你，闻到过雪的芬芳吗？

你，相信吗？雪是有芬芳的。

雪，看似无色无味，却不知它是有香味的，那种香味就像是虎跑的泉水，一口饮尽，甘甜无穷的回味在心头浮起，就像是最冷的冬季，冰天雪地中第一朵梅花开了，然后你寻到了，感受到了那份特别清冽的梅香。那种芬芳还像是初夏，荷花刚刚要开，清晨，你走在荷塘边，看到那第一朵荷花开了，然后微风轻拂吹来一阵清香，那阵清香足以让你忘记浮世烦扰。

雪的芬芳也是如此。

我喜欢雪，自记事起就喜欢，所以一年四季，我最爱冬天，因为冬天，雪会来。真喜欢雪花飘落的瞬间，因为它们是一个个精灵，它们是被九天之上的玄女无意抖落的鲜花，然后飘落在了人间，为人间带来阵阵清凉，还有那绝艳到极致的风光。

一朵朵雪花，晶莹剔透，它们是在空中跳舞吧，那么洋洋洒洒，那么清雅出尘，在空中闪耀，不管不顾。因为有了它们的来临，整个世界都感觉干净了许多呢，仿佛所有的纷纷扰扰全部都不见了，天地间因为这一场雪的覆盖，所有芜杂都消失了，只剩了那白茫茫大地一片真干净。

"白茫茫大地一片真干净"这句话出自《红楼梦》，出自曹雪芹为《红楼梦》中金陵十二钗所写套曲的最后一支，叫作《收尾·飞鸟各投林》：

为官的，家业凋零。富贵的，金银散尽。

有恩的，死里逃生。无情的，分明报应。

欠命的，命已还。欠泪的，泪已尽。

冤冤相报实非轻，分离合聚皆前定。

欲知命短问前生，老来富贵也真侥幸。

看破的，遁入空门。痴迷的，枉送了性命。

好一似食尽鸟投林，落了片白茫茫大地真干净！

想起《红楼梦》中大观园群芳曾经在芦雪庵中赏新雪，烤鹿肉，然后即景联诗，那美妙场景竟如黄鹤杳杳一去，再不复返，如冰雪消融，转瞬一去无踪，再不复现。

大观园中的人，终有一日如雪般消失无痕，在寒风中，在命中注定会到来的严冬中。陋室空堂，当年笏满床，衰草枯杨，曾为歌舞场。

虽然曹雪芹写完的全本《红楼梦》已经失散了，我们现在只能看到前八十回，但我们能够想象出最后的结局，因为他早就在这支《飞鸟各投林》中埋下了伏笔，为官的家业凋零，富贵的金银散尽，欠命的，命已还，欠泪的，泪已尽，所有人最后都是食尽鸟投林，落了片白茫茫大地真干净！每个人从哪里来，最后都会回到哪里去，其实仔细想想这最终的结局看似苍凉，却也是最好的结局。

雪在我童年的记忆里并不陌生，因为每年放寒假都会和爸妈一起回桐庐，陪爷爷奶奶过年。我记得那时雪花像一个年年都会准时来赴约的孩子，鹅毛般的大雪每年都会落满故乡的小村庄。

乡村里的雪景和城市中的截然不同，城市的雪景是整齐的，而乡间的雪景却不是，它更加自然，也更加萧索。白茫茫的天地间苍茫一片，黛瓦青墙下，到处可以看见枯枝和残叶，那枯枝和残叶上的雪花却不残不枯，看不见凋萎之意，反而美得惊心，那极大的艺术张力在那时就深深感染到了我。

每年乡村在过年时都会放烟花爆竹，然后第二天就会发现，院中那些还未被阳光融尽的残雪上，净是烟花爆竹，一片狼藉。在看到的那一刻，我在想如果烟花知道它最后的结局是这样，它是否还会选择轰轰烈烈燃烧一场？如果它知道绚烂到极致后将泯然于尘，它又是否还会选择做烟花呢？

后来我知道了答案，它一定还会选择燃烧，它绝不会后悔做烟花。因为在这世界上，天地万物都有它存在的意义和使命。

就像雪花，即使明知自己终有一日会消失于大地，会在阳光下消融得像风一样迅疾，可它仍旧不会后悔从天而降，飘落人间。因为它要带给这世间最别有风味的景致，这是它的使命呀，它怎么可能不去履行呢？

就像梅花，注定开在每年最冷的时候，所以梅香才会格外清冽，就像荷花，注定开在最热的季节，所以它的香味才格外动人。这些使命都是命中注定，都是不可逃脱的。

焚香、品茗、听雨、赏雪、候月、酌酒、莳花、寻幽、抚琴，这是古人的九大雅事。在这九大雅事中，我觉得赏雪和抚琴是最雅的。所有乐器里面，我也觉得只有古琴和雪才是最契合的，就像梅花和古琴十分契合一样，因为它们都是相同属性的事物啊，都具有不流于俗的风骨和特质，所以它们相遇的那刻，灵魂认出了彼此，一刹那却已永恒。

窗外飞雪漫天，雪落于地的那一霎，飘落于空中四起的芬芳，让梅花开得更清艳了，让指下的琴声更幽了。那是真正的松风远拂、石涧流寒，那是心里开出了一朵叫作禅意的花。那是唐人柳宗元笔下的“千山鸟飞绝，万径人踪灭。孤舟蓑笠翁，独钓寒江雪”。那也是“姜女不尚铅华，似疏梅之映淡月，禅师不落空寂，若碧沼之吐青莲”……

每当下雪的时候，总会想起一个人，四百年前的张岱，有品有型酷到极致，他也是这千百年间雪的第一知己，四百年前，他驾着自己的夜航船，去湖心亭看雪。我想他与雪是真正的有缘之人，因为他闻到了雪的芬芳。

这一刻的杭城，下着难得的大雪，好几年都没有遇到过这样的大雪了，在我的记忆中，自从 2008 年以后就再也没有遇到过了。我听着窗外风雪肆意的琳琅之声，在键盘上静静敲下这些文字，心里不知什么时候竟然开出了一朵雪花，晶莹剔透，还带着最动人的芬芳。

这一刻，白马入芦花，银碗里盛雪……

月明千古

我喜欢月亮，从小就喜欢，赏月的习惯也保持了很多年。似乎自古以来，月亮一直是文人墨客的心头所爱，凡是对文字敏感的人，大抵都对月亮有一种特别的情结，大概是因为月亮能读懂文字吧。我知道，我今生挥之不去的月亮情结，溯其根源，是与我爱文字有关。

月亮很美，那种美诗意、朦胧、婉约，就像飞雪，就像寒梅，有一种特别动人的气息。月亮的美总是带着几分寒凉，无论是圆月、残月、弯月还是怎样的月，都是一样的清寒、且凉，一样动人。

自古以来，文人墨客写下无数咏月的诗词，最负盛名的有两首，其中一首是唐代诗人张若虚的《春江花月夜》，他用神来之笔，将春、江、花、月、夜五种绝美的意象巧妙地融合在了一起，迸发出了无尽的艺术张力，像宏大浩瀚的宇宙。此诗一出，孤篇横绝全唐，成为咏月佳作。

后来，过了几百年，有一位叫作苏东坡的词人大笔一挥，在密州的中秋节，在那年的中秋月下写了一首千古咏月绝唱，叫《水调歌头·明月几时有》。一句“明月几时有，把酒问青天。不知天上宫阙，今夕是何年”直问得月亮无言！

明月几时有？月明千古，年年都有，岁岁常相照，夜夜悬挂在天际，只是它喜欢与星辰作伴，选择和如墨的夜色为伍，然后发出苍凉的光晕，照亮这人世所有的悲欢离合。

是啊，人有悲欢离合，月有阴晴圆缺，此事古难全。连月都有阴晴圆缺，更何况人生的百变呢？某种程度上，月亮也是我们这一生的映照吧，月有新月、圆月、残月、弯月，各种形态，不正像人生种种起伏跌宕吗？

我最喜欢的咏月诗是王维的那首《山居秋暝》：“空山新雨后，天气晚来秋。明月松间照，清泉石上流。竹喧归浣女，莲动下渔舟。随意春芳歇，王孙自可留。”诗中那句“明月松间照，清泉石上流”，极其灵动写意。

你看，那月从松间悠悠照来，你听，那泉从石上潺潺流出，之后，还听到了竹林喧声，还看到了莲叶纷披，那浣女和莲舟在这轮松间月色下，更显诗意了。那落在山间的月，自然更有一番悠远动人。

至今仍记得，儿时乡村夏日的夜月，美轮美奂。无数个夏夜，无数个去桐庐避暑的夜晚，天上的月亮皎洁清亮，爷爷奶奶的蒲扇摇啊摇，还有那把被时光打磨的老藤椅亦是悠悠荡起，我们祖孙三人一起讲着那些趣事，那时美好的简净时光，月亮都一一记下了，天上那轮明月一定知道。

自古以来，关于月亮的传说也是数不胜数，最打动我的还是那上古时代就流传着的神话传说“嫦娥奔月”。“嫦娥应悔偷灵药，碧海青天夜夜心。”每当看到残月时，心头总会浮起一丝联想，不知那天上宫阙是否真的住着嫦娥？她又是否真的后悔偷了灵药，因此在那碧海青天夜夜惆怅难眠，想来也只有与她作伴的月亮能知晓她的心境吧。

赏月适合一个人，也适合与三五好友一起醉卧花间，一起在月下品一壶清茗，这时候弹一曲古琴，或者一曲古筝都很好，抑或是在阑珊的月色下吹起一缕幽婉的清箫、一曲明亮的笛音，也都非常好。月，有种说不清道不明的包容之美，所以，无论是哪一种音乐响起，它都会发出一样的赞叹吧。

无数次，我在夜晚一个人赏月的时候，抬头凝眸望着天上那轮明月，皎洁的月光破空照下，引得我产生了无限遐想。如果可以化身月光，该有多好，就此潇洒归去，再不问红尘。

曾几何时，那个总是在月下凝眸遐想的小女孩，已经告别青涩飞扬的青春时期。年少不懂光阴如水飞逝，总以为青春永远都过不完，终于到了这一天，那些泛黄的时光就如同回不去的千年月光，唯在心中念一句："但愿人长久，千里共婵娟。"

今夜，我依旧沉浸在那明净如月的旧梦中，梦里故事依旧，我与月光久别重逢，我与它是故人，心中的美好亦如最初。

今夜，我愿化身月光，乘风归去，和月而眠，踏月而归……

砚坳疑有烟云贮

我已经忘了第一次看到倪瓒的画是什么时候了，但我仍记得那份惊艳，这么多年时光潺湲而去，可那份惊艳之情，却在记忆中烙下了永恒的印记。他的画里全是孤寂，那样深刻的孤独，好像刻在灵魂之中，仿佛与生俱来。那份疯了似的孤独，惊艳了我，也绝美了时光，和这呼啸而去的悠悠岁月。

倪瓒，是江南富豪，二十三岁之前，他是唐诗中的美少年，在兄长的庇护和抚养下，不问世事，整日读书弹琴画画、把玩金石。明代画家崔子忠有一幅《云林洗桐图》，画中一位戴着士冠的男子，长须美髯，闲云野鹤，一女童手捧金兽香炉，香烟缭绕，而仆人在冲洗梧桐树……这就是倪瓒当时的生活常态。

据说倪瓒的树每天都要仆人清洗，女童提着水罐，随时准备侍奉他洗手，因为他一天要洗手无数次。他的洁癖从古至今都是罕见的，传说他每次洗澡要换水好多次，还要穿衣戴帽反复抖，生怕有灰尘染衣。晋代大诗人左思的诗“振衣千仞岗，濯足万里流”，仿佛是为千年后的他量身定制一样。

我想正是因为倪瓒有这样空前绝后的洁癖，所以他的画中才有一种谁都模仿不出，并且谁都超越不了的空灵与孤寂吧。

“清夜焚香生远心，空斋对雪独鸣琴。数日雪消寒已过，一壶花里听春禽”，他在清夜焚香，也在空斋对雪，还在阑珊花影里闲听春禽，所以他的画孤独如斯。可这孤独却绝美，是中国文人秋水长天的气象，是柳宗元诗中“千山鸟飞绝”的意境，还是天地洪荒中与时光自然的对话……

然而在兄长去世后，倪瓒的生活翻天覆地，最后他选择了变卖家产，逃离世俗，过他心中所向往的自在生活。与他同时期的画家，与他同称“元四家”的王蒙曾说：“云林弃田宅，携妻子，系舟江汾湖之滨，日与游者，皆烟波钓艇，江湖不羁之士也。”

从此，倪瓒听从内心的呼唤，回归大自然，放舟青山绿水之间，身心与大自然达到了高度的共鸣，终于，他悟出了自然山水的真性灵。于是，他将心中的苦闷、孤寂和无奈，通通淋漓尽致的表现在山水画中，完美的展现了中国山水画的精髓——隐逸精神，至此，中国文人画达到了空前完美的地步，“以逸为高”的特征越来越鲜明。

“爱此风林意，更是秋壑情。写图以闲咏，不在象与声”是倪瓒为陈惟寅画山题诗中所写的诗，也是他画作风格与艺术表达的一生写照。

明清画家，大多学倪瓒，却没有一个学得来，不仅仅是因为气质、性格与学问，还有那份与生俱来的孤独，不可多得，只有他有。于是他成为千古唯一，于是他空前绝后，成了千古画坛中最璀璨耀眼的星之一，绝艳到可以与日月争辉……

与倪瓒同时代的画家，与他同称“元四家”的黄公望曾这样评价他的画：“砚坳疑有烟云贮。”黄公望画下了千古名作《富春山居图》，可是对于倪瓒他却是真心佩服的。

砚坳疑有烟云贮，倪瓒的画中没有烟云，却有比烟云更缥缈的风致，绰约动人，恍如几千年前庄子笔下的“姑射仙人”，那样清绝、空灵、澄澈，像极了此刻杭城的大雪，孤寂清幽中，天地大静……

窗外有飞雪在慢慢轻扬，不多时便茫茫一片了，这样落雪的时刻，最适合看一个人的画册，这个人，不是别人，只能是倪瓒。最好再放一首古琴曲《白雪》，煮一壶普洱，慢慢喝，慢慢看。

就独自一人，就静默不语，只与倪瓒在孤寂中对话，就很好。

人书俱老，风烟俱净

其实我接触书法很早，比古琴更早，在小学二年级的时候就开始学书法了，学了一年，学楷书。但那时我并不喜欢书法，老师在台上讲得唾沫横飞，可我却在台下听得想打瞌睡，因为觉得老师讲得太枯燥了，所以就算我拿着毛笔在毛边纸上一笔一画的练着，不断练着横竖撇捺点折钩，不断临帖，却依旧觉得枯燥乏味。记得那时是夏日，窗外的知了声不断传来，阳光照进来，就更让人想睡觉了。

那时我喜欢画画，大概是小孩子心性吧，总觉得在画卷上画出五彩斑斓的图画，比在毛边纸上用毛笔写书法要有意思多了，要有趣好几十倍。于是便一门心思都放在画画上，总是喜欢用五颜六色的画笔在本子上涂涂画画，画出孩童眼中的世界，或者用毛笔在宣纸上画画梅花，我对梅花的热爱真的是从小就开始，没办法的事。

总之，那时我不太喜欢书法，因为觉得枯燥乏味，对童年的我没有吸引力。可当年的我怎么也不会想到，十几年后的今天我竟然会痴迷书法。仔细想来，其实今日这一切都有前因，那时七八岁年纪的我，在心中早已不经意地埋下了一颗日后热爱书法的心，这是命运的安排。

我真正痴迷上书法，应该是在读大学的时候。记得大一时，我和好室友红红一起报了很多社团，但是我们最终坚持下来一直去学习的却只有一个——书法社。那时并不知道为什么会选择了书法社，也许是因为书法社中浓郁的书法氛围迷住了我们吧。

记得社长是个长得十分清秀的男孩子，但他一拿起毛笔写书法就会把你镇住，他的书法写得老练、苍劲，那种沉稳一看就知道他至少练了十年，果然，有一次无意间他说起学书法的过去，他果然练了十几年的书法。

他对书法的热爱，也成功地感染到了我们其他的社员。所以每周一的晚上，那整整一个学期，我和红红都会准时去书法社报到，然后在那里静静的练上三节课，几乎不说话，只是专心致志的在练，我们从最简单的楷书开始练起。

后来社长说我们可以挑选自己喜欢的字体自由临帖练习，红红挑了篆书，她向来喜欢华美飘逸且别具一格的事物，所以她选择写篆书并不让我意外。而我依然练楷书，我喜欢颜真卿的楷书，那力透纸背的飒飒风骨英挺如崖岸孤松，深深地吸引住了我，所以我选择了他的《多宝塔碑》。

命运真是奇妙呀，小学二年级时我就在学颜真卿的楷书，可那时我觉得枯燥乏味，没想到十几年后，我却重新将它们一一拾起，并且日渐痴迷。想起京剧程派名段《锁麟囊》中薛湘灵唱的那句："这才是人生难预料啊。"

是啊，这真是人生难预料啊，不过没有想到的是，我与书法之缘更难预料的还在后面。

大二的时候我们专业开了书法课，授课的老师是来自中国美院的讲师，曾是中国美院的书法研究生。讲师姓吴，吴老师三十多岁的年纪，整个人看起来文质彬彬的样子，可他只要一开口，就能让人感觉到他已和书法融为一体了，二十多年的书法生涯，他和书法早就合二为一了，所以在他提笔的那一刻，会让人觉得气场强大，下笔简直犹如鬼神附体。

我很喜欢他的书法课，他是真正懂书法的人。他说书法最大的一种美在于对比，在书法中，在各种书体中，或者说在各个书法家的作品中，随处可见对比之美——力量的对比、强弱的对比、节奏的对比等等。他这句话在当年一语点醒我，书法之美，其中一大可不就是在于对比吗？因为有各种对比，所以才产生了艺术张力呀。

而对比和张力，不就是中国艺术中最原始的哲学味道吗？看，中国的艺术，有阴有阳，有刚有柔，有方有圆，充盈着满满的哲学意味，而这一切，书法艺术中全部都有，墨有浓淡和干枯，运笔有疾涩、转合、轻重、缓急……那一刻，我了悟，为什么书法一直被称为“气韵生动”的艺术？为什么书法是最极简的中国艺术？因为它有最原始的味道，而这份原始之味，来自对比。

后来，我回家以后，翻出了家中所有的书法书籍一一重读，以前买的时候并没有仔细地看，我又在网上订购了很多书法书籍，从《中国书法史》开始，到《书法雅言》，还有孙过庭的《书谱》。看完这些，我开始看字帖，我越来越享受一个人，一杯茶，一个下午的时光，静静地看字帖，直接和古人对话，那字帖中全是书法的真味啊。我一直认为，直接看字帖比看任何的描述都生动、难忘，因为那是最直接的震撼呀。

书法的真味到底是什么？其实孙过庭在《书谱》中早就给出了答案，他说：“初谓未及，中则过之，后乃通会，通会之际，人书俱老。”是啊，通会之际，就是人书俱乐之时。

书法的最后就是人书俱老，书法练到最后，早就没有了技巧，因为一切都已风烟俱净，书法的真味是渐行渐远渐无声，是曲终人不见，江上数峰青的寥落与沧桑，可这寥落、这沧桑却又是那么的迷人。

我一直都觉得，在所有中国传统艺术中，和古琴最接近的就是书法。因为两者都是同样静到极简、简到极致的艺术，古琴只有七根弦，却可以奏出世间万象，而书法就更极简了，只用一支毛笔蘸了黑墨，在白纸上就可以淋漓写尽人生世态。像太极，像中国传统文化中的阴阳之美，一切都是那么静到极简却又风烟俱净，千帆过尽之后，人书俱老……

想起大学毕业后曾经去过吴老师的书法工作室，和他一起畅聊书法艺术。我告诉他我现在终于又成功的迷上了书法艺术。他很高兴，说：“书法真的是好东西，是可以一生相伴的东西，当然要重新回归。”

记得那天下午在他的工作室看了很多古今名帖，我最喜欢的是张旭的狂草，和他探讨的同样是写狂草，然而我们师生二人都一致认为，张旭的狂草写的比怀素更极致更洒脱。十分欣喜，为这无言的相契。

还想起几年前的盛夏，在故乡的小院里，每天吃完早饭后就开始练书法，练的是颜真卿的《多宝塔碑》。那个夏天，颜真卿楷书艺术的饱满、苍劲，还有那力透纸背的飒飒风骨，彻底震撼了我。这一切似乎是早就注定的事，终有一日，我会回归书法。

这一天终于来了，我与书法是暌违多年的故人，久别重逢，也终于重逢。还好这场重逢，并不算太久。

我等着人书俱老的那一天，看一切风烟俱净，静静隐于这尘世中，花枝春满，天心月圆。

读帖记

书法的艺术太璀璨，看似只用一支笔蘸着黑墨，却可以写尽人世风情，从诞生的最初，就一直绚烂至今。

书法的最初是甲骨文，把文字刻在一块骨头上，就像远古的结绳记事。然而它却那样神奇，带着灵魂、往生、来世渺渺而来，亦带出了天地鸿蒙最初的哲学。后来有了篆书，大篆、小篆、有了汉隶、魏碑，有了行书、草书，还有了楷书。书法中所有的风情，无一不令人目眩神迷。

越来越喜欢一个人，在泡了老白茶的午后，静静看着字帖，表面虽静，可内心却是一片风起云涌。于是此刻，我将这片风起云涌一一化为笔下的文字。

一、《兰亭序》

真正的艺术大多都难以复制，天下第一行书《兰亭序》就是如此，它永不能复制，永不可再来，只能是阳春三月的那个兰亭，也只能是那场曲水流觞的雅集。

书圣王羲之就在那微醺的状态下，大笔一挥写下了这“天下第一行书”的《兰亭序》。它绝美到什么地步？绝美到让唐太宗李世民在死后带进了棺材，作为殉葬品永绝于世。大概太绝美的东西，注定是长存不了的吧。

可就算我们看不到真品又怎么样？后人临摹的《兰亭序》一样惊艳到不可方物！每一个字都有如神助，每一笔都是神来之笔，太惊艳了！至今还记得第一次看见《兰亭序》的心情，那一刻心跳加速，明明是在冬天，却仿佛春回大地，看到那最绝美的樱花在风中朵朵飞舞……

《兰亭序》的美空前绝后，是雪中的西湖，是唐诗中那最瑰丽的一首《春江花月夜》，永恒闪耀。

二、《快雪时晴帖》

中国文字曼妙妖娆，看，快雪时晴，这四个字就是这样，带着古意，带着鲜爽，带着那个时代的气息扑面而来。那个时代，魏晋南北朝，那是个人狂言野的时代，人人宽袍大袖，服饰招摇。

书圣王羲之不仅可以写出“天下第一行书”《兰亭序》，他一样可以写出日常生活中的烟火气，比如这《快雪时晴帖》。

虽然《兰亭序》空前绝后，但是它始终离我们太远了一点，而《快雪时晴帖》不一样，它只是王羲之所写的一帖简单的问候之语，就像我们现在给友人发短信一样，十分接地气，也贴近我们的生活。它只有二十八个字，一字一句却都是人间朴素动人的真情意啊——“羲之顿首：快雪时晴，佳。想安善。未果为结，力不次。王羲之顿首。山阴张侯。”

三、《肚痛帖》

说实话，我第一次在字帖上看到“肚痛帖”这三个字，笑了很久。我一边看字帖一边笑，这个书写者张旭实在是太可爱了。

“张颠素狂”，张旭和怀素，并称唐代的两大狂草绝代高手。然而我更喜欢张旭，因为他写的狂草更极致，也更飞扬，就像那把永远都烧不尽野草的烈火，始终有着蓬勃的生命力。

传说有一次，张旭因为看到了公孙大娘舞剑，从她的剑舞中悟出了低昂回翔之状，从此，他的草书进步神速。

剑舞与狂草，看似风马牛不相及，看似是两种截然不同的艺术，其实骨子里是一样的，因为表达内核是一样的，只是形式或者说载体不同。其实艺术大多都是相通的，只是表达形式与方式存在不同而已。

而张旭，显然悟出了这一点，他把公孙大娘舞剑的潇洒飘逸明显融进了自己的狂草艺术中。所以，在他那个年代，裴旻的剑舞、他的草书和李白的诗歌，并称为“唐代三绝”。在唐代那样一个人才辈出的时代，能够挤进这三绝，可见张旭有多厉害。

张旭真是一个可爱、有趣至极的男人，不知道千年之前的他写下这《肚痛帖》时又是怎样的心情，是捂着肚子写下的吗？还是写到后来也被自己给逗笑了，要用写书法来缓解肚痛呢？不知道有多少人和我一样，是笑着看完《肚痛帖》的？

其实书法艺术，无论是写哪种字体，最终都要回归生活，都要超乎技巧之上，生活才是最高艺术啊。而张旭明显深谙此道，就是这样极致的书法艺术生活家。

我一直都觉得，狂草是一个人灵魂最深处的舞蹈。这场舞挑剔极了，只有两种结果，要么跳得很好，成了极致的艺术，要么跳得很糟，落在纸面上就成了人人避之不及的鬼画符。张旭无疑是千古第一狂草圣手，这灵魂之舞，他跳了千年，惊天地泣鬼神。

四、《韭花帖》

杨凝式的《韭花帖》，我很晚才知道，可我在看到的第一眼就喜欢上了。

《韭花帖》被称为“天下第五行书”。黄庭坚盛赞此帖——“世人尽学兰亭面，欲换凡骨无金丹。谁知洛阳杨风子，下笔便到乌丝阑。”

韭花，韭花，多么的灵动，一张口，就是那挡不住的生活气息扑面而来呀。

我总会想起那包着韭菜馅的饺子，我看这个帖的时候，也总是会吃着韭菜馅的饺子。看《韭花帖》，最好是在吃完饭以后，要不然一定会看饿的，一定会想要去吃那一碗韭菜馅的饺子。

五、《祭侄文稿》

王羲之的《兰亭序》、颜真卿的《祭侄文稿》和苏轼的《寒食帖》，被誉为“天下三大行书”。

这三幅作品，无一例外全都是草稿，全都是书写者在情感最强烈时一挥而成的笔迹，最后，这三幅草稿竟都成了绝世珍宝。这一切不是巧合，而是天意。

我喜欢颜真卿的楷书，因为那力透纸背的飒飒风骨。可我在没有看到《祭侄文稿》之前，我一直认为他的书法艺术，只是局限于唐楷，局限于《多宝塔碑》和《颜勤礼碑》这样的风格，而《祭侄文稿》的出现深深地打破了我的认知。

行书、草书、楷书，三种书体交错，一眼望去，我的第一感觉是在看鬼画符，然而那是错觉，仔细一看，那绝不是鬼画符呀，那是血在流泪在滚心在烧！只有真正经历过失去至亲痛苦的人，才能写出那样的字吧。他的每一个字里，都是疼痛，赤裸裸，毫不掩饰。

书法艺术的一大神奇，就在于能准确淋漓地反映出书写者当时的心境。

六、《大字阴符经》

在所有的楷书书法家中，我最喜欢的有两位：一位是颜真卿，另一位是褚遂良。不过说实话，我在没有看到褚遂良写的《大字阴符经》之前，对他的书法并没有太多的感觉。

直到那一日，艳阳高照，我在室内像往常一样看着字帖。突然我翻到了一页，我从未看到过这样的字。我记得很清楚，刚开始我还是端坐着看，然后我一点点的把字帖拿到眼前了，最后竟然直看到眼睛和字帖都快要紧贴在一起的地步。我记住了那五个字——《大字阴符经》，我更记住了它的书写者褚遂良，永远都记着。

太独特了，简直不像楷书，楷书给人的感觉是平直，是端端正正，是一笔一画，容不得半点含糊与模糊，可是褚遂良的《大字阴符经》，炉火纯青已入化境，早就跳出了一般的楷书，那种独一无二的风致太绮丽了，让我心心念念，这辈子都难忘。

七、瘦金体

《读帖记》的最后，我要来写瘦金体，因为它太独特、太有个性、太另类了。我一直觉得这个世界上，只有一个人可以真正的写出瘦金体的精髓，那个人不是别人，就是这种书体的创始者——宋徽宗赵佶，也只能是他。

难道不是吗？瘦金体一反中国传统文化含蓄婉转的特点，笔画瘦硬，笔法外露，到处都是锋芒，如长枪，如刀戟，一点也不温润，一点也不平静，像一个人内心都是风暴，却无处宣泄，只能化作这些长枪刀戟一样的字体，向人扎来。

瘦金体是桀骜的，是孤高的，也是富贵逼人的，这个书体只能是宋徽宗赵佶来写，其他所有人写出来的都不是瘦金体。所有书体中，只有草书和瘦金体是最难模仿的，它们挑剔极了，就像草书只能是张旭和怀素来写一样。

宋徽宗赵佶可以说是一位不合格的帝王，但却是一位顶级一流的艺术家，酷似南唐李煜，一样是“做个才人真绝代，可怜薄命做君王”。

写完《读帖记》之后，我决定再去看看这些字帖，和古人对话，不管此刻窗外风雨如何猛烈，我心却依旧平静。

有人说，年轻的时候看书法字帖会把人看老了，真的是这样吗？如果是真的，那太好了，一颗心在年轻的时候就老了，那真是人生乐事，因为可以帮助自己早早地抵挡住浮世的喧嚣，可以坦然地把那些芜杂的多余的东西通通抛弃在外，就这样一个人，在字帖的世界中，倾听内心的风暴，感受时光的碎裂。

白茶清欢，素心一瓣

算来我喝茶已有七八年的时间了，我忘了，是从什么时候开始爱上白茶的。不过我可以确定，我与白茶的这场相遇，是命中注定的，是冥冥中的天意，是与君初相识，犹如故人归。

我爱白茶，我爱它满身披毫如银似雪下的那抹绿意，我爱它低调却奢华的惊艳回味，我更爱它的清简出尘。

白茶清淡写意，像隐士，像箫，像《红楼梦》中薛蘅芜吟咏白海棠的那句“淡极始知花更艳”，放了几年的老白茶用铁壶静静煮了，能煮出枣香甜香和药香，一边煮，一边读几页书，可以是唐诗宋词，也可以是外国名著，都无妨，因为白茶是最包容的茶。

白茶，素为茶中珍品，历史悠久。白茶的名字最早出现在唐朝陆羽的《茶经》七之事中：永嘉县东三百里有白茶山。宋徽宗在《大观茶论》中，更是对它赞不绝口：“白茶，自为一种，与常茶不同。其条敷阐，其叶莹薄，林崖之间，偶然生出，虽非人力所可致……须制造精微，运度得宜，则表里昭彻如玉之在璞，它无与伦也。”他这一句“如玉之在璞，它无与伦也”，足以道出白茶的与众不同。

白茶的品名别致好听，比如白毫银针、白牡丹和寿眉。

白毫银针四个字有侠气，每次看到，总会想到一个白衣翩翩的侠女身披漫天霞光而来。白毫银针，因其白毫密披、色白如银、外形似针而得名，它的滋味就像它的外表一样鲜爽，是白茶中的极品，素有茶中“美女”“茶王”之美称。

白牡丹三个字自带富贵气，因为它和国色天香的牡丹结合在了一起。牡丹绝艳娇娆，可在前面加了一个“白”字，却让它平白添了几分清雅。不为别的，只因白之一字，是生命最初鸿蒙初开时的颜色，是空灵纯净不染纤尘的至善至美。白牡丹，因其绿叶形似花朵，冲泡后又仿若蓓蕾初放，所以有了这样一个新奇的名字。

寿眉完全不同于白毫银针和白牡丹，寿眉二字全是中正平和之意，像是一个过尽千帆的中年女子，一切风烟俱净了，再也无惧惊涛骇浪，褪尽了花哨的服饰，只穿简单的麻质衣裳便能平心静气地过好每一日。又像是颜真卿的楷体，那力透纸背的飒飒风骨，叫人一见难忘。贡眉的干茶色泽翠绿，冲泡后汤色呈橙黄或深黄色，香气鲜纯，比起白毫银针和白牡丹，更多了几分老意。

白茶中，从前我爱喝白毫银针，可现在，似乎寿眉更合我的心意。刚刚过去的那个冬天，我买来的一饼六年老寿眉，陪我度过杭城的每个冬日。总是习惯在早上，掰开一些老寿眉，洗净五颗红枣，再加上农夫山泉，然后放入白茶煮茶壶中，静静地等候水开。煮透了，一屋子的茶香、甜香、枣香和药香，一杯杯下去，醉了我的古琴，醉了我的猫咪，更醉了我的文字……

都说“白茶清欢无别事，我在等风也等你”，可对我来说，却是白茶清欢，素心一瓣。白茶，见证着我一路成长，我愿与白茶神交，直到老。

莲花净，不染心

梅花除外，我最爱的就是莲花。

从某种程度上来说，莲花与梅花是一样的。一样的孤标傲世，一样的清艳自成风骨，一样的我自开来我自败……

冬日，冰天雪地间，只有那剪寒梅在怒放，从不退缩从不妥协，也从未低头，任风雪欺身，仍旧在枝头笑傲!

夏日，烈焰如火，无边无际的燥热让行人止步，只有莲花出淤泥而不染，在天地间自开自落，莲香浮动!

七月的杭城，如果不下雨，空气中就弥漫着一股躁动。大多时候，我一人在家中，喝茶、读书、弹琴、听风、写文。

对我来说，琴茶相伴书文为友的日子是最美的。我在自己缔造的世界里，不管外界如何躁动变迁，我自清欢逍遥。

不知是几年前，母亲迷上养生，她嘱咐我要按照四时节气来养生，来换不同的茶喝。于是，这些年，我春天喝花茶和绿茶，秋天喝菊花茶和乌龙茶，冬天喝红茶和老白茶，而夏天，则喝莲花茶。

我第一次喝到莲花茶的时候，就被它的外形和味道惊艳了。

我为了泡它，特地买了一个肚子大的玻璃杯，它在杯中浮浮沉沉，舒展摇曳之余，一场花事悄然在水中盛开。莲花，可以在绿水清池之中开放，一样也可以在玻璃杯中重生。

就像这世间事，从没有绝对，只有相对而论。有时候，面对那浮于表面的假象，要学会耐心等待，等到浮云散尽，真相才会水落石出。

记得刚入口，就觉得它完全有别于一般的花茶。玫瑰花茶是甜蜜的，是少女时代的青春爱恋啊，是招招摇摇开在枝头的桃，菊花茶是清冷的，是秋水长天的风光和气象，茉莉花茶是小家碧玉的，是春日宴中绿酒一杯歌一遍。而莲花茶与它们都不同。

莲花茶是清清冷冷中又有甜糯，入口微涩，回味甘醇，然后唇齿流香。

莲花茶的味道就像那篇咏莲的千古绝唱《爱莲说》中所写的那样——“中通外直，不蔓不枝，出淤泥而不染，濯清涟而不妖”。它的味道，的确是清绝于尘、芳华恒久……

越来越习惯在夏日的早晨泡一杯莲花茶，然后再重新读一读乐府诗。之所以选择读乐府诗，是因为我觉得它清新自然、直白热烈，像极了夏天。它虽然没有唐诗的蕴藉，没有宋词的婉约，可它依旧独树一帜，几千年过去，仍然没被人们忘记。

多么像那朵出淤泥而不染的莲花。

莲花是自然界的“活化石”，是被子植物中起源较早的植物之一。千千万万年来，多少帝王将相、豪门望族通通作了古，多少浮沉都被云烟风化殆尽，而那朵莲，仍旧是最初的样子，禅意不改、明净如初。

人生路上，要学着开出一朵莲的模样。任凭外界如何风云变幻，心内的莲始终不灭。

看取莲花净，应知不染心。

此刻，不仅指尖开出了一朵莲，心内也不知何时，在满池碧沼间，忽然冒出了一朵青莲，如月华初升，一地清光皎皎流照，不褪不散……

深秋，在一盏桂花乌龙中看云卷云舒

仿佛是一夜之间，杭城所有的桂花都开了，走在小区里，走在风里，走在阳光下，到处都是桂花香，开得漫山遍野。

千年前的诗人白居易在《忆江南》中写道：“江南忆，最忆是杭州。山寺月中寻桂子，郡亭枕上看潮头。何日更重游？”

对于一个从小生长在杭州的人来说，对于桂花和它摄魂般的香气都不陌生。

桂花的香是润的，是甜的，是落花人独立，微雨燕双飞的江南味道。这味道，又像是走在苏州的平江路上，忽然听到那一声地道的苏州评弹，有女子唱着吴侬软语，娇糯得不像话。那一刻，心都酥透了，仿佛天地间正下了一场桂花雨，淅淅沥沥，风动桂花香……

其实，桂花不仅香气袭人，还有很多种用处，可以做糯米桂花藕、桂花糕、桂花酒酿细圆子，还可以做桂花茶。

桂花虽小，却有一种包容之美，非常大气。它可以和多种茶搭配，配绿茶是清爽，配红茶是浓郁，配乌龙茶则是隽永回甘。无论配哪一种，效果都非常好，桂花香味浓厚而持久，是一种多适性茶用香花。

桂花茶的历史十分悠久，早在唐宋时期，宫妃御女就已用于内服，在当时还被称为“香身”。

所有的桂花茶组合中，我最喜欢的是桂花乌龙，尤其是用安溪的铁观音和桂花窨制在一起，那滋味，那香气怎是一个“美”字能道尽的呢?

深秋的阳光不像夏天那么炽烈，离人心上秋，一切都往回收了，午后的阳光照在人身上，是暖的。特别适合静静坐在落地窗前，喝一盏桂花乌龙，打开飘窗，那桂花香也正好飘进来，整个人仿佛是在仙境，不在人间。因为在这刹那，所有的烦恼都早已在这一盏桂花乌龙中忘记了。那醇厚的回味，那明亮的汤色，那自在舒展的叶底，无一不令人忘忧。

自古以来咏桂花的诗句有很多，李贺说“兰风桂露洒幽翠，红弦袅云咽深思”，王建在《十五夜望月》中写“中亭地白树栖鸦，冷露无声湿桂花”，不过，我最喜欢的还是李清照的那句“何须浅碧轻红色，自是花中第一流”。

十四个字，写尽了桂花独特的灵魂。桂花没有牡丹的国色天香，没有荷花的亭亭玉立，没有梅花的凌寒傲骨，也没有幽兰如花在野的风致，可是它身上有一种我自开来我自败的潇洒，它的盛开带着野趣——不管你来与不来，不管你赏与不赏，我就在那里，每年都开。不管你喜不喜欢我，我的香气就是这样馥郁……

桂花，带着俏皮，带着灵动，甚至还有些任性，可却让人着迷。它虽然暗淡轻黄，也不用浅碧轻红色，就是花中第一流了。

就像桂花乌龙，虽然没有明前龙井那种浑然天成的青草香，没有大红袍的艳烈，没有普洱老茶的苍劲，却也是清艳自成风骨。

在这个深秋，去喝一盏桂花乌龙吧，坐在庭前，看天上云卷云舒，什么也不做，就这样静默不语，任思绪随白云起伏，来来去去、聚聚离离，就很好。

空山人去远，回首落梅花

江南总是多雨，滴答滴答，落在飞檐滴翠间，落在青石白瓦上，也落在天涯归客婉约的梦里。

下着雨的春季，我总是习惯在午后泡一壶清茶，可以是玫瑰枸杞，也可以是茉莉飘雪，然后读一读白落梅的美文。很多年前，也是在江南多雨的春天，我被她写的一首《临江仙》给深深打动，这阕词的结语两句“空山人去远，回首落梅花”，让我心心念念。直到多年后的今天，再次重温，依旧惊艳如初。

“长沟流月去无声”，时光如水，如风，如江南短暂的春光，转瞬即逝。弹指间，原来这么多年过去了。又是一年春光美，空山之间，昨日的归人早已不知去了何处，梅花也早已落尽。

不过你我都不必遗憾梅花的归去。

因为，自古以来，梅花从不属于热闹的春，它属于寒冬，属于冰天雪地，它心性清高，只爱与崖岸孤松和风中苍竹为伴。毕竟，它们三者被称为“岁寒三友”。所以春天一到，梅花便潇洒归去了，我自开来我自败，不需要人们记得，不需要人们去寻觅它的芳踪，它来过这天地间，它曾热烈的开过一场，就足矣。

梅花落尽，春天来了，桃之夭夭灼灼其华，梨花樱花漫天如雪，牡丹芍药亦不落后。这是大自然的轮回。

白落梅的《临江仙》是这样写的：

淡淡秋风微雨过，流光瘦减繁华。
人生似水岂无涯。浮云吹作雪，世味煮成茶。
还忆经年唐宋事，心头一点朱砂。
相逢千里负烟霞。空山人去远，回首落梅花。

她潇洒地将往事煮成茶，因为她明白人生似水岂无涯，与其日日沉浸在繁华浮云中辗转奔波，倒不如在天涯归处品红尘一地花香，淡看尘世如云聚散，把经年往事泡成时光，把岁月红尘煮成清茶，把那些过往，全部饮下。

人活于世，不会事事如意。漫漫人生路上，有春光明媚，自然也有风雨苍黄。这本就是常态，正如大自然中有星辰日落不息、四季轮回更迭。大自然与人生，其实殊途同归。

人生是一场心的修行。所有的山雨欲来风满楼，所有的潮起潮落人事翻涌，最终磨炼的都不过是你的意志。你只有独自挺过最大的风雨，你的人生才能真正地柳暗花明，才会遇见你想要的春暖花开。

岁月是一场因果的轮回。种种因果，皆是天定，可我们能在这场因果轮回中，不急不躁，修炼自己的那颗静定心。因为，你只有真正让心静定了，才能不轻易被万物所纷扰，才能不忘初心拒绝诱惑，坚定地走你该走的路。

此刻杭城的微风细雨停了，不仅如此，还艳阳高照、春光明媚，满园芳菲竞相争艳，黄莺啼叫声声，岁月静好。

转瞬风雨停息，转瞬春暖花开，多么像人生。

所以，不必惊慌人生的风雨，因为它总有停息的一刻。不必在过往中深陷辗转，过好当下才是最重要的。

弹指一生，只愿一卷诗文，半盏茶香，再回首，唯愿时光清浅如故。

在这个悠然的春日午后，放下所有纷扰，细品春光明媚，不必再怅惘梅花已归去。因为在时间的无涯中，空山人去远，回首处，那朵记忆中清艳自成风骨的梅花，正悄然落下，如美人浅笑嫣然，无尽风流……

无论早晚，你我都需明白，人生似水永无尽头，不如将那些过往浮云通通吹作雪，将那些翻滚而成的世味煮成茶，笑傲江湖，逍遥一生。

听，花开的声音

江南，柔蓝烟绿，疏雨桃花。

柳浪深处闻莺啼，西湖烟雨旁看山色空蒙，春光遍地，正是人间好时节。

杭城的春天总是迷人的。三月，孤山上的梅花开得最浓，引无数游人前去那里寻找千年前林和靖的踪迹，去感受一番“梅妻鹤子”到底是怎样的存在。四月，百花齐放，杭城的春天更热闹了，梅花潇洒归去了，可桃之夭夭灼灼其华，梨花樱花漫天如雪，纷纷扬扬，如烟似雾般。若再下一场春雨，那，更是会惊扰梦乡的。

花开花落虽然是大自然的轮回，可它们却是有生命力的。每一朵花都是飞舞的精灵，每一朵花都是造物者的神工。自古以来，人们都爱花，帝王将相爱赏花，贵妇少女爱簪花，文人墨客爱咏花，平民百姓也爱养花。

人们对花的热爱，似乎是与生俱来的一种本能。仔细想想，谁又会不爱花呢？因为人们对于美的渴望是永恒的，而我们选择春天去看一场花事，不正是内心渴望美、追求美的表现吗？

人们常说“花无百日红”，可我想，每一种花儿若是曾经用尽全力绽放过，就算它无百日红又如何？因为缘来缘去终会散，花开花败总归尘。

每一朵曾经绽放出万千光芒的花，在历尽日日夜夜的星辰轮回后，终有归于尘埃的那一刻。可它们不悔，因为它们的使命是年年岁岁在相同的时间，相同的地点，准时来人间走一遭。

只是，不管花儿如何洒脱，它们内心一定是渴望能在花开的时候，遇到真正的惜花之人，遇到那真正的知音。这知音，就是能够静下来，用心感受它的芬芳，这知音，就是能够为它驻足，能够听听它开放的声音有多美……

听，花开的声音，只要你愿意，你就能听到。

那声音，如梵呗清澈空灵，胜却人间一切乐声。

那声音，妙在无声胜有声。

那声音，会在某一个时刻，彻底击中你，令你欲罢不能。

那声音，就像一个素衣女子从唐诗宋词的千年烟雨中逶迤而来，素色衣衫清简无华，却无端胜过人间所有姹紫嫣红……

无可厚非，这个社会的生活节奏越来越快，可我们还是要适当的慢下来呀。因为只有慢下来，才能更用心的体会生活当中的美好，才能够在姹紫嫣红开遍的春天，去看一场花事，去听那花开的声音，去让灵魂小憩一番。

花开的声音，是只可意会不可言传的无尽禅意，是在絮雪纷飞的冬日里，看到千年前在那崖岸孤松下独钓寒江雪的老翁，是你站在水天相接处突然吹来了一阵浩荡山风，那阵山风，让你顿悟一切，心间一片无上清凉……

榴花照水，眠琴绿荫

初夏。

江南。

榴花照水，红萼纷纷。

蒹葭方绿，关雎初唱。

初夏的美和春天完全不同，春天是柔的，是粉的，是初开的桃花，美而幽静。初夏却不是，初夏的美带着热烈，似乎是为即将到来的惊天动地在做伏笔。

那最漂亮的一画伏笔中，一定有绿意，一到初夏，似乎连空气中都弥漫着一股青绿的味道。那种彻骨的绿能让你的心都透着清凉，就像行走在九曲十八弯的山涧，忽然听到潺潺水流声，随手接了几口，饮下，如饮甘露清甜甘冽，不似人间，抬眼一看，原来白云深处有人家……

初夏除了绿，还有红。这红，不是三春百花齐放嫣然摇动的红，这红，只属于榴花。

榴花照水，照着小桥流水人家，也照出红尘中的百姓烟火。

几千年来，石榴一直作为吉祥之果被人们歌颂，而石榴花也常让文人雅士们诗情勃发。

韩愈在《榴花》中写“五月榴花照眼明，枝间时见子初成”，王安石说“浓绿万枝红一点，动人春色不须多”，苏轼在《阮郎归》中写“微雨过，小荷翻，榴花开欲然”。要论妙，则首推杜牧写的一首《山石榴》，他写尽了榴花的如火似霞，耀眼夺目，也写出了榴花的灵魂，他写“似火石榴映小山，繁中能薄艳中闲。一朵佳人玉钗上，只疑烧却翠云鬟”。

“烧却翠云鬟”，多么新奇精巧的比喻，这是神来之笔。有时候，好的文字是永不再来，是天意，就像《兰亭序》，只属于永和九年三月初三的那个兰亭。

不过，关于初夏的诗词我最喜欢的却是唐人司空图在《二十四诗品》中所写的那句——“白云初晴，幽鸟相逐。眠琴绿荫，上有飞瀑”。

天初晴，山中飞鸟相逐，如流的琴音与三尺飞瀑相和，白云与修竹相映，何其美妙，何其悠然。

抚琴，品茶，焚香，填词。看白云来去，望飞鸟逐花，日出而作，日落而息，与天地相应，与日月相参。

在这十六个字中，最令我神往的是“眠琴绿荫”。

眠琴是带着动感之美的，眠琴就是横琴，就是寻一方绿荫，盘膝而坐，横陈素琴，而上方，恰好有瀑布飞漱其间。

风来，飞瀑流动，久久不息，回环往复，令人心醉。

风住，琴声如泉水淙淙，深山邃谷老木寒泉间，忽闻一阵松风远拂，风过处，石涧流寒……

榴花照水，是初夏时节大自然给予我们的最美礼物，而眠琴绿荫，则是千年前的唐人诗意，千年后，依然有人会对它神往，会对它念念不忘。

千年前的诗意，千年后的悸动，感谢文字的存在，在岁月的大浪淘沙下依然光芒万丈，绝美如初……

在时光深处，开出一朵禅意的花

六月。

芳菲歇去，蝉鸣逐风来，是夏天了。

总是会生出一种恍惚，春夏交替仿佛只是弹指间的事。

昨日还是嫣然摇动的春，今日却是花褪残红，茅檐低小，溪上青青草。

也许人活一世，也不过是花开花落，弹指刹那尘烟。

人，生而为了美，为了爱和自由。

不是因为别的，只是因为，美、爱和自由囊括了我们对生命本身的一切追求。

无论红尘如何翻转，无论沧海是否会变桑田，我们都要学会在时光深处，开出一朵禅意的花。然后用这朵禅意之花，去抵抗俗世的粗糙，去充盈自己的内心，去让自己飞往更广阔的天空。

因为人生路上诱惑太多，若不能守住本心，一个不小心就是沦陷。

与其随名利浮沉，不如和草木同欢。

草木虽不言不语，可很多时候，却比人长情。

不是吗?

那年你与他你侬我侬，你以为他是最对的那个人。他在秋天的时候坚定地答应要与你去踏雪寻梅，可梅花真正开的时候，他却早已消失在你的世界，并且再也不见。

倒是梅花，年年岁岁，如约而至，从未缺席。

时光是最强大的验心石，它会将一切繁芜的、多余的、虚妄的纷纷过滤，大浪淘沙后，留下的，一定是最美最真最动人的那卷风华。

在时光深处，开出一朵禅意的花。

这朵花，不必惊艳，不必夺目，不必美到令人窒息，只要它是只属于你的，就够了。

山河万朵，最独特的那朵便是你。

在时光深处，开出一朵禅意的花。

这朵花，可以是牡丹，也可以是海棠，可以是桃之夭夭灼灼其华的桃花，也可以是暗香浮动月黄昏的梅。

无论是哪一朵，只要它能代表你，就足矣。

作家白落梅说:“每个人的前世，都是一株草木，今生你钟情的，必是前世的自己。”

若真如此，那我前世一定是一朵梅花，在天地间自开自落，潇潇一枝清逸。因为，我从小最爱梅花，这种热爱就像我爱文字和古琴一样，宛如一场前世今生的约定，命中注定，不可违，我一定会爱上它。这么多年，梅花一直伴随着我度过春秋冬夏，我心深处，也早就盛放了一朵梅花，清艳自成风骨……

不知哪一世，我与梅花结下了这不解的尘缘，飞雪是我们的月老。否则，为何人间草木无数，百媚千红中，我却独爱那一枝疏月淡梅呢?

长大后妈妈告诉我，我生在二月份，那天大雪漫天，梅花在风雪中开得正盛，那一刻我明白，也许这就是我如此热爱梅花的一个契机吧。

今生，我在时光深处，开出的那朵禅意之花，叫梅花。

对我来说，心若有梅，又何须人在梅边？

只要心中的禅意之梅永不凋零，无论身处哪个时节，风中都会有隐隐约约的梅花香传来。

我愿枕着这缕不绝的梅花香，和时光一同慢慢老去。

窗外流云飘忽不定，千变万化，心中的梅花却仿佛打败了时间，不曾凋零，不曾枯萎，不曾老去，依旧是最初盛放时的清绝模样……

风动荷花香

流月总是去无声。

红了樱桃，绿了芭蕉。

仿佛昨日还是人间四月天，满园芳菲，今天已经是百花归去，夏木阴阴中，只剩了风动荷花香。

我喜欢荷花，除了梅花之外，最喜欢的花朵就非它莫属。

梅花之美，美在风骨，荷花之美，美在气韵。

从某种程度上来说，它们的美是相通的。一个独立严寒，一个无惧烈日。我思忖，梅花与荷花定是花中知己，它们的相遇就是俞伯牙和钟子期，高山流水遇知音。

然而，它们虽是知己，却又大不相同。

若用美人来比喻，梅花是那穿着雨过天青色裙装的清冷女子，或者一身红衣潋滟如火飞扬，却又冷对浮世，淡看荣辱悲欢。

而荷花则不然，她是粉衫纤纤的女子，温柔得就像是一抹月光破空照下，不经意间莞尔一笑，却让你丢了魂、惊了神、失了意。从此，再也不能忘记。

荷花有仙气，温庭筠说它“应为洛神波上袜，至今莲蕊有香尘”，翩若惊鸿，宛若游龙的洛神仿佛如轻云蔽月，缥缈若流风回雪，嫣然一笑间，倒真是一朵芙蓉出绿波，那种白如玉璧的光华，凌然于万顷碧波之上，光滟无可抵挡……

荷花很俏皮，诗仙李白在《渌水曲》中写道：“渌水明秋日，南湖采白苹。荷花娇欲语，愁杀荡舟人。”万顷碧波上，荷花一会儿如美人醉卧烟霞，一会儿又不知为何闹起了脾气，如流烟波朝那荡舟人一横，荡舟人便没辙了……

所有的荷花诗词中，我最爱的还是周邦彦的那阕《苏幕遮·燎沉香》。他在词中写道：“叶上初阳干宿雨，水面清圆，一一风荷举。”

其中，“水面清圆，一一风荷举”，这九个字简直就是神来之笔，犹如天助。当年初次看到，让我心悸神摇了不知多久。

有那么一刻，我想要坐上时光机，回到千年前那个夏雨初晴的日子，看风荷飘举，看晓风吹过水面，看荷叶罗裙一色裁，芙蓉向脸两边开。看累了，就坐着小楫轻舟，梦入芙蓉浦吧……

如今，生活节奏越来越快，似乎身边的一切事物都变得日渐浮躁，那些唐诗宋词中的诗意似乎离我们越来越远了。

可我相信，中国人骨子里代代相传的诗意是怎么都抹不去的。闲暇时，不如学一学当年的李清照，和她一起沉醉不知归路，兴尽晚回舟，误入藕花深处吧……

天气越来越热，荷花却越开越美，挑一个好天气，或独自一人或邀三五好友，一起去泛舟碧波，感受风动荷花香吧……

冬，永远惊艳在时间之外

如果说，春天像一首灵动的诗，烟波画船、雨丝风片，摇漾春如线，夏天是一曲飞扬的歌，轰轰烈烈地高唱着“让我们红尘做伴，活得潇潇洒洒”，秋天像一幅静美的画卷，落霞与孤鹜齐飞，秋水共长天一色。那么，冬天就是一支舞，是一场灵魂深处的独舞，舞尽人世风华，也舞尽千帆过尽后的沧桑。

春夏秋冬各有各的美，然而我却最爱冬天。

因为，冬天带走了一切浮华，只留下生命最初的那一点白。冬，空灵且纯净，白茫茫一片沉寂。

冬天，是萧索的风、冰冷的雪，是“千山鸟飞绝”的大静，这一切，都构成了天地间的绝美画卷。

冬天，还让我想到了唐人柳宗元笔下那“独钓寒江雪”的老翁，不需要有人靠近他，他在自己的世界里忘我逍遥，早已超然于世。

冬，是铅华洗尽后的艳烈与酷炫，永远惊艳在时间之外……

如果，要用女子来比喻四季，春天就像一个活泼俏皮的少女，她在家中的后花园中，面对心上人有着“倚门回首，却把青梅嗅”的娇羞。夏天就像一个衣着时尚的女郎，踩着高跟鞋，戴着墨镜，风风火火的行走江湖。秋天则像一个古典女子，眉宇间始终有着一份挥散不去的清愁，清愁之外，又有一种“蒹葭苍苍，白露为霜”的朦胧和迷离之美。

那么，像冬天的女子又是怎么样的呢？我想，她应该是古典和现代的结合，她既有一颗玲珑剔透的心，又有着敢爱敢恨的决绝。

冬天，还像一个充满智慧的老者。红尘世事如一场烟波渺渺，风云流转的尽头，他历尽沧桑归来，在经过了春生夏长秋收，终于在最后，学会了藏。

藏，也是一种高级的生命哲学。当一个人学会藏的时候，往往意味着他已经明白了抱朴守拙的力量。很多时候，藏比露更有光芒，就像冬天的雪，白茫茫一片，没有其他的任何颜色，不绚烂，却淡极始知花更艳，反而璀璨到了极致，照破山河万朵，这份空茫幽静之美，没有任何色彩可以与之匹敌。

冬天，就像茶中的老白茶，经受最少的人工干预，所以茶中的真味也最浓。也像极了梅花，百花归去中，只有梅花开了，我自开来我自败，清艳自成风骨……

冬，是往回收的，广袤的天地间，只有枯枝、残叶、暴风、飞雪、寒江，只有肃杀到极致的一片苍茫。

可，这份苍茫却又带着致命的迷人，因为它清澈见底，也只有在真正心无旁骛的时候才能格外感受到冬的那份清绝吧。

冬，属于寂静的欢喜，属于沉思的曼妙，属于独自一人在小院内举杯对雪的清雅。

冬，是万千风华都悄然隐退了，只留下最彻底的孤独本质。就像人生，无论曾经多么轰轰烈烈，永远都会有独自面对内心和孤独的时刻。

冬，是铅华洗尽后的艳烈与酷炫，永远，永远惊艳在时间之外。

听雪，听的是惊艳时光的空灵

你，听到过雪落下的声音吗？

雪落下的声音，不是雨滴声，没有“嘀嗒嘀嗒”的缠绵，也不是狂风，没有呼啦啦刮过的粗暴，更不是雷电，轰隆隆从头顶滚过，骇得吓人。

雪落下的声音，是空灵的一抹诗意，是曼妙的一朵花开，还是惊艳时光的一次心跳。

听雪，听的是空灵的一抹诗意。

雪落下的时候，白茫茫大地一片真干净，没有人烟，只有寒江、枯枝、朔风，还有梅花。周围的一切都似乎静到了极致，可是，你仔细听，会发现有一个奇妙的声音，萦绕在空气中，你不知它到底从何而来，却又偏偏无处不在。

那声音，空灵、婉转，别有一番诗意，在某个特定的时刻，瞬间涌上你的心头。

那声音，是独属于飘雪的。因为那份空灵的诗意，只有在你完全静下心的时候，才能听到。静到极简，才能感受到这份清绝的声音。此时无声，却胜一切凡音。那诗意，是空山无人花开水流的自在。

听雪，听的是曼妙的一朵花开。

春夏秋冬，我最爱冬天。风雨雾雪，我最爱雪。

一直觉得，雪是最神奇的景观。几乎每年到了最冷的时候，它，就准时来了，像赴一场前世今生的约定。它们有时纷纷扬扬而来，有时却又随性的三三两两、冷冷幽幽而来，像极了俏皮灵动的少女，时而醉卧花间，时而又在藕花深处流连……雪，是被九天玄女无意抖落的鲜花吧，所以才会那么出尘脱俗，那么清艳动人呀。

当一朵朵雪花从天而降的时候，你仿佛能听到花开的声音。这声音里，是久别重逢的喜悦，是踏遍千山万水后的故人归，是冥冥之中注定相遇的恰恰好，不早不晚，只要你来，只要我在，就足矣。

听雪，听的是惊艳时光的一次心跳。

一个人听雪，会孤独吗？不会。因为只要你喜欢，一个人听雪，就不是落寞，不是寂寥，而是海棠花里寻往昔的美妙。在这场时光之旅中，你独自一人逆流而上，穿越了那些尘封的时刻，拨开重重掩埋的云雾，在背灯和月就花阴的时间深处，重新听到了惊艳时光的那次心跳。

雪，白茫茫，也苍茫茫一片到了极致。在这片极致地带，你一个人在似水流年里泛舟，你一个人独坐在时间尽头，天地大静，似乎回到了盘古初开天地的时刻，那份清明让你欢喜，让你心动，甚至让你心跳加速。因为，你内心深处的那个春风少年，重返你的心间，他正笑盈盈地向你走来，还是记忆中眉目清朗的样子，如明月皎皎，旖旎了这个落雪的深夜。

听雪，听的其实是心，是情，是渔樵闲话中最雅致的那一笔。

听雪，听的是惊艳时光的空灵。

听雪，听的是万千浮华归于沉寂后的大静。

人生，需要有独自一人听雪的时刻，因为，不管什么时候，人生都要有回归宁静的时刻。追逐的路上，有阳光有狂风有暴雨，也免不了飞雪。你只有独自挺过那些难挨的时刻，才能真正的看见云开月明后的灿烂与辉煌。

记得五年前，和友人去西湖，那日很冷，我们走在西湖十景之一的“断桥残雪”上，想着若是此时此刻来场飞雪就完美了。不知是我们二人对雪的虔诚还是冥冥之中注定好的惊喜，没过多久天空真的飘起了雪，一朵朵晶莹剔透的雪花从天而降，让我们二人如梦似幻。

关于西湖，明代的书画鉴藏家汪珂玉曾说过一句名言：“西湖之胜，晴湖不如雨湖，雨湖不如月湖，月湖不如雪湖，能真正领山水之绝者，尘世有几人哉！”那一刻，我才明白他这句话到底是什么意思。见过雪中的西湖，才算真正领略过西湖的绝美风光。那一刻，我望着雪中的西湖，仿佛不在人间，亦不知今夕是何夕，竟有种“此生无憾”的错觉。

那雪落下的声音，妙极了，闭上眼，似乎还能感受到那份惊艳，还有自己的心跳声，在旧时光中怦怦跳个不停。

去听雪吧，就独自一人，听听那“千山鸟飞绝，万径人踪灭”的绝艳，听听那皑皑白雪下不动声色的姹紫嫣红，听听那花间的十六拍吧……

听雪，原来听的就是风烟俱净后的人生，是空空如也却又无处不在的禅意。

我在文字深处浅笑嫣然

你，信前因吗？

我，是信的。

我一直都相信，你今生特别痴迷的那个事物，前世你与它的缘分就已开启，我与写作就是如此。

到底是从什么时候开始爱上文字的？记不清了，只依稀记得，小时候同龄人大多更喜欢出去玩，而我却喜欢宅在家里，静静地看书。从 9 岁开始，我和书真正结下了缘，每天如果不看点书就会觉得这一天好像没有过去一样。这习惯一直陪着我，从未改变，这辈子也不会改变。

看得多了，看得久了，就想要去尝试创作。也许每个写作者都有这样的转变过程吧，看得多了，就有了动笔创作的欲望。

15 岁的时候，青春正飞扬，那个初中毕业的夏天仿佛格外漫长，我企图用文字来打发那无尽的时光。我用笔在纸上，一点一点描画心中的那个故事，没有任何成熟的写作技巧，有的只是对写作本身的痴迷和热爱。我用了 28 天时间，写完了那个将近 5 万字的故事，也是从那时开始，我彻底爱上了写作这件事。

原来，写作那样自由热烈，内心所有的情绪都能在笔下得到排解。

原来，写作那样令人着迷，笔下所有的文字能神奇地自动排列组合成一个新世界。

我知道，我是爱上了这种天马行空的感觉。

就这样，我开始了创作，这些年，一直没有停过。那些流淌在纸上或者藏于电脑中的浮光掠影，那些已经交付给出版社的故事或散文，也许并不成熟，可却一点一点丰富了我对写作的认知。

我常在想，文字于我，到底是怎样的存在。后来，机缘巧合下，我一人飞鸿踏雪泥，独行于冰天雪地间，忽然明白了，内心如花在野。

文字于我，是郎艳独绝，世无其二，是不早不晚的相遇，惊鸿一瞥间却已天地鸿蒙，是飞雪寒冬时看到的第一朵梅开的惊艳，更是茫茫前世就已开启的机缘……

我常说，如果有永恒，那一定是在文字里。因为只有文字，能将那些瑰丽的瞬间、绝美的流光、不灭的悸动定格在芳华恒久的刹那。再回首，时光不老，岁月未晚，一切正当时，静好如初。

写作是人生的芳草地，写作者因为文字而闪耀如星、光芒万丈。

文字是岁月的药，能治愈那些隐秘的伤痛，也能救赎那颗曾在黑夜中挣扎过的心。

风雨仓皇路上，有文字相伴，这是最大的诗意。

流光容易把人抛，红了樱桃，绿了芭蕉，今生何其有幸，在年年岁岁中，无论世事如何翻转，我始终都能在文字深处浅笑嫣然……

窗外有风起了，键盘上的花却开得惊艳，我听到内心深处仿佛有一个老友在轻轻对我说："兜兜转转，原来你还在这里……"

我知道，这个老友是文字。

我愿与它神交，直到老。

写作，是我内心深处的告白，是我灵魂之中的独舞，也是空山无人花开水流的自在。我爱这自在，所有内心的铁马冰河、狂风暴雨、酣畅淋漓，所有不可说的曼妙、心动、极致、狂野，都可以在一个特定的时刻，交付给文字。那一刻，你与文字和解共鸣相生，对写作者来说，这就是最大的创作乐趣！

此生，我以文字为舟，自渡彼岸。

不生不灭，无来无去……

第三辑　暗香浮动月黄昏

青青子衿

夏日午后，光影极长，适合听着窗外的蝉鸣，泡一杯西湖龙井，穿过唐风宋雨，朝三千多年前的《诗经》走去。

那个时代，在春秋里悄然开场，有关《诗经》的故事长达六百年。从西周到春秋中叶，很难想象也很难相信，那些古人就已经懂得如何用优美的文字来含蓄地表达那些内心深处自由奔放的情感了。

我喜欢《诗经》，我喜欢那些古老的诗句，一字一句，都是那个时代的人们对生活、对爱情、对世间万物真挚酣畅的表达。自从我初一时无意间在书店读到，就深深爱上了。我把它买回家，在我的摘抄本上将那些动人的古老诗句抄了一句又一句，在春夏秋冬的轮回里，读了一遍又一遍。

《诗经》最初叫作《诗》，孔子曾多次提及此称，如“《诗》三百，一言以蔽之，曰‘思无邪’”。“思无邪”三个字很妙，非常适合形容《诗经》。《诗经》中的文字很奇妙，简单的字、平淡的韵，却在作者的组合之下，在一次次叠咏之下，可以轻易变幻出无穷意境。

《诗经》的妙，妙在令人读后心悸神摇。那个时代的民歌，除了描述普通人民劳作的生活情景和那个时代的风云变幻之外，更多的是关于平凡男女动人爱恋的阐述，四字诗，生动而传神。

《诗经》是中国诗歌的源头，那质朴原始的诗篇中，自有一种不同于唐诗宋词、乐府元曲的清远与疏淡。那种风致，如花在野，浑然天成。

《诗经》中的名篇有很多，第一篇《关雎》一出，就成了爱情诗的千古绝唱，《蒹葭》中那位在水一方的伊人不知醉了后世多少人的心扉。“桃之夭夭，灼灼其华”的秾丽，“静女其姝，俟我于城隅”的美好，“月出皎兮，佼人僚兮”的朦胧，还有《击鼓》中那句，一语道破爱情真味——“死生契阔，与子成说。执子之手，与子偕老”，无一不美，无一不妙，无一不动人。然而我最喜欢的却是《子衿》，出自《郑风》：

青青子衿，悠悠我心。纵我不往，子宁不嗣音？
青青子佩，悠悠我思。纵我不往，子宁不来？
挑兮达兮，在城阙兮。一日不见，如三月兮。

落日熔金、暮色四合下的城楼更添几分孤独，一个女子在城楼上等候她的心上人，她等了又等，却始终等不到她的那个他！她在孤独的城楼上来来回回走个不停，原来一天不和他见面，就好像隔了三个月一样漫长啊！

“青青子衿，悠悠我心。”“青青子佩，悠悠我思。”我想念你青青的衣领呀，我想念你青青的佩带呀，你知道吗？我的心境，我的思绪都早已为你悠悠而起！

“纵我不往，子宁不嗣音？”“纵我不往，子宁不来？”可是你为什么还不来？难道我不跟你联系，你就不会联系我吗？难道我没有去找你，你就不能主动来找我吗？

“挑兮达兮，在城阙兮。一日不见，如三月兮。”我在这高高的城楼上张望着来往过客，却始终不见你的踪迹，没有一个是你！原来，一天没有见到你的面，就像已经有三个月那么长了呀！

三千多年前的爱情诗，三千多年前的等待之情，三千多年以后看到依然能动人心扉，依然具有撼动人心的力量。

原来，爱情中所有绮丽的等待，那最原始的相思之情，都在这句“青青子衿，悠悠我心”里了。

原来，早在那遥远的时代，这世间男女就已经开始演绎着悲欢离合的故事了。

原来，爱是迷迷糊糊天地初开的时候，那一朵已经盛放的玫瑰，爱是踏破红尘望穿秋水，只因为爱过的人不说后悔。

“青青子衿，悠悠我心。纵我不往，子宁不嗣音？”我在这个白茶清欢并无别事的午后，等风去，等你来。

越人歌

秋日的雨夜，窗外风雨琳琅，窗内琴音泠泠，我喜欢在夜晚弹琴，因为夜的静谧寂然和古琴的音色气场相合，因此深夜抚琴也更入心，弹的是古琴曲《越人歌》。

大量的下滑音在琴弦上游走，是谁在风中轻声叹息、低声啜泣？整首曲子带着一种浓重的低迷哀婉，挥之不去。开头是不经意的感叹，可是后来越来越惆怅、越来越低迷，仿佛在幽幽感慨着命运弄人，因为她与他身份悬殊，仿佛在恨自己，因为她竟然初见就已为他意乱情迷！最后，泛音起了，叹息还是不断，越来越沉，越来越轻，她要放弃了吧，就让青山绿水记住这一刻的相遇与心动吧！此后，两两相忘于水云间吧……

《越人歌》的故事，我是读高中的时候在书上看到的，凄美哀婉的爱情故事，动人心弦的诗句，超越时间与空间的情感，在初见时的那一刻，就袭击了我。

故事的开始，一定是陌上花开的时节吧。春光烂漫，山花遍地，楚国的王子鄂君子皙伫立船头，泛舟而来的越女拥楫而歌。那一日碧波荡漾，那一刻山水为证，那一霎两岸迷蒙的春色知道。

越女初遇子皙，一片芳心如春萌动，像盛开的桃花灼灼浪漫，她的心中早已泛起万千波澜，他怎么才能知晓我的心意呢？何不，何不对着青山绿水高歌一曲呢？他自然能听懂的吧！

他是楚人，她是越人，他们语言不通，不过她该庆幸，他听她唱得清嘉柔亮、甜而不腻，见她唱得红晕满面、婀娜娇羞。他的好奇心起了，于是他请来翻译将她所唱的译成了一首楚歌：

今夕何夕兮，搴舟中流。
今日何日兮，得与王子同舟。
蒙羞被好兮，不訾诟耻。
心几烦而不绝兮，得知王子。
山有木兮木有枝，心悦君兮君不知。

这首诗便是中国最早的译诗《越人歌》，传说它和楚国的其他民间诗歌一起成为《楚辞》的艺术源头。

越女和子皙的故事，在初见时便已注定了结局。因为已经结束，后人大概不满他们这场美丽的邂逅就这样戛然而止了，所以编出了一个看似圆满的结局：子皙明白越女的心意后，便将她带回了王宫，给了她梦寐难求的荣华，从此他和她幸福地生活在一起了。

哦，不，我不相信，我绝不相信这样的结局会幸福，我绝不相信天真烂漫的越女入了那波云诡谲的宫门之后还会快乐！当年初见，在青山环绕、绿波荡漾的曼妙春光中，越女纯美可人，令子皙心动。所以，他应该知道，越女是一朵风荷，只能以最本真的姿态开在青山绿水间，亭亭玉立，可是如果一旦移植到了后庭里，后庭污浊，注定是开不好的，用不了多久就会萎谢作尘。

既然如此，为何不让时光记下那场最美的心动呢？然后在彼此的记忆中永不凋零，始终怒放，永远闪烁。

从此，只有那日的山水与春光知道，他们曾有那样绝美的一场邂逅。

笙歌散尽后，缘亦尽，后世的诗人席慕蓉显然了悟了这一点，她在《越人歌》的基础上，创作了一首《在黑暗的河流上》，哀婉的诗句，绵绵无绝期的情意悠悠流转着，她将这个古老的爱情故事演绎得动人心魄：

灯火灿烂 是怎样美丽的夜晚
你微笑前来缓缓指引我渡向彼岸
那满涨的潮汐
是我胸怀中满涨起来的爱意
怎样美丽而又慌乱的夜晚啊
请原谅我不得不用歌声
向俯视着我的星空轻轻呼唤
星群集聚的天空 总不如
坐在船首的你光华夺目
我几乎要错认也可以拥有靠近的幸福
从卑微的角落远远仰望
水波荡漾 无人能理解我的悲伤
所有的生命在陷身之前
不是不知道应该闪避应该逃离
可是在这样美丽的夜晚里啊
藏着一种渴望却绝不容许
只求 只求能得到你目光流转处
一瞬间的爱怜 从心到肌肤
我是飞蛾奔向炙热的火焰

燃烧之后 必成灰烬
但是如果不肯燃烧 往后
我又能剩下些什么呢 除了一颗
逐渐粗糙 逐渐碎裂
逐渐在尘埃中失去了光泽的心
我于是扑向烈火
扑向命运在暗处布下的诱惑
用我清越的歌 用我真挚的诗
用一个自小温顺羞怯的女子
一生中所能
为你准备的极致
在传说里他们喜欢加上美满的结局
只有我才知道 隔着雾湿的芦苇
我是怎样目送着你渐渐远去
当灯光逐渐熄灭 歌声停歇
在黑暗的河流上被你遗落了的一切
终于 只能成为
星空下被多少人静静传诵着的
你的昔日 我的昨夜

几千年前的古老爱情故事里，越女和子皙的邂逅，是爱情诗中绝美动人的伏笔。那首越女放歌直抒爱意的情歌《越人歌》，早就唱了几千年，不停，且永不止息。

“山有木兮木有枝，心悦君兮君不知。”可这又有什么关系呢？几千年前的那场山水春光知道，彼此相遇时的心跳也知道。

上邪

有一次看《乐府诗集》时，翻到了那一首《上邪》，我不禁被那几句诗深深打动。

我当年第一次看到这首诗是什么感觉呢？这种感觉就像后来读到《牡丹亭》一样激动，不，比《牡丹亭》还要激动，还要震撼，因为它更极致！那种极致，是天崩地裂，是盘古初开天地，是炎炎夏日突来了飞雪漫天，是凛凛寒冬雷声翻滚，是心潮澎湃久久不息。

上邪！
我欲与君相知，
长命无绝衰。
山无陵，
江水为竭，
冬雷震震，
夏雨雪，

天地合，

乃敢与君绝！

《上邪》属于乐府民歌中的《铙歌十八曲》之一。乐府是自秦代以来设立的配置乐曲、训练乐工和采集民歌的专门官署，到了汉代，汉武帝正式设立“乐府”，它的职责是采集民间歌谣或文人的诗来配乐，以备朝廷祭祀或宴会时演奏之用。它搜集整理出的诗歌，后世就叫“乐府诗”，或简称“乐府”。它是继《诗经》《楚辞》而起的一种新诗体。

汉乐府诗是继《诗经》之后，古代民歌的又一次大汇集，不同于《诗经》的一点是它开创了诗歌现实主义的新风。汉乐府民歌中女性题材作品占有重要位置，它用通俗的语言构造出了贴近生活的作品。汉乐府在中国文学史上有着极高的地位，与《诗经》《楚辞》鼎足而立，亦合称为“中国诗歌发展的三大源头”。

汉乐府诗歌主要分为郊庙歌辞、鼓吹曲辞、相和歌辞和杂曲歌辞。这首《上邪》属于汉乐府中的《鼓吹曲辞》。它是一首情歌，是感情强烈、气势奔放的爱情诗，更是女主人公忠贞爱情的自誓之词。诗中女子为了表达她对爱情的忠贞不渝，她指天发誓，立地为证，连用五件绝对不可能发生的事情，来表明她磐石般坚定的信念和火焰般炽热的爱情。

明代诗人、学者、批评家胡应麟对其有高度评价：“《上邪》言情，短章中神品！”

清代诗人张玉谷也高度称赞它：“直说到天地混合，一气赶落，不见堆垛，局奇笔横。”

《上邪》的确是短章中不可复制的神品，它的开头就与众不同，气势不凡。诗中的女主角指天发誓，说了两个字却是雷霆万钧——“上邪”，意思是“天啊”。“我欲与君相知，长命无绝衰”，“长命无绝衰”五个字，直截了当，铿锵有力。天啊，我渴望与你相知相惜，请让我们的感情永不停止、永不衰减吧！

接下来，这首诗中真正的高潮来了。她为了证明自己的矢志不渝，接连列举了五种自然界中绝不可能出现的变异现象来阐述，每一种都是神来之笔！

“山无陵，江水为竭，冬雷震震，夏雨雪，天地合，乃敢与君绝！”除非所有巍巍群山消失不见，除非所有滔滔江水枯竭干涸，除非凛凛寒冬雷声滚滚，除非炎炎酷暑白雪纷纷，除非天地相交合二为一，到那时，我才敢与你诀别！

《上邪》诗中的女子想象力奇绝丰富，这五个比喻，一个比一个离奇，一件比一件更令人难以想象。也许我们现在读来，会觉得这首诗中的奇想有些过于夸张怪诞，诗中列举的五种自然现象根本不可能会出现，可是一点都不妨碍它带来的极致震撼和艺术张力！

从艺术上看，《上邪》极其抒情，极富浪漫主义色彩。诗中女子的爱情就像一把火，熊熊燃烧着，这一燃烧，就是千年，如火山爆发不可遏制，如长江奔流滔滔而去，没有尽头，甚至永无尽头，永不停止！《上邪》是一首用热血甚至是生命铸就的爱情篇章，它注定在历史的长河中发光发热，永恒不朽！

《上邪》是纵横古今、绝艳无比的爱情表达，诗句不长，却一字一句撼人心魄。这个午后，它再次震撼了我，亦如狂风暴雨般席卷了我的文字。

吹梦到西洲

江南六月的杭城，曲院风荷的荷花开得正盛，颇有南宋诗人杨万里笔下“接天莲叶无穷碧，映日荷花别样红”的意境。铺天盖地的莲叶田田间，一弯碧波之上，无数的荷花开得亭亭，开得曼妙，开得婀娜，仿佛是为那场前世的约定，所以它们今生才会迎风涉水而来，袅袅而开。

每当荷花盛开的时节，脑海中总会浮起一首诗：“采莲南塘秋，莲花过人头。低头弄莲子，莲子清如水。”记得最初看到这首诗，是在朱自清先生写的散文《荷塘月色》中。后来才知道他引用的这首诗，是来自南朝乐府民歌中最长的抒情诗篇《西洲曲》，这首诗被誉为中国诗歌史上的“言情之绝唱”。

我邂逅《西洲曲》的那个早晨，也是六月。晨风拂来，空气中都带着荷花香，我一字一句读着《西洲曲》，奇妙地发现那些古老诗句中，仿佛也带着荷花香。多年后的这一刻，我再次重读，那些深藏于往日时光中的荷花香，依旧向我袭来，令我沉醉。

忆梅下西洲，折梅寄江北。
单衫杏子红，双鬓鸦雏色。
西洲在何处？两桨桥头渡。
日暮伯劳飞，风吹乌臼树。
树下即门前，门中露翠钿。
开门郎不至，出门采红莲。
采莲南塘秋，莲花过人头。
低头弄莲子，莲子清如水。
置莲怀袖中，莲心彻底红。
忆郎郎不至，仰首望飞鸿。
鸿飞满西洲，望郎上青楼。
楼高望不见，尽日栏杆头。
栏杆十二曲，垂手明如玉。
卷帘天自高，海水摇空绿。
海水梦悠悠，君愁我亦愁。
南风知我意，吹梦到西洲。

《西洲曲》是南朝乐府民歌，最早记录于徐陵所编的《玉台新咏》，向来被视为南朝乐府民歌的代表作。全诗主要写了一个少女从初春到深秋，从现实到梦境，对所爱之人的苦苦思念，诗中洋溢着浓厚的生活气息和强烈鲜明的感情，读来令人心悸神往，如风动杨柳、荷舞碧波……

我十分喜欢古典文学专家余冠英先生对《西洲曲》的解读："这首诗写一个女子对所欢的思和忆。开头说她忆起梅落西洲那可纪念的情景，便寄一枝梅花给在江北的所欢，来唤起他相同的记忆，以下便写她从春到秋、从早到晚的相思。诗中有许多词句表明季节，如'折梅'表早春，'单衫'表春夏之交，'采红莲'应在六月，'南塘秋'该是早秋（因为还有‘莲花过人头’),‘弄莲子’已到八月,‘鸿飞满西洲’便是深秋景象。”

从“折梅”开始，到“单衫”“采红莲”“南塘秋”“弄莲子”，最后再到“鸿飞满西洲”，从早春到深秋，中间横跨了一个漫长的夏，季节流转、草木更替，可她对他的思念却从来没变。

整首《西洲曲》中，我最喜欢那采莲的六句：“采莲南塘秋，莲花过人头。低头弄莲子，莲子清如水。置莲怀袖中，莲心彻底红。”六句诗，连用六个“莲”字，有意渲染诗中女子那缠绵的情思，“双关谐音”的技法也用得很高妙。“双关谐音”是南朝乐府民歌中一个非常明显的特征。诗中“莲”与“怜”字谐音双关，而“怜”又是“爱”的意思，连续六个“莲”(怜)字，写尽了女子对所怀之人的爱恋呀!

每次读到这六句诗，我的脑海中都会浮现这样一个场景：秋天，她在南塘里采摘莲子，那莲花长得已经高过了人头。她低头拨弄着水中的莲子，看那莲子就像湖水一样清澈透明。她把莲子藏在袖子里，那莲心也早已红得通透彻底。不知，远方的你是否知道？莲子依旧清清如水，而我这颗莲心也依旧为你彻底而红！不知，这一切，风儿是否愿意当使者，把我对你的心意带到远方，即那个你在的方向，让你知晓……

我想，那男子是能感知到她的心意的，因为“海水梦悠悠，君愁我亦愁”，更因为“南风知我意，吹梦到西洲”……

春江花月夜

春江花月夜。

五个字，每一个都美到窒息，组合成了一幅千古名卷，注定打败时间与空间。

春天。江水。鲜花。皓月。深夜。

五种绝美的意象，每一种都美到不可复制，连在一起，便成了人生最动人的良辰美景，撩动人心，注定空前绝后。

《春江花月夜》，千年前的初唐诗人张若虚大笔一挥写下的这首诗，醉了千年，千百年来无数读者为之倾倒，诗人闻一多更是盛赞这首诗为“诗中的诗，顶峰上的顶峰”。我也不例外，我在千年后这个春风沉醉的夜晚重读，这首诗的温度与质感，像钱塘潮水般再度向我滚滚袭来，排山倒海。

这首诗历来被赞为“孤篇盖全唐”。记得第一次看到这个评价时，我心里“咯噔”了一下，“咯噔”之余，还带着几分不以为然，毕竟唐朝是一个诗的朝代，写诗写得好的人多到如百花齐放，如星辰璀璨，李白、杜甫、白居易、王维、孟浩然、李商隐、李贺……个个都堪称为写诗的绝代高手。《春江花月夜》怎么就能够“孤篇盖全唐”了呢？后来，日子一天天如流水逝去，我也一天天长大，越来越认可这个评价。

因为，《春江花月夜》这首诗实在太美，太震撼了。张若虚不仅仅以月为主，以江为景，描绘出了一幅绝美迷离的春江月夜图，他成功抒写出的绝非只有游子思妇那真挚动人的离情别绪，还有那哲理深邃的人生感慨，最重要的是他写出了一种空前绝后的宇宙意识，他用神来之笔缔造出了宇宙的宏大、无尽和苍茫。

春江潮水连海平，海上明月共潮生。
滟滟随波千万里，何处春江无月明！
江流宛转绕芳甸，月照花林皆似霰。
空里流霜不觉飞，汀上白沙看不见。
江天一色无纤尘，皎皎空中孤月轮。
江畔何人初见月？江月何年初照人？
人生代代无穷已，江月年年望相似。
不知江月待何人，但见长江送流水。
白云一片去悠悠，青枫浦上不胜愁。
谁家今夜扁舟子？何处相思明月楼？
可怜楼上月徘徊，应照离人妆镜台。
玉户帘中卷不去，捣衣砧上拂还来。
此时相望不相闻，愿逐月华流照君。
鸿雁长飞光不度，鱼龙潜跃水成文。
昨夜闲潭梦落花，可怜春半不还家。
江水流春去欲尽，江潭落月复西斜。
斜月沉沉藏海雾，碣石潇湘无限路。

不知乘月几人归，落月摇情满江树。

《春江花月夜》原为乐府吴声歌曲名，相传为南朝陈后主所做，原词已不传，后来隋炀帝曾作过此曲。《乐府诗集》卷四十七收《春江花月夜》七篇，其中就有隋炀帝的两篇。张若虚的这首为拟题作诗，与原先的曲调并不同，却是最有名的。

开头就是一幅令人神往的春江月夜图："潮水连海平"，"明月共潮生"。之后一句"何处春江无月明"令人哑然，一语道破千古文人对月怀人之感。"空里流霜不觉飞，汀上白沙看不见"，天地之间一切都看不见了，只有那抹皎洁的月光依旧存在，这一笔，潇洒荡出了一个神话般美妙的意境。前八句，由大到小，由远及近，笔墨逐渐凝聚在那一轮孤月上了。

天地清明、宇宙澄澈，诗人的神思不断地飞跃着："江畔何人初见月？江月何年初照人？"从孤月到人生，再从人生过渡到宇宙，别开恢宏气象，看"人生代代无穷已，江月年年望相似"，听"不知江月待何人，但见长江送流水"，这一来一去，转折得天衣无缝。

人生代代无穷无尽，江月亦是年年如此呀。明月皎皎下，只有大江东去，江月有恨，流水无情，诗人很自然的把笔触从上半篇的大自然转到了人生画卷——引出下半篇男女相思的离愁别恨。

"白云"聚聚离离，最是飘忽不定，可不就是象征着"扁舟子"的行踪不定吗？"青枫浦"上离别愁，那种相思也只有映照人间离合悲欢的明月才懂吧！连月光都在怜悯她的相思，在楼上徘徊始终不忍离去，那满地清辉洒在妆台上、玉户帘上，还洒在捣衣砧上。可是她更想念了！她想赶走这恼人的月色，可惜怎么也赶不走，既然如此，那就让她化身月光去照耀他吧！

最后八句，花落幽潭，春光将老，人还远隔天涯，江水却流春，流去的又岂止是大自然中的春天？那游子的青春如黄鹤一样一去不复返！

斜月沉沉深藏海雾，碣石潇湘无限归路，今夜，他多想乘月回到自己的家乡呀！“落月摇情满江树”，全诗结束了，可这春江花月夜永远令人心悸神往，永远不会结束，无论再过多久。

写这篇文章的时候，我的电脑里一直单曲循环着琵琶名曲《春江花月夜》。想起不久之前被朋友雯弹的这首琵琶曲给打动。她是我朋友中的第一琵琶高手，三十多岁的她却已经弹了二十多年的琵琶，她整个人早已和琵琶合二为一了。

记得那天听她弹完这首琵琶曲，我生出了一种由心而发的冲动——我想要和她学琵琶，只为了弹这一曲《春江花月夜》。不知是她人琴合一的琵琶声感染了我，还是那亘古不变的《春江花月夜》感动了我？也许都有吧。

在这个美好的春天夜晚，我听到窗外花开的声音，一抹月光倾泻下来，照在我的指尖上，亦照亮了我的文字……

且放白鹿青崖间

江南的春与别处不同，同样是姹紫嫣红开遍，然而江南更有一种不可言说的风流韵致，如幽梦飞花，似烟雨梦幻。江南的春天，特别适合做一件事——喝茶读诗。

我选择在这个桃花灼灼、灿若云霞的早晨，读读一个人的诗，这个人不是别人，只能是李白。不为别的，只因为他这个人像极了春天，万物蓬勃有朝气，大地在寒冬之后回春，一切欣欣向荣。

除了他的人以外，他写的诗也像春天。春天是一个人的少年时光，他的诗最像少年，激昂飞跃，又于无限张扬中带着万夫莫当的勇气。他的诗，是黄河之水天上来，奔流到海不复回，是飞流直下三千尺，是横跨星空的银河，是宇宙，还是永无止境的时间与空间。

诗人万千，我最喜欢的是李白，而在李白传世的千余篇诗文中，我最喜欢他的那篇极富浪漫主义色彩的《梦游天姥吟留别》。

海客谈瀛洲，烟涛微茫信难求；

越人语天姥，云霞明灭或可睹。
天姥连天向天横，势拔五岳掩赤城。
天台四万八千丈，对此欲倒东南倾。
我欲因之梦吴越，一夜飞度镜湖月。
湖月照我影，送我至剡溪。
谢公宿处今尚在，渌水荡漾清猿啼。
脚著谢公屐，身登青云梯。
半壁见海日，空中闻天鸡。
千岩万转路不定，迷花倚石忽已暝。
熊咆龙吟殷岩泉，栗深林兮惊层巅。
云青青兮欲雨，水澹澹兮生烟。
列缺霹雳，丘峦崩摧。
洞天石扉，訇然中开。
青冥浩荡不见底，日月照耀金银台。
霓为衣兮风为马，云之君兮纷纷而来下。
虎鼓瑟兮鸾回车，仙之人兮列如麻。
忽魂悸以魄动，恍惊起而长嗟。
惟觉时之枕席，失向来之烟霞。
世间行乐亦如此，古来万事东流水。
别君去兮何时还？且放白鹿青崖间，须行即骑访名山。
安能摧眉折腰事权贵，使我不得开心颜！

这是他创作的一首古体诗，是记梦诗，也是游仙诗。他运用他特有的丰富奇特的想象力和大胆夸张的手法，幻化而成一幅亦幻亦真的梦游图。他做的这首诗，在形式上杂言相间，还兼用了骚体，笔随兴至，潇洒不羁，像裴旻的剑舞，像张旭的草书，一出手，就成了旁人不可复制的传奇，就让人沉醉其中、目眩神迷。

这首诗传说是李白在出了翰林院之后，返回归家的漫游旅途中所作。由于被权贵排挤，他被放出京，精神上的苦闷郁结于怀，而他在当时的现实社会中又找不到出路，所以，他只有向那虚幻的神仙世界里去寻求解脱。全诗最后的那句“安能摧眉折腰事权贵，使我不得开心颜！”就是他铿锵有力的自白。他是几千年来只出了一个的李白，坚决不妥协是他的精神信仰，也是他永恒的人格魅力所在。

李白一生徜徉山水之间，他对山水的热爱在他的诗作中体现得淋漓尽致，这首诗就是典型代表。

诗的最开始“海客谈瀛洲，烟涛微茫信难求。越人语天姥，云霞明灭或可睹。”瀛洲是古代传说中的海外仙境，虚无缥缈，而在李白的笔下却会让人相信它曾真切出现过。

天姥山临近嵊州境内的剡溪，与天台山相对，仰望如在天表，如在仙境。在唐以前，天姥山就已是中国文人向往的文化名山了。浙东山水一直是李白十分热爱并熟悉的地方，初出川时他就曾写下“此行不为鲈鱼鲙，自爱名山入剡中”的诗句，他在入翰林院之前就不止一次地去过此地。

天姥山奇绝，是越东的灵秀之地，但比起五大名山——五岳，却是小巫见大巫。李白在这首诗中却夸它“天姥连天向天横，势拔五岳掩赤城”，他说天姥山比五岳还要挺拔！现实中的天姥山在李白的笔下自然被夸大了，然而每一个读到这首诗的人还是会被震撼，还是会生出错觉认为这是真的。

在李白的这场游天姥山的梦中，他穿上了谢灵运当年特制的木屐，登上谢公当年曾经攀登过的青云梯，海日升空中，天鸡高唱着一片曙色。然而片刻之后，暮色降临，暮色苍茫中熊咆龙吟，震响山谷，深林为之战栗。

在可怖的幽深暮色之后，列缺霹雳，丘峦崩摧，洞天石扉，訇然中开，那传说中的云中君出现了，与日月交相辉映，炫目夺人！仙境转瞬消失，无踪无迹，梦境亦随之破灭，梦醒了，他终于回到现实了。

他感慨，古来万事东流水！既然如此，何不且放白鹿青崖间呢？只有徜徉在山水之间，及时行乐才是最快乐的！

此刻，且去晒个大自然的阳光浴，在海棠花下睡去，梦回千年前的长安，在梦中，和李白一起游一回天姥山。

倚门回首，却把青梅嗅

真的。春天很短，仿佛昨天还漫步闲庭静赏春花齐放，而今天就惊觉，万紫千红竟然不知何时已经悄悄归去。只剩下那蝶舞花飞，落红满径，只剩下那一片翠竹依旧浓荫，原来已是春末时节了。

春末时节，最适合泡一壶花茶，可以是玫瑰、菊花，也可以是茉莉，手上捧着一卷宋词，在花茶的清香中静静品读。宋词，始终有一缕挥之不去的愁绪，也始终有一种与生俱来的惆怅。

诗在唐代大盛，唐代是适合写诗的，诗言志，在诗里可以写尽凌云之志。而词在宋代极盛，同样，词明显更适合生长在宋朝这个时代的。词抒情，在宋朝，把情感写到极致的词人多如牛毛，我最喜欢的宋代词人是李清照。她的词作清新自然，语言清丽典雅，没有很多雕琢的痕迹，宛如清水出芙蓉，天然去雕饰。

在她所有的作品中，我最喜欢的不是“兴尽晚回舟，误入藕花深处”的《如梦令》，不是“帘卷西风，人比黄花瘦”的《醉花阴》，也不是“花自飘零水自流。一种相思，两处闲愁”的《一剪梅》，更不是“寻寻觅觅，冷冷清清，凄凄惨惨戚戚”的《声声慢》，而是那首“和羞走，倚门回首，却把青梅嗅”的《点绛唇》。

蹴罢秋千，起来慵整纤纤手。露浓花瘦，薄汗轻衣透。

见客入来，袜刬金钗溜。和羞走，倚门回首，却把青梅嗅。

寥寥数语，却酣畅淋漓地写尽了一个少女的天真情态。结尾的一句“倚门回首，却把青梅嗅”，生生写活了那少女的心事和飞扬轻曼的小心思。“青梅”两个字用得很妙，李白就有一句关于青梅的名诗“郎骑竹马来，绕床弄青梅”。青梅，青梅，一声声，多么可人且令人心动，像少男少女最初的遇见，像青春懵懂那颗小鹿乱撞的心。

李清照的词向来以擅长白描著称，她的词作非常具有画面感。在这首《点绛唇》中，我透过泛黄纸页上的诗句，看到了极为灵动的画面，一个又一个，像此刻春末时节不停拂过耳畔的微风：一个妙龄女子在自家的小院中荡秋千，荡完以后她起身了，慵懒地揉搓着她的纤纤柔荑。在她身旁，她看到那纤瘦的花枝上有晶莹剔透的露珠星星点点，好像离人的泪，她因为刚刚荡完秋千，出了很多汗，那薄汗早就渗透了薄薄的罗衣。

她刚准备要回房去换了这身罗衣，谁知家中竟突然来了一位客人！而且不是别人，偏偏是他！她慌得连鞋都没穿，只穿着袜子就逃也似的走了，连头上的金钗也滑落下来，因为她跑得太快了。她含羞跑开，却又倚着门趁机偷偷回头看一眼，假装是在闻那青梅的花香。

我猜想，这位客人一定是词中女子所爱之人吧。所以她袜刬金钗溜，所以她和羞走，所以她倚门回首，却只是装作嗅青梅呀！

这首词的铺叙，极有层次感。由上阕的“蹴罢秋千，起来慵整纤纤手”引出下阕的“见客入来，袜刬金钗溜”，最后的画面定格在“倚门回首，却把青梅嗅”中。一句一句，一个动作接着一个动作，流畅自然，却活脱脱地写出了一个天真、纯洁却又矜持的少女，写尽了那美好动人的小女儿情态。

这也是李清照词作的一大特色，她并不喜欢直接倾诉情感，而是喜欢截取日常生活中的一段小情节来加以铺叙，另辟蹊径，用白描的手法使读者如闻其声，如见其人，让读者深深沉浸在她的文字世界中，欲罢不能。

在这个春末时节的午后，我深深沉浸在《漱玉词》中，成了李清照的闺中知己，与她一同“兴尽晚回舟，误入藕花深处”。我们一起在莲塘举杯邀月，畅饮过往，看她“轻解罗裳，独上兰舟”，写下那句“此情无计可消除，才下眉头，却上心头”，还看她“倚门回首，却把青梅嗅”。

但是相思莫相负，牡丹亭上三生路

记得初次读到《牡丹亭》这个故事，还是读初中的时候。当时年少轻狂、青春跳脱，其实并没有看懂多少飞扬其中的浪漫至情与生死极致，但是我记得看完以后就哭了，时间太过长久，我已经忘了我是因为什么而哭。不知是因为这场穿越时空的生死之恋而哭，还是在读到那句“情不知所起，一往而深。生者可以死，死亦可生”而哭。

真正打动人的文学作品，是可以神奇的超越时间与空间来引人共鸣的。毋庸置疑，《牡丹亭》就是这样的作品。

《牡丹亭》全名《牡丹亭还魂记》，改编于明代话本小说《杜丽娘慕色还魂记》。它是明代剧作家汤显祖的代表作，也是他一生最得意之作，他曾说过：“吾一生四梦，得意处唯在《牡丹》。”

《牡丹亭》、《紫钗记》、《邯郸记》和《南柯记》是汤显祖的“一生四梦”，也称“临川四梦”。英国人因为戏剧大师莎士比亚而自豪，纷纷向他致敬，我们也应该自豪，因为我们有汤显祖。怎么能够不因他而自豪呢？他在一曲《牡丹亭》中，那样完美、精准地诠释了一场足够惊艳、足够深刻到不可复制的生死之恋！

《牡丹亭》太浪漫，堪称“中国戏曲史上浪漫主义的第一高峰”。在这个浪漫极致的故事中，少女杜丽娘因为长期深居闺阁之中，可怜的她长到如花岁月，竟连家中那座偌大的后花园都未曾去过，所以她惊“原来姹紫嫣红开遍，似这般都付与断井颓垣。良辰美景奈何天，赏心乐事谁家院？”，所以她叹“朝飞暮卷，云霞翠轩。雨丝风片，烟波画船。锦屏人忒看得这韶光贱！”

幸好，在她十六岁春天来临的时候，她内心的情绪也随着春天苏醒了。她做了一个梦，这个梦，生生死死，至情至性。

她在梦中梦到了那个心仪的书生——柳梦梅，她梦到他们幽会，然后她从这个梦中蓦然惊醒，相思成病，于是她开始了她的寻梦之旅，她在园子里一点一点地追问。她等待，因为她纯粹，她勇敢，所以她全身心投入，可这一切奈何不了这场命中注定的相思劫。

她带着未完的心愿离开了人世，就在她去世三年后，这个园子迎来了岭南书生柳梦梅。这个柳梦梅不是旁人，就是那个她生前心心念念的书生柳梦梅。阎王被杜丽娘和柳梦梅的爱情感动了，准她还魂。更离奇的是，她死后与柳梦梅成亲并最终还魂复生，与他终于修成正果，在人间结成夫妇。

《牡丹亭》不仅仅写了男欢女爱，更写尽了万古春光中，那一抹最让人心悸神往的绝世风光。所以，它注定空前绝后。

如花美眷，似水流年，牡丹一梦，汤显祖写尽了少女怀春心事的跌宕起伏，写尽了“情不知所起，一往而深”的至情至性，还写尽了爱情的浪漫和极致啊。

从明万历年间的原创版，到 2004 年的青春版，再到 2007 年的厅堂版，《牡丹亭》已经上演了四百余年，并且还会一直上演下去。因为，只要人间爱不止息，《牡丹亭》便永不会停演！

“但是相思莫相负，牡丹亭上三生路。”这是五十五折《牡丹亭》的最后一句，也是完美的收梢，爱是千回百转后的细水长流。

再次读罢《牡丹亭》，带给我的感动和震撼与当年初次读到时并无分别。这场文字盛宴，杜丽娘与柳梦梅穿越时空的生死之恋，也随着这个春日午后曼妙的春风逶迤而来，我知道，是因为这份至情至性而闪耀了这苍茫人世。

一入红楼，终生梦不醒

无数人曾经问过我最喜欢的文学书籍是什么？我每次的回答都一样——《红楼梦》，没有任何犹豫，几乎是本能的脱口而出。

是啊，我发自肺腑的喜欢《红楼梦》这本书，这种喜欢，就像我喜欢古琴和文字一样，仿佛来自本能，仿佛与生俱来，冥冥之中早就注定，带着几分前世今生的味道。

我十一岁的时候就开始读《红楼梦》，我清楚的记得，那时我读小学五年级，班主任老师让我们全班统一购买中国四大名著（除了《红楼梦》之外），她说："因为你们现在还太小，看不懂《红楼梦》，你们初中再去读吧。"

可我天生就是一个好奇心特别强的人。老师说不能读，看不懂，可我偏想看看，时隔多年的今天，我依然感谢当年自己的坚持。

记得我初次读到《红楼梦》是在一个秋日的午后，有暖阳，有微风，有菊花傲立枝头，有风动桂花香，还有落叶簌簌，窗外风景十分静美，而我在室内静静读着《红楼梦》。

我记得，在读到第一章时，我就被吸引了。这个故事实在太有趣了，几百万字的故事竟然是由一块石头引出来的，于是，好奇心深重的我就这样被它吸引了，我迫切地想知道，那神瑛侍者和绛珠仙草来到人间会发生怎样的故事。

于是，我接着读第二章、第三章、第四章……我从午后一直读到黄昏，读到夜幕降临。如果不是爸妈再三催促我吃晚饭，我想我会一直读下去，读到通宵，我会急切地想要把它看完，因为实在太好看了呀，越看越好看。

虽然当时年幼的我，并没有读懂多少飞扬其中的精彩，但我明白，我已经彻底爱上了这个故事。在那之前我一直喜欢读外国名著，比如《夏洛的网》《爱的教育》《假如给我三天光明》等等，我从来没有读过这样的故事，它太独特了，独一无二的它堪称千古奇文。

《红楼梦》的故事，我看了一遍又一遍，在一个个兰风初醒的晨晓，在一个个薄暮昏冥的黄昏，还在一个个星月共醉的深夜……时至今日，我几乎每一年都会重新看一遍，最开始是看曹雪芹原著、高鹗续写的 120 回通行版《红楼梦》，到后来开始看《脂砚斋重评石头记》，除了可以品味原汁原味前 80 回曹雪芹的《红楼梦》以外，还可以在脂砚斋写的评语中遐想那未完的《红楼梦》接下来的情节。

除此之外，我几乎看遍了市场上所有的红学书籍，比如周汝昌的、刘心武的、张爱玲的、西泠雪的等等，甚至还包括土默热的红学。反正和《红楼梦》有关的书籍，只要在学校的图书馆或者书店看到，我都会停下脚步翻一翻，然后借阅或者购买回家细细品读，因为我不想错过和《红楼梦》有关的任何的精彩。

我是如此热爱这个故事，几乎走火入魔了。我爱它木石前盟中神瑛侍者和绛珠仙草那可悲可叹的爱情悲剧，我也爱它金玉良缘中那可叹可哀的爱情故事，我爱黛玉魁夺菊花诗的孤标绝艳，我爱湘云酒醉芍药花下的真性情，我爱妙玉隐于栊翠庵中用梅花上的雪水煮茶的清高出尘，我爱大观园中那些夺魂摄魄的离合悲欢……

《红楼梦》是千古奇书，它从诞生之日起就注定会深深吸引无数人，我也不能例外，我和众多的红楼爱好者一样，一入红楼，终身梦不醒。

惜君如常

“惜君如常”四个字很妙，短短四个字，却折射出了深情、温度还有饱满深刻的生命状态。我很喜欢这四个字，有中国传统文人一脉相承的低调与动人。

《惜君如常》也是一本书名，我在看完雪小禅老师的这部作品以后，更喜欢这四个字了。这是一本写中国文化纯真与深情的书，雪老师以温暖的底色书写中国文人的气韵和文字品格。

这底色里有山高水长的人间情意，有特立独行的精神故乡，有照见，有懂得，有天高地阔。

这本书中，雪老师对事物敏锐的洞察力让人惊叹，她写了山河岁月、传统文化，还写了朴素日常，她写尽了天真、雅趣、自然和生动，可亲可怀，那些文字熠熠生辉，让读过这本书的人都能感受到一种简单与幸福的尘世之美。

书的封面很中国，是正红色，像旭日升起时最耀眼的那道光芒，像寺庙经幡的那抹朱红色，打开封面，那里面的文字会给人一种远离尘嚣的清静之感。

一个作者的心性和灵魂会在她的文字中一一展现，在《惜君如常》中，我看到雪老师探索出了一个新的文字高度。她这几年不写青春小说，不写心灵美文，文字气象大转，开始写大散文，一笔一画描摹日常里的动人，她热衷于书写传统文化、生活之物，还有山河岁月的个人情感抒发。

她的文字非常优美，她向来擅长用意象的比喻，可谓信手拈来，功底深厚，对传统文化的见解更是深刻饱满。比如她这样比喻书法的字体，寥寥几笔就活灵活现——“凛然的老松，挺拔的法梧，疯狂的玉兰，柔弱的柳树……”她说：“书法说到底，是和血脉、体温、情绪紧紧捆在一起，是和日常绑在一起。书法最高境界是人书俱老，人的最高境界呢——也是还原到最初，安静地来，安静地去，富贵吉祥，波澜不惊，风雨雷电，淡然一笑。”她把书法写得刻骨深情、生动自然，字字句句都是她数十年沉醉书法的了悟与禅意。这份了悟与禅意却不可说，一说就破了！

我一直在微博上关注着她，每每看到她在家中拍出的照片，都会感到一种难以言说的震撼。她的“禅园”是她自己亲自设计的，她别出心裁地用老榆木的门板当地板，书柜也是用老榆木做的，家中遍地都是她从全国各地淘回来的坛坛罐罐。除了坛坛罐罐之外，她的家中还有各种明式、藏式的家具。那些废弃的青砖、被丢弃的坛坛罐罐，在她的家中却会变得神奇，美得熠熠生辉，就连青青翠竹编成的篮子摆在她的家中，也别有一种朴素动人的美。

她曾说她痴迷于那些老旧的、有纹理的、风化残缺的朴素天真的东西，她要做一个静气的植物女子，所以她在家中种满了各种植物，有竹、有菖蒲、有玫瑰，还有百合、木槿、绿萝……她每日都会对这些花花草草进行修剪和浇水，并且她每天都会和满屋的草木对话，这些花草都种在她的坛坛罐罐中，那些古旧的器皿也都是她从全国各地背回来的。

她经常会在微博上晒出这样的照片——在她用心布置打造而成的家即“禅园”中，透明的瓶子里插上一枝花，古旧质朴的瓶瓶罐罐与明亮的春花刹那之间形成一种强烈的反差，瞬间带来了一种视觉上的极致张力，美的器物与美丽的花一同闪耀，这是她的生活品位，也是她独特的艺术审美。

她，一直在用她的实际行动告诉我们——日常的生活才是最动人的，生活才是最高艺术。她是热爱生活的人，所以她的品位、她的生活美学与生命哲学全部都藏在了她的家居布置中。

为什么她会有跨越千山万水来一直追随她几十年的粉丝？为什么她能够被评为“大学生心中的作家女神”？其实，读懂她的生活品位与生活美学就知道答案了。而要读懂这些，《惜君如常》是不能错过的书呀，因为每一篇，都是她对生活的热爱与一往情深。

突然想起 2017 年去参加她的那场“禅是一枝花”的美学分享会，她在分享会结束之前，一手拿着她的《惜君如常》，一手拿着话筒，目光坚定地看着读者，眸中似乎有泪光闪烁，“我最好的作品是《惜君如常》，是《在薄情的世界里深情地活着》，而不是我前几年写的青春小说和心灵美文，它们更接近我内心的本质……”

她的那道目光太强烈，让我久久难忘。

故人不相忘，惜君如往常。

在薄情的世界里深情地活着

秋风不知何时起了，微风细雨中，整个杭城已是一片烟水迷离，推窗望去，仿佛置身于一幅写意的水墨画卷中。此刻，细雨苏润的午后，最适合泡一壶闲茶，重温一些旧书。一个人，一杯茶，一本书，不孤独，不寂寞，闲听窗外秋风和细雨的呢喃。

重温《在薄情的世界里深情地活着》这本书，就是在这样一个秋风细雨的午后。

这本书中，雪小禅老师用她一贯深情细腻的笔触，记录了她身边那些真实存在、精神强度饱满的人与事，有接天引地、清格自在的茶人，有朴素生活的手艺人，有古道热肠的大姐，有洗尽铅华的独居老伶人，有活得没有时间没有年龄的山僧，有植物女子，有风云人物，更多的，还是那些朴素生活中的日常。

日常就是不日常，日常往往最动人，可不是吗？所有绮丽的光景都缓缓流淌在似水流年中，我们每个人都在每日的一箪食、一豆羹中，在清晨、黄昏的重复中，在薄情的世界里深情地活着。

一页页翻着，发现她写的全是人间真味。云山梦水，且听风吟，就算世界薄情又如何，我们只要深情地活着就好了，把自己活成一种方式，活得没有时间和年龄，与光阴化干戈为玉帛，最后还能把光阴的荒凉和苍老做成一朵花别在衣襟上。

就像她在文中写的："人早早晚晚会活成一块枯木。与江山无猜、与天地无猜、与时间无猜。没有计较了，没有风声鹤唳了，也没有花红柳绿了。只活成这有了风骨的枯木，心寂寂，身寂寂，但断然有了，空间与时间的绝世风姿，端然于田野上，或者立于永定河两岸，任雨打风吹，千年风雨。"

我们每个人生长于野，安于世间，只要始终保持着精神的明亮，生活中便处处都能看见美好。不是吗？你看到月白天青，你听见落雪鸟鸣，万物都有灵且美，只要你有那一颗愿意静下来去感受美好生活的心就够了。

宇宙浩瀚无穷，可生命的表达说到底是从绚烂回归于平淡。人生路上免不了挫折，少不了风雨，我们每个人都要学会用自己的方式去自渡到彼岸，就以光阴为楫吧，任风吹，任雪来，不怕。

因为有很多光阴，必须一个人度过，那些你以为过不来的万水千山，一定可以过得来。就像她写的："我们穷尽一生，不过是走向内心的幽兰，走到了，推门进去，看到自己内心里，那浩瀚的、温暖的故乡。"

雪老师是精神上有力量、有魅力的人，她说："年龄和审美紧紧相连——我少年时喜欢的狂放与花红柳绿已经悄然淡出视线，那些张力极强却轻缓的、温润的东西更加如化骨绵掌。"就像她的写作历程一样，她早年写心灵美文和青春小说，而现在她只写传统文化的大随笔。她是时代的逆行者，始终坚持自己的精神强度，一直追求着东方生活美学，她早已把自己活成了一种美学方式。她一个人，却光芒万丈。

流年飞渡低回间，她早已过尽千帆，文字与心性都回归到了极简。

现在的她，读万卷书，行万里路，每年有一半的时间一个人在家写字、画画、临古帖、听老戏、品老茶、种植物，早已在书中穿越千年，万水千山一一走遍。

我最喜欢这本书中她对于古画的描写：“古画是冷雪古寺中的美人，是卷了一身光阴的老书生，是结了无情游的孤鸟，还是落在眉宇间的胭脂泪，虽然旧了残了破了，虽然成了一座荒城，但展卷的刹那，足以动容。”她在写古画，却也在写世间人，也许我们每个人到最后都会活成古画，在时间面前变成荒城，展卷的那一刻却依旧令人动容。

没有人可以打败时间，可我们却可以在转瞬即逝的光阴中留下那生动深刻的一笔，只要我们愿意，都可以素琴白马纵横四海，心怀广宇爱人及人，花间饮酒续写缠绵，在薄情的世界里深情地活着。

心有远山，安于当下

十一月的杭城，应了苏东坡的那句诗“荷尽已无擎雨盖，菊残犹有傲霜枝”，昔日风荷已尽凋零，不曾吹落北风中的菊花选择笑傲枝头，天地间一片空明寂然。

看着落地窗外在风中婆娑起舞的树，就着一泡雪兰乌龙的茶香，看着露茜女子的新书《愿你心有远山安于当下》，任时光这样缓缓流淌而去。

我喜欢这个书名，虽然只有十个字，却迸发出一种穿透这浮沉世间的暖意。我喜欢这本书，它的封面让人心生欢喜，一个陶壶的旁边静默着一个陶罐，斑驳的光影落落洒下，几丛遒劲的翠竹一片葱茏，傲立着、坚韧着。这封面极应景，像极了十一月的杭城，萧索孤寒中仍旧有一道光会穿透黑暗，就像翠竹始终以最初的形态傲然挺立着。

记得 2017 年的一个夜晚，我的微信新朋友处多了一条信息，虽然只有一句话，却在那个深夜带给我力量——“我是露茜女子，写作者，同道人终会相逢。”看到的那一刻，我心头忽然涌起一阵暖意，立刻通过了这个好友验证。

我喜欢这句话，同道人终会相逢。我也一直相信，这世上一定存在着吸引力法则，同道中人终会相逢，无论多久，无论在何处。

看露茜女子的朋友圈，我知道了她是湖南常德人，是作家、媒体人，也是摄影人。她在自己的公众号上这样介绍自己：“尘世女子，性情姑娘，亦沉静亦风雅，能乘舟迎风浪，也能花前酌清茶。读书写作，旅行摄影，喝茶唱曲，交同道之友，此生爱效仿魏晋之风，洞见世间人性，妙赏有趣之人，深情万物自然，深信同道中人终会相逢。”这份个人介绍很独特，也让我过目难忘。看她的照片，长发如瀑、汉服飘飘，青裙摇曳、温柔明媚，让人如沐春风。

后来她在朋友圈说她出书了，我没有任何犹豫就买了。我相信她的文字会带给我惊喜，果然如此，她果然没有让我失望。

《愿你心有远山安于当下》，在这本书中她写了22个人物的生活方式，22种生活态度，22段人生经历，没有虚构，不是鸡汤，更非刻意煽情，字字句句都是深情和唐风，还有远意。

这本书中满是传奇人物，有年幼时因身体孱弱而学习武术，十几年后却勇夺世界锦标赛冠军、亚运会冠军的武术神话娅绮，透过她的文字，我好像看到了那竹林深处，白衣翩翩的女子，一出手会让你震惊，剑锋凌厉飞扬……

有从翩翩少年军官到动荡起伏的囚犯，再到青灯黄卷了此一生的僧人，他是来空大师，潇洒磊落立于天地间，半生激荡，半生空门，向苍天借一件袈裟，看过人间水远山长……

还有隐居在终南山的现代版“神雕侠侣”如是和梵山，一生悬壶济世行医救人；有如白子画般的琴人，生活中和琴棋书画诗酒花茶不离不弃；有一心一意专注于手艺做琉璃的当代艺人；有伴随恋人一起走天涯的逍遥派诗人……

露茜的文字通透而不迷离，深情而不矫情，她说：“岁月是个说书人，它道良辰吉日，它诉人间悲苦，这世上哪有不辛苦的人生，只是有些人不喊疼罢了。真正的成熟不是带着戾气披荆斩棘，而是在生活打磨中越来越坚定。愿我们能拂去尘埃，心中有山间照明月，有翩翩逐晚风，素衣清简款款而行。”

她还说：“人应活在眼前，于万物中得到真趣。要心闲，才有空间去容纳一路所见所感；要情闲，方有意趣去感悟天地之大美。”

看完这本书，我最大的感触就是露茜和我的直觉一样，果然是有魏晋风度的女子，她的文字也如是。大气、禅意、自然，如果用一种植物来形容，在我心中就是经冬不凋的翠竹，青青如一、风骨卓然，一年四季常青，始终有自己的风骨，永不会被同化，却永恒耀眼，因为始终有着自己独特的精神质地和低调的光芒。郁郁黄花，无非般若，青青翠竹，尽是法身。

人生路上风景万千，时而晴岚翠羽，时而风雨苍黄，伤痛与困惑在所难免，可我们依旧要带着一份好心情启程，因为，只要心有远山，便可安于当下。

四十才是青春的他说，沉到河底就能采到珍珠

如果从前有人告诉我：“你相信吗？有一个人四十岁才开始创业，并且是借款两三千万创业的！但是他后来身价翻了好几倍，成了大名鼎鼎的企业家！”我肯定会以为，这是在写小说。

但是，这个世界偏偏就是这么奇妙。

你认为是不可能做到的事，偏偏有人能做成，并且还很完美。

这个人，就是蒋坤元老师。

外界是怎么介绍他的呢？外界说：“他是一个真实且坦诚的农民的儿子，苏州乡土文学代表。企业家中笔耕不辍的作家，作家中乐善好施的企业家。简书红人，百家号等多家媒体平台的签约作家。写作路上，他的作品以朴素、简洁的风格，真实地描绘了生活中的酸甜苦辣，并把它们化作向前的力量，受到万千读者的追捧。他在报刊上发表文章数千万字，现为中国散文学会会员，苏州市作家协会会员，江苏省作家协会会员，已经出版了三十多部作品。”

这是外界对蒋老师的评价，看完这些评价，不了解他的人，会以为

他应该就是一个专业的作家吧！

但事实上，他是一个当地颇有名气的企业家。

四十岁那年，他开始创业，勇敢地向生活发起挑战，赤手空拳一点点开始打拼，最终，他用自己的勤奋和努力，成功完成了命运的蜕变。

最近，我重新把他的两部作品——《四十才是青春》和《沉到河底就能采到珍珠》看了一遍，我对蒋老师有了不一样的认知。

2019 年 7 月份，我受邀去苏州参加蒋老师的新书——《沉到河底就能采到珍珠》的发布会。那天很热，但天南海北的读者朋友还是从全国各地赶来，我们欢聚一堂，没有觉得热，反而觉得很凉爽。

因为心间，无上清凉。

蒋老师站在台中央，被鲜花和掌声围绕，但他依然很低调、谦逊，眼睛里闪过一道光。

那道光芒，在我看来，和他书中呈现出的文字是一样的。

一样的温和，一样的质朴。

一样的过尽千帆，却始终对生活抱有一颗赤子之心。

《四十才是青春》可以看作蒋老师传奇般的创业史。

蒋老师把他的创业史拆分成一百多篇小短文，他语言幽默，行文朴素、简练，没有华丽的花哨辞藻，也没有复杂冗长的句式，可我却偏偏，读出了惊心动魄，读出了几分震撼。

一个人，要有多大的勇气，才能在四十岁的时候决定借款两三千万创业，去创办自己的企业？

古人说“三十而立，四十不惑”，在大多数人的认知里，哦，都四十岁了，踏踏实实按部就班过下去就好了，生活不就是柴米油盐酱醋茶那么一回事儿吗？

可蒋老师不！

他偏偏要乘风破浪逆流而上，偏偏要跨越千山万水独自前行，冲破所有障碍，开创出自己的商业帝国！

他做到了。

如今，他的“正翔厂”就像他取的名字一样，一直在展翅飞翔，也一直自在如风！

在看《四十才是青春》的时候，我的心会被“揪”起来。因为蒋老师的描述太形象了，在他的文字中，我的眼前浮现出了一幅幅画面：

我看见那年冬天，北风呼号，冰天雪地里，整个大地苍茫一片，可是蒋老师为了解决模具问题，一个人骑着摩托车在雪地里飞驰着。当他到达目的地公司时，手脚早已冻得不听使唤了，可那家公司的领导却拒绝了他！但他并没有被这场风雪打倒，仍然咬牙骑着摩托车在寻找，只有那场大雪听到了他歇斯底里的呼喊：“我要强大！我要强大……”

我看见蒋老师给他优秀的“接班人”——儿子晴谷，写了一首叫作《致晴谷》的诗，诗里写：“我永远是你的一块铺路石；我也想做一把梯子，让你站得更高。最终我会走的，这个世界必须你自己撑起来。”通过这几句诗，我似乎都能想象到蒋老师埋头写下这首诗时的样子。这几句诗，不正是他作为一个过来人历尽人生种种磨难的深刻体悟吗？

…………

类似的画面还有很多，此刻我在键盘上敲下这些文字，脑海中似乎还能闪过那些或动人或惊心或艰难的瞬间。

好的文字就是这样，不用多华丽，真实的故事娓娓道来，一样令人难忘，甚至回味会更好。

蒋老师的作品就是这样。他从十八岁开始写作，到如今算起来，已经坚持了整整四十年，一共出了三十多本书。

在日复一日、年复一年的坚持中，他的文字已经有了自己的风格，短小精悍而又富有哲理的文字张力，已经形成。

这份文字张力，在他另一部作品《沉到河底就能采到珍珠》中，也体现得淋漓尽致。

如果说《四十才是青春》是他传奇般的创业史，那么《沉到河底就能采到珍珠》则更像是一部充满生活智慧的哲理散文集！

这本书共有七辑，蒋老师分成了九十多篇小短文来写。每一篇里，差不多都有一个小故事，他用非常生活化的语言，接地气的表达，为读者描述了一幅幅动人的画面。

有两幅画面，我记忆深刻。

第一幅是蒋老师在《沉到河里就能采到珍珠》这一篇文章里描述的。

在他十五岁的时候，生产队养了很多珠蚌，将珠蚌一只只挂在尼龙绳上，用塑料泡沫做浮球，河面上白茫茫一片，而这些珠蚌要在水中待上一两年，才能将它们打捞上岸采集珍珠。

由于河水长年累月的冲击，再加上船来船往的水浪，总有一些珠蚌的挂绳断掉了，珠蚌便掉在了河底。

生产队队长发话，不管谁去河底摸珠蚌，只要谁摸到了，就归谁所有。

于是那些年，一到暑假，蒋老师便和几个小伙伴一起去摸珠蚌。

当时，生产队队长对他说的“你沉到河底就能采到珍珠”这句话，一下子就惊到了他。

他决定，拼命的往河底下钻。

就那样，他一天天坚持着，到最后成功摸到了一百多只珠蚌，后来这些珠蚌卖给了珍珠市场，换来了二百六十元钱。

当年，即便是一个年轻力壮的劳动力，辛辛苦苦赚一年都不能赚到这些钱呢。

也是那次经历，让当年十五岁的小男孩深信自己就是水中英雄。

而生产队队长说的这句名言“沉到河底就能采到珍珠”，也被这位“水中英雄”记下了。

后来，他写出了一本书，就用了这句话作为书名。

“沉到河底就能采到珍珠”，这句话对我的触动也很大。

其实，无论是我们写作、学习还是生活，都需要静心，都需要让自己沉到河底，只有这样，才能看见一朵朵花开，才能离成功越来越近。

因为，沉到河底需要毅力和勇气，需要脚踏实地的坚持和拼搏，这一点，蒋老师堪称榜样。

他，从当兵到写作到跑供销，再到自己创业，从零做起，不断拓展国内外的生意，最终登上了巅峰，一览众山小。

不正是因为，无论前方有多少艰难险阻，他依然选择静下心来沉到河底吗？

第二幅令我难忘的画面是他在《我依然有梦想》这一篇文章里描述的。

他在文中最后说，到他六十岁的时候，他不会留在工厂，而是选择在阳澄湖畔开一家茶楼。

蒋老师的行文向来很幽默，他这样描写他这家茶楼的“与众不同”——“人家的茶楼想赚钱，我开茶楼不想赚钱，就是想给一些老朋友找到一处宁静与温馨的地方，回忆昔日的峥嵘岁月，说说乡野趣事，这样的茶水味道一定很不错。”

此刻我在键盘上一个字一个字的敲出这段文字，我依然想笑，和第一次读到时一样。

因为这段文字质朴、接地气，却很形象、生动。

我仿佛看见了，六十岁的蒋老师大隐隐于市，他在阳澄湖畔开着茶楼，每日临水而坐，在老友和茶香中忘我，逍遥自在，胜过神仙……

优秀的作品有一大特质，让人读了一遍，还想再读。

蒋老师的作品就有这样的魅力。

我想，他的作品之所以能有这样的魅力，和他几十年如一日的热爱读书写作是密不可分的。

一个作家的文字质地会被时间打磨，也会被时光沉淀。

只有对文字怀揣着一颗赤子之心的人，才能和文字产生真正的共鸣。

在蒋老师的作品里，我读到了这颗赤子之心。

那是四十年岁月滔滔奔流而去，仍旧风清月明的文字初心。

无论再过多少年，他的那颗赤子心，在时间的长河中，始终昭昭日月。

《琅琊榜》，情义千秋

当我终于看完了三卷《琅琊榜》时，我长长地呼出了一口气，因为，我的心中依旧风云激荡，久久不能平息，我还沉浸在故事情节的澎湃中。我已经很久没有看到过这样震撼的故事了。

不敢相信，在言情小说泛滥成灾的今天，竟然会有这样一个另辟蹊径，以独特的视角讲述江湖与朝堂的多重故事，为小说界带来一股清流。三卷《琅琊榜》，人物丰富饱满，文字简洁幽默，伏笔众多，跌宕起伏，它不以爱情为主线，而是独具匠心的表现了一群热血男儿之间的义薄云天，情义千秋。

这个故事震撼了我，不仅仅是它鲜明的人物形象、高密度的强情节、悬念十足的故事还有那步步推进的布局，更多的是如电视剧《琅琊榜》制片人侯鸿亮所说的："之所以选择将《琅琊榜》搬上荧幕，是因为除却'权谋复仇'外，其所传达的情怀、人与人之间的情感、匡扶正义和人物内心的坚定力量更加引人入胜。"是的，《琅琊榜》这个故事深深吸引我的，除了它跌宕起伏的情节之外，更多的是小说塑造的人物魅力，那种独特的人物魅力源于不朽磊落的人格魅力！

作者海宴功力非凡，看似轻描淡写的随意一笔，却能将从未正面出场过的人物都刻画得那么淋漓尽致！三卷《琅琊榜》，数以百计的人物，我最喜欢的不是那个近乎传奇般的赤焰少帅林殊（梅长苏，苏哲），不是那个重情重义的靖王，不是传奇女子巾帼英雄霓凰，也不是那个武功奇绝、可爱卡通的角色飞流，而是那个从来没有在小说中正面出场过的祁王。

就像作者海宴在书后记中所写她最喜欢的也是祁王这类人，虽然明知会失败，却还是不肯放弃，有着永远蓬勃的青春和热烈的理想，不会被时光打败。是啊，祁王这类人是不会轻易被时光打败的，因为他像雪后的青松始终不倒，傲立风雪中，拥有"虽万千人，吾往矣"的勇气，注定超然于世。

小说临近结尾处倒叙祁王当年赴死时的情形，其中有句话一直深深地映在我的脑海里——"那里是祁王最后的踪迹，那里也是很多人希望的终止……"祁王萧景禹，风华灼灼，优秀到让他的父亲觉得完全掌控不了他，所以入了有心人刻意设下的死局，从此将他推向万丈深渊……所以，埋葬了一代贤王，埋葬了一代名帅和七万忠魂，埋葬了当年金陵帝都最耀眼最明亮的少年，也埋葬了无数人心中对于理想和清明的希望……

这个故事本身并不复杂，故事的核心就是一个昭雪沉冤的故事，然而整部小说的铺排布局却很宏大，结构非常严谨，情节环环相扣、张弛有度。虽然是架空历史，却给人感觉历史上真的有这样一段时期，真的有书中这些风云人物在那个时空里精彩地活过。

三卷《琅琊榜》，以"平反冤案、扶持明君、振兴山河"为主线，讲述了"麒麟才子"梅长苏，以病弱之躯拨开重重迷雾、智博奸佞，为昭雪多年冤案、扶持新君所进行的一系列斗争。

梅长苏，一直蝉联琅琊榜榜首，是"天下第一大帮"江左盟的宗主。他本名林殊，原是大梁的赤焰军少帅，后因梅岭惨案，身中火寒之毒。

经历了剥皮削骨之痛从地狱归来，从此世间再无林殊，他改头换面，成了名动江湖的“江左梅郎”。

为平梅岭冤案，梅长苏回到金陵化名苏哲，以病弱之躯涉入政权纷争。白衣翩翩的他在云淡风轻之间，翻手为云、覆手为雨，掀起层层巨浪，转眼之间朝局在他十二年的精心策划下改天换日！在他算无遗策，智计卓绝的权谋之下，藏着忠肝义胆，藏着情义千秋……

梅长苏在国仇家恨、兄弟情义的漩涡中见招拆招，赤子之心不变，十二年前的滔天冤案，最后终于沉冤昭雪。而他的结局如他自己所愿——在他最熟悉的战场上终止这一生，像勇士，他为战场而生，也为战场而死。我想他最后倒在大渝战场的那一刻心里一定是欣喜的，因为他终于做回了自己。生命的最后，他不再是“天下第一大帮”江左盟的宗主梅长苏，也不是金陵的名士苏哲，这一次，他终于做回了林殊，回到了意气正风发的当年……

海宴了不起，简单的故事结构却完全架构出了一个不平凡的世界，那个恢宏强大、荡气回肠的世界里，每一个人物都有血有肉有灵魂。我想，她写这个故事的初衷就是要向读者表明——无论这个世界有多么的不如人意，都要相信公平与正义永远存在！也许会迟到，却从不会缺席！无论曾有多少晦暗，到最后世界依然会回到最清明的那一刻……

感谢《琅琊榜》让我重温了那份至少三年不曾有过的风云激荡，感谢它让我知道，原来不是只有爱情故事才好看，兄弟情义一样可以动人动情，一样令人震撼。感谢我在最青春的年华里，没有错过它，它将成为青春时光的铭记……这一年的时间里，如果有朋友来问我推荐看什么书，我的回答都是不变的三个字——《琅琊榜》。

窗外的冬日暖阳一如往常地照进室内，光晕流转间，就好像那三卷《琅琊榜》中始终藏着天道昭昭，藏着人间真情，那书中的情义千秋，终会浩世长存，而那一颗赤子之心，也一样永不停息。

《一日一花》与《四季花传书》

看川濑敏郎的《一日一花》，被深深惊艳，惊艳我的，不仅仅是花的美，还有器皿的美，更多的是那份穿越时光荡漾于心的美。

川濑敏郎是日本花道界最古老的流派“池坊花道”的大师。据说在东日本大地震后，他有感于废墟上萌生的草木鲜花，于是他用那些古老、朴素却直抵内心的器皿来做花器，他根据时节到山野荒原里寻找打动他的花叶，他将它们一一融入花器中，并持续在网上连载“一日一花”专栏，广受好评后汇编成这一册精美的图鉴。

这就是《一日一花》诞生的由来。

在《一日一花》中，他用三百六十六个作品，缔造了“空”和“寂”两大美学。他诠释了“最高的技巧即没有技巧”，在不着痕迹中传达“素”为花之极致的自然姿态。

《一日一花》一经发布，便立刻得到了众多设计师、文化爱好者、植物爱好者的喜爱。作品最后，还附带了四百二十五种植物的索引和解说，无一不美，无一不动人。

在《一日一花》中，我看到了日本传统文化中最核心的枯萎美意，枯萎之花比之盛放的鲜花，反而更有魅力。所有的花草，不论盛开，还是凋零，都是生命的礼赞。如日本著名随笔家、古物收藏及鉴赏家白洲正子所说："川濑先生插花时，从不犹豫。因为他都是即兴而为，所以不存在两朵相同的花。与其说是插好的花，不如说是在他插的过程中，产生了花。不愧是'一期一会'。"

我在书中，经常看到这样的画面：在小小的瓶口中，有几片零星枯叶，或是几片竹叶斜斜逸出，抑或是残荷一枝带着凋零而别样的味道盛开着。

有一朵白山茶孤独而骄傲地怒放，飘如云絮的树棉花层层叠叠，在青铜水瓶口上不断翻涌着，如天际流云来来去去、聚聚离离……

自由、清寂、绝美，大自然中的生命就在这一日一花中继续传递。

那些高低胖瘦的花器承载着苍苍郁郁生命旺盛的花木，有的已近枯朽将灭，有的正蛰伏待盛放，有的怒放出生命的极致，在翻阅它们的时候，我已经分不清诉说这些的到底是花，是叶，是草，是木，还是根？到底是什么在通过纸页诉说？又或许，这一切早已无关紧要。

我一页页翻着，一次次惊叹着，在翻过的册页中，大自然仿佛被深深定格在那些绝美的画面中，姹紫嫣红的迷人眼，枯木逢春的喜悦，落雪鸟鸣的诗意，相逢的那一刹那，令我莞尔。四季流转，时间却并未流逝，年轮更迭中，一花一草的心事都一一被记下、传递。

书中所有的作品，像极了八大山人的极简主义，一笔都不多，一切都是那么恰到好处。那是自然、空灵、质朴的禅宗美学观，那是恒久的美与宁静，就在不经意间早已抵达生活和生命的本质。

在《一日一花》之后，川濑敏郎又倾心打造了一本《四季花传书》。松竹梅、油菜花、山茶花、紫罗兰、水仙、芭蕉、朝颜……他以每月一花的形式，从历史、文化、艺术和美学的角度去阐释他的花道。不仅如此，他还从四季花草不同的插法，到花剪的使用、器皿的选择，细致入微地介绍了生活中的插花指南。

如果说《一日一花》是视觉上的审美享受，那么《四季花传书》更多的是带给普通爱花者花道文化的启蒙和实用指南。

如作者川濑敏郎所说：“我们欣赏一朵花在自然中的样子。自然的美，是无私的美，也是最高的美。但插花不同。它带着看花的人的心情——看花的时候，仿如眉心落下一滴清净的水通过了身体。花道大概需要在形式上学习，但插花本身不需要学习，而是习惯。因为插花只是把心情表现出来而已。”

是啊，插花本身是一种习惯和生活方式，是忠于自己的表达。它可以简单到如同我们日常吃饭、喝水一样，它并不玄妙，但它可以很神奇地展现出我们当时所插花时的心境。

就像他在《四季花传书》中所插的那幅名为《油菜花》的作品：一个生锈废弃的棕色铁桶上，中央有一个大窟窿，可他却用一团棉花和一枝油菜花将它填满了。一刹那，我看到了生命的气息，那是白云、绿叶、黄花和大地一起在天地间共舞；一刹那，这只生锈废弃的铁桶重获生命。

铁桶是非常生活化的东西，棉花和油菜花也是最常见的花材，然而经过这样的排列组合，瞬间却令观者心中生出了无尽禅意。他这幅作品深深打动了我，因为在那一刻，我刹那了悟了废弃与重生、自然与生命的回归。

仔细想想，人生又何尝不是一个修剪的过程呢？所有的一切都将删繁就简，我们每个人，都将在时光沉淀中删除那些不需要的、芜杂的、多余的，留下那些被时光沉淀下的珍贵，如果可以如此，那又何尝不是一种人生极乐呢？

听风未必是风，听雨未必是雨，看山依旧是山，看水依旧是水。到最后，山还是山，水还是水，而草木和自然，也依旧如故。

花道，看似在信手拈来间便缔造了一花一界，可最后必将回到四季和人心，而人生也是一样殊途同归，在岁月更替流转间，天人合一。

《呼啸山庄》，永恒的震撼

去年，我重看了世界十大文学名著，当我看完《呼啸山庄》时，我的内心依旧被震撼到无以复加。是的，我是如此喜欢这个故事，它是我最喜欢的外国文学名著，没有之一。

这是我第三次看完这个故事，但它带给我的震撼一如最初。我好奇，作者艾米莉·勃朗特到底是个怎样的天才？她一生经历简单，她既未受过完整系统的教育，也没有爱情婚姻的实际体验，可她竟然能写出《呼啸山庄》这样空前绝后、深刻独特的爱情绝唱！她究竟是怎么做到的？不得不感叹这世上真的是有“天才”的存在。

无数的传记作者告诉我们，艾米莉一生独立、豁达、纯真、刚毅、热情而又内向，颇有男儿气概，她酷爱自己生长的荒原，离群索居，最喜欢和大自然为友。她虽然只有短短三十年的生命，但她因为《呼啸山庄》而从此不朽。

艾米莉的写作手法高超，她通过不同的人物视角来阐述这个故事，人物视角的切换自如足以证明她的笔力精到深厚。希斯克利夫和凯瑟琳的爱穿越茫茫荒野，到最后终于回到最初，完成了一个生命的轮回。

十九世纪的爱情故事，今天看来依旧很精彩，依旧没有过时，被时间沉淀成了经典。我们总在说经典，经典的东西到底是什么呢？我想所谓经典，就是那些不曾被时光打败并且愈发熠熠生辉的东西，大浪淘沙后沉淀下来的就是经典之作！

《呼啸山庄》就是这样的经典。看这本书时，我总会想起两个人的画，这两个人各为东西方画坛的另类，却用与生俱来的天分，造就了极致的艺术。这两个人不是别人，只能是凡·高和徐渭。

凡·高的画中，不屈的向日葵在无尽挣扎，还有那不灭的星空仍旧在几百年后的今天璀璨夺目！徐渭的画里，牡丹没有一丝富贵气，有的只是无尽的苍老和悲凉，除他之外，从来没有人会这样画牡丹！还有他的《枯木石竹图》，绝无花叶相，一团苍老暮烟中！

《呼啸山庄》的故事，是压抑到了极端的爆发，是狂风暴雨式的毁灭，是遒劲强烈的感情在不断地向上升腾！终于，升腾到了故事结尾，仿佛可以在此刻安静的夜晚听到风声——“我在那温和的天空下面，在这三块墓碑前流连，望着飞蛾在石南丛和兰铃花中扑飞，听着柔风在草间飘动，我纳闷有谁能想象得出在那平静的土地下面的长眠者竟会有并不平静的睡眠。”这是全书的结尾，也是无与伦比的升华，两代人的爱恨情仇，终于可以随着呼啸山庄中的那缕青烟而随风散去了。

《呼啸山庄》的浪漫主义色彩太强，所以它拥有最原始最震撼的感染力。在阅读的时候，仿佛可以透过纸页穿越到那个遥远的时空，在无尽空旷烟渺的茫茫荒原之上，看到书中人物眼角弥漫泪水的哀伤，甚至还可以感受到，那灵魂一同带着喘息的挣扎。不断切换的叙述视角，步步激烈的情节，华丽飞扬的语言，看这本书处处都像在看电影一样，艾米莉用神来之笔，带给读者一场视觉盛宴。

《呼啸山庄》出版后一直被人认为是英国文学史上一部“最奇特的小

说”，更是一部“奥秘莫测”的“怪书”。因为它一反同时代其他作品中普遍存在的伤感主义情调，而以一种强烈的爱、狂暴的恨，赤裸裸地取代了低沉的伤感。它是一首奇特的抒情诗，充满着丰富的想象力和狂飙般猛烈原始的情感，让人目眩神迷。

这真是一本很奇特的书，书中每一个人物都毫不掩饰地展现着自己的缺点，那样淋漓尽致，感情更是浓烈到如一团火焰，久久燃烧着，永不熄灭，就算是死亡也无法令其安静下来，那样纯粹、那样完美主义，夸张而又丰富，在现实中也许是永远都找不到的，所以它才得以永恒，能沉淀为经典吧……

我记不清曾在哪里看到过这样一段书评：“《呼啸山庄》蕴含强大的心理能量，没有其他书籍能与之匹敌。读者推崇《呼啸山庄》，是因为其层层叠叠的叙述结构和丰富惊人的想象力，更因为《呼啸山庄》超越了爱情故事本身，展现了我们转瞬即逝的欲望之下的‘永恒的震撼’。”

是呀，看过这部书的人之所以念念不忘，是因为它早已深深超越了爱情故事本身，展现出了那份“永恒的震撼”，这震撼，持久、浓烈，在空气中久久不散……

情花万种，有一种叫作生死相随

在金庸先生所有的小说里面，我最喜欢的男主角不是令狐冲，也不是乔峰，更不是韦小宝，而是杨过。我喜欢他的痴、他的狂、他的决绝、他的孤傲，更喜欢他藏在不羁外表下的那一颗，为爱炙热不悔的心。

杨过是个外冷内热的人，外表冷酷，可当他遇到他生命中的那个女子时，他所有的伪装纷纷化为泡影。

那女子，唤作小龙女。

每每读出“小龙女”三个字，都好像唇齿留香。好的文字是有温度的，可以看见满园芳菲姹紫嫣红，也可以听到空山无人花开水流。一直都觉得，中国文字是这世界上最美的语言，简简单单的几个字组合在一起，就可以美得惊心动魄！

“小龙女”三个字，就是如此。“小龙女”，缓缓读出这三个字，脑海中立马浮现出了一幅静美的画面。有白衣飘仙的女子，恍如从九天之上遥遥而来，带着不染尘俗的清雅、出尘，一颦一笑间，有让冰雪消融的魔力。

记得少时在书上看到李延年的《佳人曲》，开篇第一句："北方有佳人，绝世而独立。"那时我的脑海里浮现的并不是李夫人的样子，而是金庸的《神雕侠侣》中小龙女出场的那一段，只有幽居在重阳古墓里的小龙女有此风仪。

我想杨过在见到小龙女的那一刻，他所感受到的惊艳之情，一定远远超过我们读者。小龙女是他整个人生的救赎，是他命运的转折。小龙女成就了他，没有小龙女，就没有后来的一代绝世侠客"西狂"。

这世上，总有一些人和一些事的出现是命中注定的，是一切终将圆满的冥冥天意。

在杨过苦难的人生最初，是孙婆婆和小龙女的出现才让他在这个冷漠世间感受到了一丝温暖。

后来孙婆婆去了，便只有小龙女能让他感到温暖了。那时他唤她"姑姑"，重阳古墓里，深山鸟林中，他与她一起共度了好几个春秋。

春花开，秋月明，夏雨隽永，冬雪初霁。春去秋来，夏往冬尽，年年岁岁日月流转间，他们二人心中的情愫，也慢慢地悄然生长出来了。

再后来，便是武林大会，他与她一战成名，师徒二人珠联璧合完胜金轮法王师徒。杨过更是冒着天下之大不韪，潇洒拒绝了他的郭伯伯要把他的掌上明珠郭芙许配给他的"盛情"，他大声坚决地向天下英雄宣布——他要娶小龙女，他的师父为妻。在那个封建礼教极其森严的宋代，这个举动怎么可能不叫天下人震惊？

那一刻，小龙女的心必定是动摇了。

因为幽居在重阳古墓修习古墓派的武功，她从小就几乎断绝了七情六欲，可是再怎么断绝，也断绝不了花季少女的寸寸情丝，更断绝不了潜藏在灵魂深处的天性。在她正值花季、韶华盛极之时，有一个英俊明朗的少年郎愿意冒着天下之大不韪，在朗朗乾坤下对天下人宣布他要娶她为妻，在那样的时代，想想该是何等的震撼！而在那样的时刻，她又怎么可能不被他打动呢？

所以，从那一刻起，她的心间被刻下了一个名字，注定贯穿她的往后岁月，那名字便是“杨过”。

于是，有了后来二人所有的大喜大悲和大起大落。

一直觉得金庸先生对他们这一对特别的残忍，仿佛让他们受尽了这个世间所有的离别爱恨，所有命运跌宕中的分分合合，才给了他们一个圆满结局。

兜兜转转几十载，所有的人世悲苦几乎全部让他们受遍了。最后，在他们平安度过十六年之约后，终于让他们再续前缘了，这一次，再也没有让他们分开，这一次，终于再也没有人、没有任何威胁和误会能让他们分开了。

十六年后，断肠崖上芳草寂寂，杨过满心欢喜地来了，等了一天一夜，却始终不见小龙女芳踪。他知道，他的小龙女再也回不来了，一夜白头，整颗心碎裂到了极致，没有任何顾虑了，无比决绝地纵身一跃。只有真正的情之所至，才能做到这般吧。

人生境遇总是奇妙，你以为的破碎绝境往往绝处逢生，你以为的心如死灰往往再生转机，你以为的山穷水尽往往只是柳暗花明的前奏！

杨过一定感谢他这纵身一跃。

十六年后，绝情谷底寒潭幽幽，转身之后他看到他的小龙女仍然是记忆中的白衣翩跹，茕茕依稀仍旧是当年的风姿绰约！十六年的时光，仿佛从没有在她的脸上留下任何痕迹，而十六年日日夜夜的等待煎熬却无情夺去了他的青春，他终是变成了两鬓斑白的中年男子。

不过他知道的，他的小龙女一定不会嫌弃他不再是当年那个郎艳独绝的少年了。他耐心等待了十六年，终于不再孤苦伶仃，不再漂泊无依，他的心终于有了归处，这一念归处，便是永远的精神所在。

他们的重逢，就仿佛是鸟儿重新翱翔于最广袤的天际，梅花依旧笑傲于风雪之间，鱼儿重归江河湖海。飞鸟与碧海蓝天，寒梅与茫茫飞雪，鱼儿与江河湖海，它们的爱恋，千年不绝，从未变过。

而杨过和小龙女也是如此，金庸先生虽然把最多的离别给了他们这一对，却也痛快成就了他们这一段惊世之恋！

世上情花万种，总有一种叫作生死相随。

这相随，像极了夜空中最亮的星，也像星月相逢的那一刻所折射出的万千光芒。

而这光芒，我在杨过和小龙女的爱情上看到了，这光芒太强，照破山河……

第四辑　南风知我意

如果生在明清，就嫁给张岱

杭州难得下大雪，一下雪我便想起一个人，那四百年前去湖心亭看雪的张岱。于是，在这窗外大雪弥漫的午后，泡一壶白茶，窝在沙发上重读他的《湖心亭看雪》："崇祯五年十二月，余住西湖。大雪三日，湖中人鸟声俱绝。是日更定矣，余拏一小舟，拥毳衣炉火，独往湖心亭看雪……"

记得当年初读此文就觉得很惊艳，那种惊艳如同少时看《红楼梦》中大观园众人在白雪红梅的琉璃世界中对雪联句一样难忘。那时年少，觉得张岱实在太酷、太有型、太有情调了，他在"千山鸟飞绝，万径人踪灭"的深夜，做了一回柳宗元诗中的蓑笠翁，独往湖心亭看雪，天地潇潇间，他与雪一样清绝透彻。

多年后再读，却只觉得人生如梦，一樽还酹江月。而张岱依旧清绝，他依然是昔日的繁花少年，原来，他早已和清艳的西湖融为一体，天地归一了。

张岱最负盛名的作品莫过于《湖心亭看雪》。这也是我们上中学时必学的一篇古文，那时我们都会背“雾凇沆砀，天与云与山与水，上下一白。湖上影子，惟长堤一痕、湖心亭一点、与余舟一芥、舟中人两三粒而已……”

张岱被公认为“文字之神”，他最擅长用简练的白描，短短几句就能让人心驰神往。《湖心亭看雪》就是典型代表，它足够留白，足够有余韵，寥寥几笔却潇洒挥就了一抹空灵绝美的东方大写意。

明代书画鉴藏家汪珂玉对西湖曾有一句名言：“西湖之胜，晴湖不如雨湖，雨湖不如月湖，月湖不如雪湖，能真正领山水之绝者，尘世有几人哉！”

而张岱，是少数真正懂得西湖之美的人，他是西湖的知音，也是汪珂玉的知音。曾经看到过这样一个问题——“你觉得古人所做的最浪漫的事情是什么？”排名榜首的答案是湖心亭看雪。

“余强饮三大白而别。问其姓氏，是金陵人，客此。及下船，舟子喃喃曰：‘莫说相公痴，更有痴似相公者！’”张岱在那年夜游西湖中遇到了与他同好同痴的知音，而百年之后的我，很有幸与这个有趣有品位，还有大境界的生活艺术老顽童在文字中相遇、重逢。

张岱一生极具戏剧性，五十岁以前，他是“骑马倚斜桥，满楼红袖招”的繁华美少年，而五十岁之后，王朝更迭命运逆转，他携带着浩繁的明史手稿，离开了破碎的山河，隐入山中做了明朝的遗民。

“避迹山居，所存者，破床碎几，折鼎病琴，与残书数帙，缺砚一方而已，布衣蔬食，常至断炊……”一霎间，他从锦衣玉食的纨绔子弟到担米挑粪的乡下老头，从无限巅峰坠到无尽深渊。

他历尽繁华，却也阅尽苍凉。

他前半生痴情于山水茶道、戏曲和风月，后半生则痴情于故国，还有精神上的不朽与磊落。

他至死都没有归顺清朝，一直以“明朝遗老”的身份存在，直到离开世界。

铅华洗尽，必见真淳，所以他的文字从来都没让人失望。

他隽永清逸的文字中没有悲愤与绝望，看不到怨天尤人和自暴自弃，甚至都没有不甘和不平，是不改当年的潇洒超脱。张岱年轻时粉丝千万，无数人羡其华腴，慕其文采，效其潇洒，所以从者如云。而他在人生最后，却避世三十年，闭门不见一客。最终他卒于何年何月，也是一个千古谜题。后人根据他存世的作品推算，张岱大概活到了九十三岁。

他让我想到张爱玲，一样是年轻时绚烂至极，而后半生洗尽铅华与世隔绝，在自己的世界里孤独为王。

张岱完全有别于历史上的传统文人，他狂妄率性、跳脱飞扬，他是让人爱罢不能的“混世魔王”。他生来众星捧月，在万千宠爱中长大，博闻广识，年少轻狂，他精通那时所有的艺术门类，他太会玩，玩出了富豪之家的穷奢极欲，还有文人雅士的精致情调。

张岱出了名的好饮茶，辨水焙茶的绝技名动四方。他能准确地辨别出水质水味，还能神奇地把产地吃出来。他十八岁时发现了一口名为“禊泉”的古井，水质上乘极佳。“取水入口，第桥舌舐腭，过颊即空，若无水可咽者，是为禊泉。”寥寥几笔，他高超的辨水本领已经跃然纸上。他说禊泉水轻，只要用舌头轻抵上颚入口即逝就好了，非常容易区分。他写得简单，然而我却只能想象他这神乎其神的辨水绝技。

张岱曾精心自制了一款“兰雪茶”，非常绝妙，非常“张岱”。此茶“如百茎素兰同雪涛并泻也”，“色如竹籜方解，绿粉初匀，又如山窗初曙，透纸黎光”，一经发布，就立刻风靡，成为“茶界新宠”。最后发展到外省的茶商都纷纷把自己的茶叶改名为“兰雪茶”。

张岱是留名千古的顶级美食家，传说他有“三不吃”：非时鲜不吃、非特产不吃、非精致烹调不吃。他在所有美食中格外青睐吃蟹，每年十月都要与友人大办一次蟹宴。这蟹宴由他精心操办，非同凡响。对于蟹的品质，他极其讲究，必须是“壳如盘大，中坟起……小脚肉出，油油如螾愆……膏腻堆积，如玉脂珀屑，团结不散”的才行。

除了爱玩、爱茶、爱吃之外，张岱还是出了名的“戏痴”。他痴迷戏曲，喜欢看戏和演戏，不仅如此，他还会导戏和写戏，甚至他还亲自开班授课。

张岱如果只是个会玩的公子哥儿，历史早已将他遗忘。他曾完成一件壮举，以一人之力写出了一本包罗万象的“百科全书”：从天文地理到经史百家，从三教九流到神仙鬼怪，从政治人事到典章沿革，从礼乐科举到草木花卉，全书共计二十卷，分为二十大类一百二十五个小类，收录四千多个条目。这本“百科全书”名叫《夜航船》。

后来有人说，《红楼梦》中贾宝玉的原型就是张岱，对照张岱这一生际遇，而他又字石公，不正是大荒山中青埂峰下女娲补天所遗的那块废石吗？

“少为纨绔子弟，极爱繁华，好精舍……好鲜衣，好美食，好骏马，好华灯，好烟火，好梨园，好鼓吹，好古董，好花鸟，兼以茶淫橘虐，书蠹诗魔，劳碌半生，皆成梦幻……”这是张岱写给自己的《自为墓志铭》，恰是他一生写照。这也是空前绝后，最极致最精彩的墓志铭。

幽默如他，调侃自己一生：“学书不成，学剑不成，学节义不成，学文章不成，学仙学佛，学农学圃，俱不成。任世人呼之为败子，为废物，为顽民，为钝秀才，为瞌睡汉，为死老魅也已矣。”

其实张岱太谦虚了，他这一生清明为二，前半生潇洒恣意，后半生铅华洗尽，令多少后人望尘莫及。

张岱不知道，他这一生秉承着“真”与“痴”这两大生命哲学，有品有型酷到极致，是后世多少人心中的“少女杀手”。

他是山水游客，也是饕餮吃货，他是多情公子，也是逍遥墨客，他是江湖浪子，他虽早已不在江湖，可江湖却到处都是他的传说。

每年大雪纷飞时，有多少人和我一样，脑海中想到的第一个人就是去湖心亭看雪的张岱？

有人这样形容他：“哪里人声鼎沸，锣鼓喧天，哪里肯定有张岱；曲终人散，风冷月残，有人吹出一缕悲箫，那听客肯定是张岱。”

其实，他早就和他最爱的西湖合二为一了，无所从来，无所从去，西湖水流，张岱不绝。

张岱虽活了一生，却活出了别人的九生，有品有型酷到极致。

章诒和先生曾说：“若生在明清，就只嫁张岱。”她说出了多少人的心声呢？

如果生在明清，就嫁给张岱吧，和他一起喝“兰雪茶”，和他一起在每年十月吃“壳如盘大”的大螃蟹，和他一起去湖心亭看雪中西湖，看天与云、与山、与水，上下一白……

我在三百年后向袁枚致敬

我曾想过，如果要在古人中挑一个人做朋友，我会选择袁枚。不为别的，就为他是极致的生活艺术家，就为他独立古今的生活美学。

古代的文人名士太多了，各种各样，五彩纷呈，但是像袁枚这样极致的生活大师，却只有他这一个，空前绝后。一个人能够对生活一直保有极大的热情，直到老去的那一天，其实是件特别不容易的事情，而袁枚却做到了，并且诠释得完美。

袁枚是乾隆时期的才子、当时的诗坛盟主，他当过官，二十岁的时候就入了翰林。他也是当时鼎鼎有名的园艺家，造过一座独一无二的园林——随园，在当时名动四方。

他还是那个时代一级的畅销书作家，写出了《随园食单》和《随园诗话》。

他更是绝对的一流美食家，他写的那份《随园食单》，至今还让无数吃货念念不忘。

除此之外，他还是那个时代最擅壮游的旅行家，他特别好山林之乐，可令人佩服的是，他是从六十七岁才开始游山玩水的。

我一直都觉得，有些人之所以能被称为传奇，是因为他们生来就与众不同，而生来不同的人，一日注定光芒，注定会活出别人的九生，这样的人，历史上有李白，有张岱，还有袁枚。

袁枚三十三岁的时候，做出了一个重大的决定，辞官归隐。对于他为什么要辞官，他是这样解释的："食作前日味，事作前日调……一日复一日，一朝复一朝。"很显然，他不想过那种一眼就能望到头的生活，所以，他决定去做一个随心所欲的"大自在人"。

他要他的人生不可复制，所以他过上了心向往之的生活，从此，历史上多了一种生活方式，那就是袁枚的生活美学，自在如闲云野鹤，却又鲜衣怒马地飞扬着。用现在的话来说，他不仅淋漓尽致地诠释了诗和远方，而且把每一分每一秒的当下时光都过得令人艳羡。

他把生活美学的构建场所定在了随园。随园，是一个充满传说意味的地方，它是曹雪芹笔下的大观园，后来曹家被抄，园子转到隋赫德手里，隋赫德将其改名为"隋园"。再后来，隋赫德也被抄家，三百亩隋园大遭破坏，从此荒弃，破败荒凉一片。后来袁枚花了三百两银子买下，然后将其改名为"随园"，用他别具一格的设计让随园轰轰烈烈地在历史上留了名。

传说随园里有西湖的风光，可以看到西湖的断桥和苏堤，还可以看到苏州的园林，还有数不尽的藏书、美人和美食。那个时代，人人都以能去随园做客为荣，更以享受随园的美食为荣。

因为袁枚写的《随园食单》太诱人了，深深刺激着每一个吃货的心。我在翻看的时候经常会产生一种错觉，这世上真的有这样的菜吗？真的有这样的做法吗？真的有人尝过这样的菜吗？袁枚撰写的《随园食单》，堪称餐饮界的"美食圣经"，也被奉为"中华食经"。这份食单，搜罗了数百种南北经典菜肴，从山珍到海味，从小菜到粥饭，每款菜品的食谱都经过千锤百炼。

袁枚这样写煮茶叶蛋："鸡蛋百个，用盐一两，粗茶叶煮，两枝线香为度……"两炷线香时间，差不多四个小时。前几年，国家级烹饪大师薛文龙据说为了验证《随园食单》的"经典性"和"可靠性"，专门做了实验：分别采用不同时间，煮了很多锅茶叶蛋，最终发现果然是煮四个小时的茶叶蛋最好吃，那卤汁渗透蛋黄，美味异常。

还有一道菜我印象深刻，叫作"豆芽火腿丝"，做这道菜要把豆芽截断，用一种特别制造的锥子在中间镂空，再将切成银针粗细的火腿丝嵌进去。袁枚写的简单，我读起来却是惊心动魄！这是怎样的鬼斧神工，只能想象，只能想象啊！

《随园食单》不仅讲菜肴的做法，也讲了很多关于烹饪的至理真经，比如怎样上菜："盐者宜先，淡者宜后；浓者宜先，薄者宜后；无汤者宜先，有汤者宜后……"比如怎样配菜："清者配清，浓者配浓，柔者配柔，刚者配刚，方有和合之妙……"

除了吃以外，袁枚对于旅行也是我行我素，独树一帜。别人都是年轻的时候去玩，可他不是，他反其道而行之，偏偏要在年老之时再去旅行。传说袁枚年轻时就喜欢山林之乐，但由于遵循"父母在，不远游"的信条，到了六十四岁，他母亲病故而去，他在守孝三年后，终于启动了壮游之旅。

六十七岁那年，他游历了天台山、雁荡山、黄龙山。

六十八岁，他游历了黄山。

六十九岁那年，他游历了庐山、罗浮山、丹霞山、衡山。

七十九岁，他三游天台山。

八十岁，他出游吴越。

八十一岁，他还在出游吴江。

可以说，袁枚最后的十几年，几乎都在旅途中度过。

不敢相信，也难以想象，在那个交通极为不便的时代，如此高龄的袁枚，竟然能在没有任何现代交通工具的情况下，把中国的名川大山游个遍，真是“古今壮游第一人也”！他在那么大的年纪，能够承受舟车劳顿、跋山涉水之苦而兴致不减，如此频繁、长时间的出游，其身体状况之佳、精力之矍铄可见一斑，难怪当时有人称赞他“八十精神胜少年，登山足健踏云烟”！

我一直认为，一个人在年轻的时候到处游玩，看山看水，并没有什么好稀奇的，因为年轻有资本，对世界又充满好奇。可是如果一个人能够做到像袁枚这样，到了六十多岁还能够保持对旅游的热忱，还能够拥有到处走走看看的心情，那才是真正的人生极品啊！因为如果对生活没有足够的热情和热爱，又怎么能够做到呢？仅仅这一点，袁枚就令人拍案叹服。

袁枚用他酣畅恣意、鲜衣怒马的一生，诠释了生活才是最高艺术。而他的生活艺术也一直影响着我，我愿意以他的生活方式来构建我的生活美学，像他一样，把自己活成一种方式，鲜衣怒马、酣畅尽兴地活一生，把每一寸时光都过成良辰美景。

我想要每天认真的对待时间，喝茶、弹琴、写文、看看字帖、听听昆曲，及时给家中的蜡梅花换水，中午去小区楼下晒晒太阳，看孩童天真地奔跑着，抬头看看蓝天白云，在绿树成荫下感受生活的美妙与乐趣。有赏心知己二三，定时相聚，闲话旧时光，每年去旅行几次，放空心情，若能一直如此，就已经很好。

传说袁枚离开世界那年八十二岁，临终时他留下了一句话：“千秋万世，必有知我者！”我相信，像我一样欣赏袁枚生活美学的人一定有很多，遍布世界各地。

我们无法决定怎么生怎么离去，但我们能决定怎么爱怎么活着，我在三百年后向袁枚致敬。

霸王别姬乘鹤去，人间不见张国荣

两千多年前，乌江。

阑珊的月色破空照下，带着无限苍凉，萧瑟的夜月下，将离人亦照得凄惶。那四面的楚歌声，如海潮翻滚不断涌来，霸王项羽先是看着他的名驹“乌骓”，然后把目光投向了他的美人虞姬，酌酒悲歌，他唱了一曲留名千古的《垓下歌》：“力拔山兮气盖世，时不利兮骓不逝。骓不逝兮可奈何，虞兮虞兮奈若何！”

他一唱完，他的美人虞姬便跳起了剑舞，也和了一曲，在晚风中格外苍凉悲壮：“汉兵已略地，四面楚歌声。大王意气尽，贱妾何聊生！”唱完，舞尽，她自刎了。传闻血溅之处开满了红色的花，所以后世有了一种叫作“虞美人”的红花。

这是历史上著名的典故，霸王别姬。

1993 年，陈凯歌导演的《霸王别姬》电影中，最后也有这样的一幕。

影片中十一年后，程蝶衣和段小楼两人合演了人生中最后一次《霸王别姬》。

程蝶衣唱：“大王，快将宝剑赐予妾身。”

段小楼唱：“妃子，不！不……不可寻此短见哪！”

程蝶衣唱：“大王，快将宝剑赐予妾身。”

段小楼唱：“千万不可。”

程蝶衣唱：“大王，汉兵他，他，他杀进来了！”

段小楼踏前一步，背对程蝶衣：“在哪里？”

话音一落，程蝶衣，这个舞台上最灼目的虞姬抽出宝剑，和历史上的虞姬做出了同样的选择，自刎在了霸王面前。

“轰”的一声，段小楼听到了倒地声，转头惊呼：“蝶衣！小豆子！”然后，一抹难测的笑意浮现在他的脸上。

…………

这个震撼性的结局是程蝶衣完美的收梢，因为这个收梢，程蝶衣用死亡成就了一种灵魂上的美丽。

在影帝张国荣所有的电影作品中，以《霸王别姬》成就最高。

这部电影荣获法国戛纳国际电影节最高奖项金棕榈大奖，成为首部获此殊荣的中国影片，是中国电影不可逾越的高峰。

这部电影也成了张国荣里程碑式的作品。

导演陈凯歌曾经说过：“没有张国荣就没有《霸王别姬》。”

张国荣到底将程蝶衣这个角色演得有多极致？

奥斯卡最佳男主角奖得主的英国演员本·金斯利一针见血地进行了概括：“张国荣在《霸王别姬》里的演出让人见识到什么是完美表演。”

张国荣曾在《可凡倾听》的采访中说过：“程蝶衣这个角色本身和我很像，我们都是极度自恋的人，但我要比程蝶衣幸福很多。”

《霸王别姬》电影中有这样一个场景：段小楼在八大胡同为青楼女子菊仙打架，这一举动引起程蝶衣的不满，他在戏院后台激烈地向他的师兄段小楼表白。

程蝶衣："你忘了，咱们是怎么唱红的？还不就凭了师父一句话？"

段小楼："什么话？"

程蝶衣："从一而终！师哥，我要让你跟我……不对，就让我跟你好好唱一辈子戏，不行吗？"

段小楼："这不，这不小半辈子都唱过来了吗？"

程蝶衣："不行！说的是一辈子，差一年，一个月，一天，一个时辰，都不算一辈子！"

段小楼："蝶衣，你可真是不疯魔不成活呀。唱戏得疯魔，不假，可要是活着也疯魔，在这人世上，在这凡人堆儿里，咱们可怎么活哟？来，给师哥勾勾脸！"

…………

影片中的这段对话，其实也暗示了程蝶衣最后的归宿。

段小楼曾在影片中对众人戏言："我是'假霸王'，而他程蝶衣是'真虞姬'！"

程蝶衣是不疯魔不成活的人，是人生与戏两不分的人，理想主义者的"她"根本无法接受年华老去，因为"她"曾经风华绝代、颠倒众生过，这样的人只能是影片最终的结局。

按我们现代人的眼光来看，程蝶衣一定是个有严重强迫症的处女座，而他的扮演者张国荣恰恰也是处女座。程蝶衣不疯魔不成活，而他的扮演者张国荣也是一样的不疯魔不成活。

追求极致完美的张国荣，当年早在《霸王别姬》开拍前就去北京住了六个月，切身体验在北京的生活。除此之外，他还去拜访著名京剧表演艺术家张曼玲和史燕生夫妇，向他们悉心学习了半年多的京剧。

电影中的《贵妃醉酒》一折，因为做工极其繁重，一般都是由具备武功底子的刀马旦应工，学戏多年的普通旦角都不一定拿得下来，而影片中那一个"舒广袖"的旋舞卧鱼动作，却是由张国荣本人一气呵成演下来的，并没有经过后期剪辑拼接。电影中的一招一式，全部都是由他自己亲自完成。张国荣如此入戏，以至于导演陈凯歌早就准备好的京剧演员替身，到最后一个也没派上用场。

众人只叹张国荣拥有神一样的演技，却不知这神一样的演技背后，来源于他对艺术追求的孜孜不倦，还有他对于自身永不松懈的高要求。这份执着与敬业，其实与戏中的程蝶衣唱戏一样，都是不疯魔不成活。

如果万物有回声，程蝶衣会感谢李碧华创作出了这样一个极致的角色，李碧华会感谢陈凯歌挑中了她的这部小说，并改编拍成了如此精彩绝伦的一部电影，而陈凯歌最感谢的一定是张国荣，是张国荣赋予了程蝶衣无穷无尽的魅力。

那魅力太盛，不经意间永恒，那光芒太强，照破万里山河。

霸王别姬乘鹤去，人间不见张国荣。

幸好这人间，曾有张国荣。

他早已永恒，灵魂永在。也许哥哥早已化作清风或是那颗夜空中最亮的星，他从未离开。

哥哥啊，青山不改，故人无恙，我们都知道，你依旧坦坦荡荡的清亮！

我就是我，是颜色不一样的烟火

张国荣最爱的歌曲《我》是这样唱的：

I am what I am

我永远都爱这样的我

快乐是快乐的方式不止一种

最荣幸是谁都是造物者的光荣

…………

这首歌，恰是他一生写照。

张国荣生来就是颜色不一样的烟火，一生如烟花绚烂，可他短暂的一生却已臻极致。这世上，总有一些人生来与众不同，注定空前绝后，哥哥张国荣就是这样的人。

为什么十几年过去，怀念张国荣的人却越来越多？因为他是这婆娑世间为数不多始终拥有并一直保持赤子之心的人呀，他更是屈指可数一直敢于做自己并勇敢活成自己的人。他在波澜壮阔的人生中，在跟命运的各种搏斗里，用尽全力做到勇敢，直到最后一息。

张国荣自始至终都尊重长辈，他始终都称吴宇森夫妇为师父师母。他不忘提携后辈，王力宏当初从美国独自去香港发展，初到香港的他对于一切都很陌生。张国荣让他随时都可以寄住在自己家里，并且将他自己昂贵的衣服送给他，让他把自己当作 Uncle Leslie，并且邀请他担任自己第一部公益电影的男主角。除了王力宏之外，他提携的后辈还有黎明。

张国荣重情重义。他曾经给他的佣人六姐买过一栋房子。他说："六姐一生无欲无求，只知全心全意地照顾我，唯一的要求是希望有一层楼。"所以为了达成她的心愿，他毫不犹豫地买了一栋房子给她。

这样的艺人，除了张国荣还有谁？

荣迷都知道，张国荣的每一场演唱会上都有一个"必有环节"。所谓"必有环节"就是张国荣会介绍演唱会上的每一位工作人员。他不仅能够准确地记住每一位工作人员的名字和对应的工作，还会精心为每一位工作人员都准备好礼物。

这样的艺人，除了张国荣还有谁？

不仅如此，张国荣还无私地关心他人。当年的"非典"时期，有一个孕妇在路边摔倒了，然而却没有一个人敢去扶。只有一个人上前将她扶起来，并且还拿起手机给孕妇的丈夫打电话，一直等到她丈夫来了才离开。这个人就是张国荣。

对于他人，张国荣始终怀着怜悯之心。所以，他发自内心的热爱慈善。现在已经很少有人知道，张国荣是第一位在演唱会上发起募捐的香港艺人。

这样的艺人，除了张国荣还有谁？

诗人顾城说："一个人应该活得是自己并且干净。"哥哥用他一生传奇深刻诠释了这句话。

张国荣在荧屏上雌雄同体，南北皆宜。他在音乐上东西合璧，理性与感性同在。而他这个人，也早已在他短暂如烟火流逝却绚烂永恒的艺术生涯中，活得没有年龄，不问性别了。

写到这里，我想到了一个人——古龙。

古龙在《陆小凤之绣花大盗》里写了这样一段精彩绝伦的对话：

> 古松居士道："你若不喝酒，一定能活到三百岁。"
>
> 木道人道："若没有酒喝，我为什么要活到三百岁？"

那时得了肝硬化的古龙也这样问自己："活到九十岁，但生命淡如白开水。还是活到五十岁，但生命浓烈如酒？"

古龙潇洒地选择了后者。

这是古龙一生的生命哲学："要活得勇敢、浪漫、自由、豪迈，活成闪逝于边城凛冽的刀，活成吟咏于天涯寂寥的诗，活成瘦马关山道的西风，活成晚来天欲雪的烈酒。"

如果生命无味，毋宁死。

其实张国荣的生命哲学与为武侠而生、为酒而亡的古龙异曲同工，得了抑郁症的张国荣选择乘风归去。

2003 年 4 月 1 日，那一天是愚人节，张国荣却用生命戏弄了我们一把。

那天 18 点 43 分，张国荣因抑郁症病情失控从香港东方文华酒店二十四楼健身中心坠下。他这纵身一跃再也没有醒来，从此世间再也没有张国荣。

在《可凡倾听》中，主持人曹可凡采访王家卫时曾经问过："对于张国荣离世，你怎么看？"

王家卫说："对于我来说，他一直都在，因为他一直在飞，他就像

《阿飞正传》里的无根鸟一样，它的灵魂一直在飞。”

是啊，张国荣并没有坠落，反而是在飞翔，一直在飞。对于哥哥这样追求艺术本真与极致完美的人来说，他永远都热爱飞翔，所以他选择往那更深更远更辽阔的地方飞去。

这世上有两种热爱艺术的人。

第一种喜欢一边漫步人生路，一边慢慢享受艺术与生活，从不加快脚步。这样的生活艺术家有很多，比如苏东坡、袁枚、李渔等等。

第二种热爱艺术的人，以追求艺术极致为此生道场，会在有限的生命中用尽全力去开拓艺术生涯，一直前进，从不停息。这样的人不多，却各个惊艳人世，比如凡·高、古龙，还有张国荣，毋庸置疑，他是第二种追求艺术极致的人。

这一刻，当我在键盘上静静敲下这些文字，耳畔仿佛又传来哥哥那磁性且极具感染力的歌声，是他最爱的歌曲《我》，也像是他一生潇洒磊落立于天地间的自白——“我就是我，是颜色不一样的烟火。天空海阔，要做最坚强的泡沫。我喜欢我，让蔷薇开出一种结果。孤独的沙漠里，一样盛放的赤裸裸……”

孔雀公主，活成了洱海仙子

这世上，总有一些人生来与众不同，注定空前绝后，是难以模仿和超越的。这样的人，歌手中有邓丽君，演员中有张国荣，而舞者中有杨丽萍。专业舞者有万千，却独她一枝潇潇清逸，在大众心中封了神。

著名摄影师肖全曾经这样评价过杨丽萍："那种美，可以逼得你喘不过气来。杨丽萍在我心目中就是一个'仙人'，上天派来的精灵，用来传达人与自然之间的情感。她身上有一种'仙气'，任何人都可以和她很近，但如果她在舞台上，你又会有一种遥不可及的距离感，我想这应该是灵魂的距离。"

杨丽萍身上这份独有的灵魂的距离，是从她跳了那曲《雀之灵》开始的。

1989 年的春晚，杨丽萍跳了一曲《雀之灵》，惊艳了大半个中国。虽然她在全国观众面前只用了三分钟时间来跳《雀之灵》，可就在那短短的三分钟里，她与孔雀的灵魂已经合二为一了。所以那三分钟之后，"孔雀"成了重要的时尚符号，那个时代，80 后的女孩子小时候往往都有一条孔雀裙，而装饰孔雀羽毛的蘸水笔成了当时最流行的礼品。

这一切，归功于杨丽萍。她自编自导的《雀之灵》仙气十足，她的“杨氏孔雀舞”雅清唯美且又极具民族特色与个人风格。舞台上白衣翩跹的她，像极了一抹皎皎白月光，清凌凌破空照下，让你尚未解意，却已沉迷。她也像大自然中高贵惊艳的灵鸟孔雀，周身仿佛自带万千光芒，那光芒太强，撩拨了观众的心，让观众从此再也不能忘记。

杨丽萍从小生长在云南，那里交通不便，许多村落之间往往依靠步行，所以她从小就在乡间的小路上遇到过各种孔雀，孔雀的各种形态，也深深地印在她的脑海中。她的“杨氏孔雀舞”就这样自然而然地出来了。

她成功地摒弃了那些模块化的动作组合，她完全根据自己的身体长处来创作属于她的孔雀舞。

孔雀舞是傣族的传统舞蹈，原本是由头戴金盔、假面，身穿孔雀羽翼的男子而舞。舞蹈有严格的程式，伴随着优美的“三道弯”造型，塑造孔雀“林中窥看”、“漫步森林”、“饮泉戏水”和“追逐嬉戏”的神态和自然情景。

而杨丽萍的孔雀舞并不具备傣族孔雀舞标准的“三道弯”造型，但她却用自己的艺术审美造就了一个独一无二、世间只此一曲的《雀之灵》。她舞出了一只极为象形生动、无须解释就能读懂的孔雀，她用才华与智慧赋予了孔雀舞新的灵魂和内涵。

杨丽萍这样阐述她对舞蹈发自本心的爱：“跳舞对很多人来讲是发挥技术，对我来讲不是。我每次跳孔雀舞都觉得我在一片森林里面，霞光万丈。”

她的人和她的舞蹈一样，霞光万丈。

杨丽萍已年过六十，可看她现在的模样，哪里像是即将步入“花甲之年”的老人？她一个人居住在大理，在洱海旁建了一座“月亮宫”。她说最好的时光，是在她的“月亮宫”里。因为，面朝洱海，春暖花开。

在“月亮宫”，她养了一群鸟，种了满园的花，她独自在小院里吃饭，一人看花落，一人听鸟鸣。对她来说，与自然相处，在一定意义上比跟人类打交道更轻松愉快。她在百花深处低垂眉目，淡然宁静，秀发随意散着，煎茶莳花，活脱脱一个不食人间烟火的仙子。

她至今还没有生孩子。

有人曾问她：“是不是因为跳舞，所以牺牲自己不要孩子。”

她笑着回答，字字句句都是她活出自己的铿锵洒脱：“有些人的生命是为了传宗接代，有些是享受，有些是体验，有些是旁观。我是生命的旁观者，我来世上，就是看一棵树怎么生长，河水怎么流，白云怎么飘，甘露怎么凝结。”

年过六十的杨丽萍，依旧清雅精致，超凡出尘，对于这些气质，她归功于她热爱的大自然。她说这是她从大自然中学到的。一花一世界，一叶一菩提。她一直坚信万物有灵且美。因此，她一直把大自然的一切都当作她的舞蹈老师。所以，模仿杨丽萍舞蹈的人有千千万，却一个都超越不了她，“孔雀公主”只有她一个，也只能是她。

杨丽萍一直至情至性，始终坚定地做自己。几十年时光如流水潺潺滑过，可丝毫没看出时光在她的身上留下了痕迹。如今，她在洱海的“月亮宫”中每天活得像仙子一样。她之所以从孔雀公主活成了洱海仙子，是因为她从不随波逐流，一直都在坦然做自己。她敢于跳出主流的生活方式，勇敢地去追求内心的自在和丰盈，做一切她觉得美好并值得为之付出的事，因为，坚持做自己、有自己独特思想和灵魂的女人才最美。

杨丽萍就是这样美到灵魂深处都可以闻到香气的女人，年过六十的她，目光里是看遍人世沧桑后的清澈动人，还有被岁月烟尘打磨出的云淡风轻，她永远都是人们心目中白衣翩跹的“孔雀公主”。都说人活着最高的层次是明白地活着，这层次，属于精神层面的活着，就是明白自己是谁，明白自己内心真正想要的是什么。

毋庸置疑，杨丽萍就活到了这最高层次。她以舞蹈为灵魂伴侣，以洱海的“月亮宫”为此生归宿，她活成了生命的旁观者，她来这世上，就是看树怎么生长，河水怎么流，白云怎么飘，甘露怎么凝结。

这世上最大的成功，就是活出真正的自己。

赵雅芝，完美诠释了东方美人的最高级

东方美人的美如春风、细雨、诗意江南，也如流云飘飘。赵雅芝做到了，并且无懈可击。红尘岁月滔滔奔流而去，她用被时光沉淀出的最美气韵，深情地向大众诠释了东方美人的最高级。

2017年，已经六十多岁的赵雅芝在网上发布了一组她自己的照片，一经发布，便如龙卷风般席卷并惊艳了世人。在那组照片中，她穿了一袭白色的薄纱长裙，皮肤依旧白皙光鲜，而她的身材更是神奇地如少女般纤细，整个人仙气飘飘，六十多岁的她却依然美得像仙女下凡！

她的气质依旧优雅如当年，她真正诠释了“不老神话”这四个字。

后来我看她的微博知道了答案，她是个心态特别年轻的人，六十多岁的她虽然已经是奶奶级别的人物了，可她却活得比很多年轻人还要年轻。她喜欢打拳击，热爱打篮球，坚持学习摄影，早在2006年，她就在清华大学经济管理学院学习高级时尚管理课程，并成功获得了EMBA学位。这样热爱运动、热衷学习新事物的她，这样心态无比年轻的人，怎么可能会老？所以，六十多岁的她，依然优雅如初，依然不老。

当年，她和叶童，还有陈美琪一同主演了神话剧《新白娘子传奇》，这部剧可以说是她所演作品中继《上海滩》之后，又一部万人空巷的剧，掀起了全国人民，无论男女老少都观看的热潮。赵雅芝凭借着她清丽典雅的扮相与精湛不俗的演技，深刻的诠释出了一场蛇妖和书生的千年传说，让人难以置信的是，在演这部剧的时候，赵雅芝已经将近四十岁，在那个没有任何美颜相机与 PS 技术的年代，她的容颜真正可以称得上“女神”二字！

也正是这个白衣翩翩的“白娘子”，定格了无数人心中“不老神话”的形象！这部剧，四川卫视连续重播了十几年，它一度大热了十几年，《新白娘子传奇》是赵雅芝演艺事业的又一巅峰。

然而，谁也没有想到，在她因为《新白娘子传奇》一跃成为炙手可热的当红巨星时，她却选择在她演艺事业的巅峰时期功成身退，她慢慢地淡出了大众的视野，回归家庭，令无数影迷与粉丝感到惋惜。

不过，她却并不这么认为，对她来说，她最看重的是人生的每一个阶段更侧重于做什么事。她说小孩子的成长只有那个阶段，一眨眼就过去了，可是工作不会停止，所以她选择陪伴孩子成长，因为，她不想错过孩子成长的每一个精彩瞬间。

也许就是她这种与生俱来的骨子里散发出的东方美人的传统女性光辉，所以如今年逾六十的她，依旧风姿绰约吧，所以，她依旧是万千人心中不变的“不老神话”！

几十年时光潺潺如流水滑过，可丝毫没看出时光在赵雅芝身上留下了痕迹。人们调侃：她真是不老神话。其实，哪有真正的不老神话。不过是因为，她懂得修炼内心，擅长学习新的事物，并且一直热衷于做公益，做一切她觉得美好并值得为之付出的事。她从不随波逐流，一直都在坦然做着自己。

真正美丽的女人，是藏于端庄温婉的外表下，拥有那一份执着于自己内心的从容不迫，不需要去刻意迎合大众，更不需要去媚俗，因为坚持做自己、有自己独特思想与灵魂的女人才最美。

赵雅芝就是这样的美人，她永远都是人们心目中白衣翩跹的“白娘子”，像极了冰天雪地中那凌寒盛开的一朵白梅，潇潇一枝清逸，无惧严寒傲立枝头，惊艳得不可方物。

赵雅芝诠释了什么是东方美人的最高级——真正的东方美人，不仅仅是在初见时就让人有着惊鸿一瞥的惊艳，更是在历经岁月狂澜后，依旧拥有让人难忘的优雅与高贵。

你的人生终将闪耀

在我的朋友圈中，我一直很佩服一个人，李菁。年纪轻轻的她，已经活成了很多人一生的梦。她是大学教师、自由写作者、自由摄影师、梦想摄影导师、民宿掌柜，她是标准的斜杠青年，拥有多元化的人生，好看的皮囊太多，有趣的灵魂太少，而她就是一个有趣的灵魂。

十月的杭城，空气中还带着桂花的气息，风一吹，更香了，这香会让整个空气都随之沉醉。风动桂花香，我在屋内茶台前喝着桂花乌龙，一边喝，一边读着她的新书《你的人生终将闪耀》。

这是她出的第三本书，也是她出的第一本励志随笔集。我不敢相信当年的她，竟会与这些标签如影随形——逃学、旷课、打架、拉帮结派、叛逆期、问题少女。

十年风雨路，她是如何用十年的时间完成这场漂亮的人生逆袭的？十年红尘沧桑，她又是受了多少磨难经历了多少挫折，才破茧成为如今美丽的蝶？

读完掩卷的那一刻，我知道了答案。十年人世翻转，她从十年前自卑的小镇女孩，通过自己的努力，一步一步脚踏实地蜕变为现在的她。

如今的她，已经活成了很多人一生孜孜不倦所追求的人。

十几年前的李菁，是深深陷入青春叛逆期的“问题少女”，因为天生对于数理化的迟钝，所以数理化成绩极其糟糕，她灰暗的青春期里看不见任何光亮，有的只是深深的自卑和对未来的绝望。

那时初二的她，灰暗青春中唯一的一抹亮色就是阅读。阅读书籍能带她暂时脱离眼前这个现实而逼仄的世界，让她那叛逆的灵魂能够得到暂时的放飞。无论那时的现实如何残酷，她热爱阅读的好习惯一直保持着。

由于她从小热爱阅读，所以语文成绩一直名列前茅，就在她最晦暗的时候，她的语文老师兼班主任对她说：“李菁，你是我这么多年教过的学生之中对文字最为敏感的学生，我敢肯定十年以后，你一定是我们班最有出息的那一个。”当时老师的这番话，无疑让置身沙漠绝壁之中的她看到了绿洲，她终于在黑暗的青春期看到了一丝光亮，她迎着那份光亮，用尽全力慢慢向上攀登，终于在一步步脚踏实地的努力后，渐渐走出困境。

从此，她不再逃学旷课，为了弥补糟糕的数理化成绩，就开启题海战术不断地刷题，终于她在一年后的中考中，令所有人刮目相看，她考上了高中。

度过灰暗青春期的李菁通过自身的努力破茧成蝶，考上高中的她成了一名美术特长生，和初三一样，她成了最努力的那个学生，每天最早到画室，最晚离开。三年风雨无阻，她就这样用手中的画笔没日没夜地画着，因为她知道，这画笔是她开启大学之门的唯一钥匙，所以零下十几摄氏度的深夜她还在画，四十摄氏度的高温下她还在坚持画着。她就这样努力了三年，三年后，她成了她们高中那个班里唯一一个考上一所四川二本院校的学生！

她的大学一样没有荒废，她充分利用了所有的时间来拓展自身的视野，努力学习各种知识。白天她认真听课，积极参加学校的各种社团与比赛；夜晚，她将自己所有的时间都献身给文字，她常常等室友睡了，依旧在电脑前写作，常常写到凌晨三四点……

大三那年，她决定考研，于是她让她最喜欢的作家雪小禅老师鼓励她考研，她在雪小禅老师的鼓励下坚定了考研的意志。这一年，她将她热爱的课外书通通塞进了箱子里，因为，她想用一年不看课外书全力奋战考研的时间换回以后三年可以尽情看书的时间。

上天不会辜负每一个用尽全力为梦想拼搏的追梦者。李菁用燃烧的青春点燃了她的考研岁月，终于考入了西安一所一本院校的研究生，读研期间她还去台湾交流学习了半年，那半年里，她去拜访文坛前辈白先勇、简祯、仙枝等等，充分开阔了自身的视野。

在时光如流中，李菁用自己十几年如一日的勤奋刻苦，一点点闪耀了她的人生。

她在朋友圈中有时候会发自己的照片，看她的照片十分温柔，宛如邻家小妹妹。可偏偏这样气质温婉的她，却很难让人想象，就是这样一个看上去如垂柳一样娇柔的女子，却独自跨过那些千山万水，内心的强大和坚毅与她的外表形成了一个极大的反差。

李菁每日都会用心耕耘她自己的公众号“遇见李菁”，几年间寒来暑往，没有一天断更过，如果没有极强的毅力与定力，是很难做到的！她的人生之所以这样闪耀，是因为她有着超乎常人的刻苦与努力，她每一次的选择都遵从内心，她只遵从来自灵魂深处的召唤。

研究生毕业的她因为专业出色成功应聘了一所西安的高校任教，博学而又谦逊的她十分受学生与同事领导的喜爱。可是她一年之后，毅然决然的辞去了备受世人羡慕的“大学教师”一职，成了一名自由职业者。

旁人都不解，她为什么要放弃这么稳定又有良好社会地位的工作？

她在新书《你的人生终将闪耀》中给出了答案——由于是新老师，她常常要备课到深夜一点，然后凌晨四点半起来继续备课。她说她并不怕辛苦，她怕的是没有时间去做自己真正热爱做的事，她十分清楚虽然她一直热爱人民教师这个工作，可她最爱做的事还是阅读和写作。当她发现越来越没有时间去阅读和写作时，所以她毅然决然地辞去了备受世人羡慕的“大学教师”一职，重新回到她的故乡湘西古镇，日日与远山，与流云，与袅袅而起的炊烟，还有小溪、田野、绿意相伴……

她在成为自由职业者后，生活和学习都变得更加自律。因为她深知越自律，越自由。如今的她，仅靠着在网络上开设“摄影梦想课堂”的课程，一年的收入便可达到六位数。

如今的她，活成了太多人一生的梦想！她是一名自由职业者，同时也是设计师、摄影师、梦想摄影导师与作家，前不久，她还多了一个身份——民宿掌柜。因为，她在故乡开了一家“遇见美宿”，她说她等待着有缘人去那里找她拍照，听她们述说自己的故事……

李菁，从当年灰暗青春叛逆期的“问题少女”，一路破茧成蝶蜕变成了现在的斜杠青年，她用她多元化的追求实现了精神与财富双自由的人生。愿每个追梦者都能在追梦路上掀起万丈光芒，都能努力活成自己想要的模样！

因为，你的人生终将闪耀！

第五辑　明月照人来

似水年华的爱情，在乌镇走过

乌镇。

春日的午后，阳光很好，照在小院内的满园花草上，花草在微笑，随着曼妙的午后春风轻轻摇曳，照在小院内的秋千上，秋千亦在随风舞动。秋千上坐着的人已经七十多岁的年纪，然而她却笑得像个孩子一样幸福。

“哎呀，你这个老头子，你推得慢一点，我可不比年轻的时候了……”她的声音其实已经老了，可却依然能听到青春的气息，那种气息，就像是年轻的少女和少年恋爱，嫌少年秋千推得太快就自然而然地和他撒娇。

“好好好，我这就推得慢一点，你放心啊。”站在她身后的那个男人跟她差不多的年纪，虽然年迈却精神矍铄，脸上却洋溢着孩子般的笑容。

“老头子，还记得今天是什么日子吗？”坐在秋千上的她在一荡一回间突然问道，脸上带着狡黠的笑意。

“老婆子，我当然记得，就算再老，我也不会糊涂到忘记我们的结婚纪念日啊，今天是我们结婚五十周年的日子，我可没忘，一直都记得。”他的语气带着骄傲和自信。

“你记性可真好。”她在秋千上笑得更开心了。

“当然了，你知道为什么吗？因为我每天都和你在一起，每天都很开心，所以我可不会老，记性也当然和以前一样好呢……”他一边慢慢在她身后推着秋千，一边慢悠悠地说着。

他的话还未说完，秋千上的她早已老泪纵横。

他焦急地掏出怀中的手帕，为她拭去脸上的泪水。

那份焦急与他的年龄一点都不符合，因为那份焦急更像是沉浸在恋爱中的年轻的小情侣。然而并不令人意外，他们一直年轻着，因为爱情。

他们的爱情令人感动，每一个知道他们爱情故事的人，几乎都会流泪。五十年前他们结婚了，婚礼轰动，轰动的原因不是排场，而是因为他们的爱情。

有人说，姻缘其实是命中注定的，三生石上早已写尽天下有情人的姻缘。如果真是这样，那么他与她一定前世就相识，那块三生石上也一定早就刻下他们的名字，让他们紧紧相连。

七十五年前，他们相差了十天前后出生在同一家医院里，他先出生，比她早了十天来看这世界。他们是邻居，从小生长在一处，郎骑竹马来，绕床弄青梅，他们从小就诠释着那古老诗词里的青梅之恋。从小学到高中，他们一直都是一个班，直到大学由于两人所学专业的不同，才把他们分开来了。

他们本来一直以为，一定能在大学毕业以后顺利结婚的，可是却没想到，双方父母不同意跟对方孩子在一起，所以他们二人一次次的被分开。然而不管那时他们的父母如何阻止他们在一起，他们依旧下定决心要在一起。因为，真正的爱情是拆不散的，是分不开的，是早就注定的因缘际会。

那一年冬天，他的母亲为他忙前忙后张罗着相亲，他当然是拒绝的，他从小主意就很大，不愿意就是不愿意，所以他母亲也拿他没辙。

那天下了大雪，他的父母都有事外出了，他知道他爱的她最喜欢雪，所以他和往常一样给她发了一条短信，三个字，却是只属于他们之间的小秘密——“阳台见”。于是他便向家中的阳台走去，外面白雪纷飞，落了雪的大地白茫茫的真干净，他走出来，抬头不远处有一个熟悉的人影，对面的阳台上果然站着她。

他那一霎特别的激动，几乎是翻越过自家的阳台，朝她所在的地方走去，他紧紧抱住她，在漫天风雪中大声说着他的情话，也是自白：

“青青，我爸和我妈不同意咱们在一起。”

“可是青青，没有办法，我喜欢你，我从小就喜欢你。”

“咱们从小就在一块，在彼此二十多年的生命里一直存在。可我妈竟然还要为我安排相亲对象，你放心青青，我一个都没有去，在我心中那个人只能是你，一直都是你。”

她落泪，在他怀中号啕大哭，像个孩子似的。在不停的风雪中，她激动到说不出话来，只是不断重复着五个字：“我懂得，嘉禾。”

“青青，爱是等待，爱是坚持，爱是永不放弃，我们一定要坚持住，我们已经坚持了那么多年，在这最重要的关头千万不能放弃……”

“我们的爱情一直都在，你放心，我不会放弃的，总有一天，爸妈会被我们对爱的坚持所感动，然后同意我们结婚生子，一起在乌镇慢慢相伴老去……”

两人都不记得到底在漫天风雪中站了多久，拥抱了多久。可两人在以后回想起自己的幸福生活时，都非常感谢那一天，那一刻。

虽然两人因为在寒风凛冽的大雪中站了太久，都不可避免地得了重感冒，可正因为两人的勇敢，因为那场雪中的告白，这场为爱坚持的相拥，彻底感动了双方的父母，他们同意了。他们也彻底明白，这两个孩子从小生活在一起，乌镇的乌篷船、烟水人家、青石板桥都一路见证了他们的爱情，他们早就在一个又一个似水年华的日子里，把彼此都放进了内心深处最重要的那个地方，任何人都代替不了。

似水年华的爱情，在乌镇走过，被流年雕琢得更美，像绍兴的女儿红醇厚芬芳。几十年后他们的爱情一直让儿女羡慕，不管他们的儿女多大了，他们一直都像当年恋爱时一样亲密，每天早晨一起牵手去公园锻炼，夕阳西下一起去散步，夜幕降临则一起在小院中静静地赏月亮，抬眼望星光……

“老婆子啊，还记得当年那场雪中我对你说的话不？”他们一起在小院中看月亮数星星的时候，他突然冒出了这一句。

“记得啊，老头子，你不会想让我重复一遍吧，那可不行，我们都多大了，早就不说那些肉麻的情话了，那是年轻人的事了。”她装作认真地看着月亮，一本正经地说着。

“好好好，你不说我说。爱是等待，爱是坚持，爱是永不放弃。老婆子，我们的爱情一直都在，下辈子我们记得还要相遇，还要在一起……”他慢慢地笑着靠近她，和她相拥。

虽然他早已不是当年那个英俊挺拔的少年了，脸上有了老年人的皱纹，背也渐渐地弯了，可无论再过多少年，在她眼中，他永远都是那个少年，从小和她在一起走过似水年华的少年。

他们的爱情，乌镇知道，真好。

夜空中最亮的星

苏苏遇见辰星的时候，是夏天，夜空中的星光格外璀璨，那天的月色也很美。

那天苏苏因为连续加班，在回家的路上体力不支晕倒了，而辰星刚好路过，看到她晕倒了便连忙开车把她送到了医院。

两个人怎么也不会想到，他们的爱情竟然就这样神奇的开始了。这个世界上真的是有一见钟情的吧，辰星在没有遇见苏苏之前，是不相信这个成语的，可他那天遇到了苏苏，说来奇怪，那是他们的初见，可他却觉得上辈子好像见过她一样，心跳得不行，这份心动从未有过，也许这就是一见钟情吧。

在苏苏出院的那一天，辰星来接她。在车上，他对苏苏说出了想说已久的话："苏苏，我喜欢你，也许你会觉得我很唐突，但是没有办法，我在遇见你之后，才相信了'一见钟情'这个词，也知道了它的威力。苏苏，我想和你在一起，我想照顾你一辈子。"他开车的手在方向盘上微微颤抖着，坐在副驾驶的苏苏清楚地看到了。

"谢谢你，辰星，谢谢你那天及时把我送到医院，也谢谢你来接我出院，可是我现在不想谈恋爱，对不起！”苏苏把头埋得很低，一字一句静静说出。

“没关系苏苏，我敢打包票，总有一天你一定会被我感动的，我会一直等你的。”辰星说得十分坚定。

苏苏没有想到辰星会这么执着的追求她。从那天开始，辰星每天给她发早安，晚安，每天早上准时八点在她家楼下等她，送她去上班，又每天傍晚五点在她上班的公司楼下等她下班。可是苏苏是一家杂志社的编辑，对于编辑这个工作来说，加班是常态。她一次又一次的跟辰星说让他早点回去，不要等她，也不要来接送她上下班了，可辰星一句都没听进去，依然我行我素。

对于辰星这样执着的态度，苏苏不可能不感动。只是，她真的还不想谈恋爱，因为她还没有从上一段恋爱的阴影中走出来啊。更何况辰星是那么阳光、帅气、干净的大男孩，家境又那么好，他完全可以找到比她更好的女孩子，她决定对辰星说清楚。

“辰星，明天开始你真的不用来接送我上下班了，你真的很好，可我还不想谈恋爱，你会找到更好、更让你心动的女孩子的。”

辰星笑得潇洒，语气和他的笑容一样：“苏苏，还记得那天我跟你表白说的话吗？我说过，在遇见你之前，我不相信‘一见钟情’这个词，可是第一次看到时，我就相信了这个词，我对你一见钟情。我相信总有一天你会对我日久生情的，因为‘精诚所至，金石为开’，你会看到我的诚意的。你现在不想谈恋爱没有关系，我会一直等到你想要谈恋爱的那一天，反正不管你怎么说我都不会走的。”

面对辰星这样的一番话，苏苏也不知道该怎么说。她的心开始动摇了，一周后，苏苏在 QQ 上答应了他。

他们就这样成了男女朋友。

辰星高兴极了，当天就来到了苏苏的家里，为她亲手做了一顿烛光晚餐。蜡烛、玫瑰花、巧克力，还有深情的拥抱和一切的浪漫与美好，在那顿烛光晚餐中，苏苏都一一深刻地感受到了。

如果时光能一直这样下去，该有多好，那么，苏苏和辰星一定会成为这个世界上最令人艳羡的情侣，他们会执子之手，与子偕老。可是命运最擅长的就是将世人的离别苦置于手心肆意把玩，一切都是上天的手在翻云覆雨。

“苏苏，你请一个月的假好吗？我带你去环球旅行吧，你不是一直想环球旅行吗？我早日和你一起圆这个梦吧。”有一天，辰星像往常一样为苏苏做饭，突然说出了这段话。

苏苏感到很诧异，总有一种不祥的预感：“辰星，你为什么突然说要带我去环球旅行，你怎么了？你是不是有什么事瞒着我？”也许是女人天生敏锐的第六感吧，苏苏一口气问出。

“唉，女人可真是这个世界上最敏感的动物啊，也是最容易想多的。哪有什么事啊，我就是今天闲着无聊在办公室翻到了一本环球旅行的杂志，然后我自然就想到了我最爱的苏苏啊，你一直都有环球旅行的梦，这不我就想带你去嘛。苏苏，就这么说定了吧，我带你来一场说走就走的环球之旅吧，你是答应还是不答应啊？”尽管苏苏心里还是觉得有些不对劲，可她看辰星用着往常一样的语调轻松地说着，便也不再追问了，于是就答应了他。

毕竟环球旅行，一直都是她从小到大的梦呀，而如今这个梦将由她最爱的人，也是最爱她的人陪她一起完成，想想也是人生乐事啊。

辰星是行动派，办好签证以后就开始了他们的环球之旅。他带苏苏从她最喜欢的法国开始，然后是日本、意大利、荷兰、西班牙、美国、瑞士……最后又回到中国。他们一口气去了十几个国家，留下了无数珍贵的回忆，那些相片和动人瞬间都一一留在苏苏的脑海中。

苏苏怎么也不会想到，这是他们第一次出去旅行，却也是最后一次。从此以后，她再也没有机会和辰星一起去旅游了，她在日后一个人回忆起辰星的时候总在想，如果当时辰星告诉她实话该有多好。可转念一想，就算辰星告诉了她实话，她又能怎么样呢？她也治不好他的病，每个人的命也许都是有定数的吧。

从结束环球旅行回到家后的第五天，辰星就开始住院了，直到他离开人世。

辰星的主治医生告诉了苏苏真相，原来早在一个半月前，辰星就已经查出来患有肝癌，而且已经是晚期了，无论如何都已经治疗不好了，所以他在人生的最后，还是想到了苏苏，他在人生的最后一个多月，还是坚定地要陪苏苏完成她从小到大想要环球旅行的梦。

苏苏知道真相以后崩溃了，她在辰星的病床前号啕大哭，把辰星的手放在她的脸上，泪眼婆娑地问他："傻瓜，你为什么不早告诉我真相？你不是答应要陪我细水长流走完这一生吗？你怎么能抛下我一个人？"

辰星似乎还有一点儿知觉，他将另一只手慢慢地抬起，用尽全力放在苏苏的脸上，他想要对苏苏说什么，可却发不出一点儿声音。他知道他的生命已经到头了，他只是不放心苏苏，他脆弱敏感的苏苏，该如何在这个世界一个人好好活下去？于是他试着张大嘴巴来说，希望苏苏能看懂他的口型。

苏苏看懂了，他们是早就"心有灵犀一点通"的情侣，她又怎么会看不懂呢？他最后的一句话是："苏苏，不要难过，我希望你坚强地活下去。如果你以后想起我，就抬头看看外面的星空，因为那里有一颗我送给你的最明亮的幸运星，它将代替我继续守护你。"说完以后，辰星的手滑落了，而苏苏的泪却再也止不住，瞬间决堤。

后来，每到夜晚，尤其是星星特别多的时候，苏苏总会一个人在家中的阳台上独自坐着，然后抬头看天空，看月亮，看星星，看那无数的繁星中最亮的一颗在哪里。

因为她知道，那最亮的一颗就是她的辰星呀。辰星已经化成了那夜空中最亮的星了。她知道的，他一直都在，他一直陪着她，只是用另一种方式罢了。

因为，爱是不变的星辰，爱是永恒的星辰，永远，永远都不会在银河中坠落。

十年

因为爱情，怎么会有沧桑，所以他们还是年轻的模样。因为爱情，在那个地方，依然还有人在那里游荡，人来人往。

那一年，吴骏十三岁，颜薇薇十二岁。他们奇妙地成了初中同学，更巧的是，他们还成了同桌。

十几岁的年纪敏感、纯真，总是有一些特别懵懂飞扬的小心思洋溢着，后来他们才知道，原来那些小心思就是青春呀，是人生最初青涩的爱恋，是那枚叫作“初恋”的种子静静地在播撒着。只是这枚种子能否开花结果，要看缘分深浅。

吴骏是理科学霸，而颜薇薇不是，她恰恰相反。其实他们并不是一个世界里的人，因为文理科思维本来就是两种对立的思维，像太阳与月亮，像烈火与冰雪，像西方的油画和中国的水墨画，根本不在同一个维度中。可是他们之间的气场却很奇妙，似乎被对方深深吸引着，但是他们谁也没有说，那层初恋的纸谁也没有捅破。

就这样子平静地过了三年，三年以后，他们去了不同的学校，各奔东西。毕业典礼的时候，吴骏走到颜薇薇的面前，目光深邃得像星空，永远地留在了她的脑海中：“薇薇，其实这三年我一直都喜欢你，可是我不知道你是不是也一样喜欢我，所以我一直没有对你说这三个字”。

颜薇薇的心里有一万头小鹿在乱撞着，她虽然低头，可那从心底绽放出来的笑容却怎么也藏不住，像六月窗外的栀子花开得正浓。

吴骏看到她的笑容很高兴，他走得更近了一些，说：“我们要毕业了，马上就要各奔东西了，我可以请你喝杯奶茶吗？薇薇，我知道你很喜欢喝奶茶，一直都知道。”

颜薇薇没有拒绝他，他们一起去了学校附近的奶茶店。

“老板，来两杯珍珠奶茶，去冰，一杯七分糖，一杯半糖。”过了一会儿，吴骏从老板手中接过那杯七分糖的珍珠奶茶递给她，然后他自己再接过那杯半糖的珍珠奶茶。

颜薇薇诧异，问他：“你怎么知道我爱喝七分糖的珍珠奶茶？”

吴骏哈哈大笑，像邻家大男孩，说：“我当然知道，这三年你每次来这家奶茶店点的都是七分糖的珍珠奶茶，喜欢一个人当然要了解她的爱好啊……”

颜薇薇听了心中一暖，那一刻，她觉得这辈子可能都不会喝到这么好喝的珍珠奶茶了。

喝完奶茶后，他们踏着晚霞而归，各自回车站。分别的那一刻，吴骏对颜薇薇说：“薇薇，我想抱抱你，好吗？就当这三年时光最后的纪念。”

颜薇薇没有回答，向吴骏张开双臂，有时候，言语是多余的，实际行动才是最好的证明。在拥抱颜薇薇的那一刻，吴骏轻轻地在她耳边说了一句话，像乍起的微风，吹皱她心中的一池春水：“薇薇，如果十年以后，我们还互相喜欢，我们就在一起好不好？”

颜薇薇笑得像个孩子，说：“好，我答应你，你不要忘了你对我说的这句话哦，就以十年为约。”

他们的十年之约，关于爱情，关于青春的美好，那天的晚霞是最深刻的见证者。

流光容易把人抛，红了樱桃，绿了芭蕉。时间之箭飞速疾驰，转眼间十年光阴弹指而去。

十年之后，他们都大学毕业了，吴骏成了一名年轻的软件工程师，而颜薇薇则成了一个著名杂志社的总编，可以说他们的工作是南辕北辙，毫无交集。

可是命运的奇妙，往往在于兜兜转转的难以预料。这十年来，他们并没有过多的联系，只是偶尔会在 QQ 或者微信上问候一声，告诉对方现在的生活状态是怎么样的。

可是真正的爱情是不会被时间打败的。十年后，吴骏约颜薇薇见面吃饭，终于对她说出了想说已久的话：“薇薇，十年过去了，我还喜欢你，你呢？还记得十年前我说的话吗？”

颜薇薇当然记得的，这十年来，她没有忘记过他，虽然她的身边有很多优秀的男孩子来跟她表白，但是她都拒绝了，因为她的心底一直都有一个人存在，那个人不是别人，那是她一整个青春呀，那是她内心深处最恣意飞扬的年少时光啊。

“你还在，我又怎么会提前散场呢？”颜薇薇只说了一句话，却抵过了千言万语，也在他的心间掀起了万丈巨浪。

“那么我们履行十年前的约定，我们在一起吧。”

“好，原来这十年，我们终于还是回到了原点。”

他们在一起了，每天都甜蜜到被身边的朋友各种嫌弃。后来，他们很自然而然地结婚了，从校服到婚纱，他们成了别人眼中艳羡的情侣。

“你当年怎么就那么轻易地答应我了呢，你难道就没有想过十年是一个太长的数字，也许当时我不过随口一说呢？”吴骏调侃道。

“因为是你，所以我相信你会来。”他们如往常一样在吃完晚饭后，一起在小河边散步。

“今天这个夜景很迷人，特别适合喝奶茶，我们去喝奶茶吧。”吴骏牵起颜薇薇的手，掌心的温度让她倍感踏实。

“好呀，对哦，我今天都没喝奶茶，难怪感觉有件事没做一样。”颜薇薇的笑在月色中格外动人。

吴骏开车带颜薇薇去了十年前初中学校附近的那家奶茶店，他的话和当年一样，眉宇间也还是那个简单干净的邻家男孩。“老板，来两杯珍珠奶茶，去冰，一杯七分糖，一杯半糖。”点完后两人相视一笑，吴骏从老板手中接过那杯七分糖的珍珠奶茶递给颜薇薇，然后他自己再接过那杯半糖的珍珠奶茶。

十年前的动作，十年前的话语，十年前的人，一切都仿佛是十年前的模样，丝毫未变。原来爱一个人，就是无论过多久，始终都记得对方的爱好，然后放在心里，久而久之就成了习惯，就再也割舍不下了。

那家奶茶店见证了他们十年不变的爱情，那晚醉人的夜色也记录了他们美丽的爱情和动人的瞬间。

十年，是一个很大的数字，十年很长，很远，很缥缈。虽然只有两个字，可谁又能确定十年以后你还会爱着现在爱着的人吗？谁又能预料这十年中会遇到多少诱惑？能够抵挡住十年的诱惑，能够十年如一日地爱着一个人，记挂着一个人，并且把这个人放在心里，是件多么不容易的事。

这世界上有多少的校园初恋，都纷纷断送在了时光的断壁颓垣中。能够修成正果的一定是特别的缘分，也许是茫茫前世就已开启的因果吧。

十年前吴骏和颜薇薇青涩懵懂，十年前他们青春美好，那是他们彼此最美妙的三年青春，十年后他们成熟稳重，依然还记得对方，没有被时光这场可怕的洪水给冲散，所以他们在一起了，自然会成为人人艳羡的伴侣。

十年红尘，兜兜转转，终于还是成就了这一段年少时就开启的情缘，因为爱情。

遇见你，刚刚好

爱情这回事很奇妙，有的人在一起一辈子都不会擦出火花，而有的人在一起十秒钟就已经天地鸿蒙。

萧彻与陈盈就是后者。她一直忘不了他们的第一次见面。

那一日是盛夏，可西湖的游人却依旧来来去去不断，陈盈去曲院风荷写生。万千朵荷花亭亭玉立的盛放在那一弯碧波上，美极了。她陶醉于接天莲叶无穷碧的美景中，想要用手中的画笔定格这极致的江南风光。

陈盈画得正尽兴的时候，忽然眼前出现了一个人影，身形挺拔、傲岸如竹、眉目英俊，拥有干净清澈的眼神。那一刻，她看到他的时候，以为看到了偶像剧中的男主角，缥缈恍惚不似人间。

她记得那天他穿了一件干净的蓝色 T 恤，像大男孩一样的笑容洋溢在脸上，像天空的蓝，简单干净。

这一面，是他们的初见，却好像久别重逢。

因为他们互相对视的那一眼，心里都好像银瓶乍裂。后来，陈盈问萧彻为什么第一次初见就对她表白了，萧彻说没有原因，就是那一眼心动了，看她拿着画笔那样静静地画着荷花，看着看着觉得她也好像变成了曲院风荷中的一朵荷花，带着晶莹剔透的露水装饰了他的梦……

他们的爱情很简单，就是这样相遇在盛夏的曲院风荷中，然后就开始了彼此纯粹温暖的爱情。他们这对恋人是互补的，气场相合，萧彻是金融界的名流，整日和数字打交道，而陈盈是天马行空、兴趣广泛的畅销书作家。他与她，看似两条平行线，然而却被缘分指引，奇妙的相交在了一起，折射出了万道光芒，那光芒叫作爱情。

他们结婚以后却依然每日甜蜜得如同谈恋爱时，从未红过脸，羡煞了身边的朋友。朋友向他们取经是怎样做到的，他们的回答十分默契，两个人之间要长久地相处下去其实很简单，主要有两大秘诀：第一就是要始终保持着对爱情的新鲜度；第二就是要充分建立在彼此理解、包容与尊重的基础上，只有这样的爱情才能够真正长长久久地走下去。

萧彻与陈盈都做到了，他尊重她，他喜欢她的诗情画意，他也喜欢她脑袋里那些天马行空的鬼点子，而她也十分喜欢他的踏实稳定。

萧彻热爱旅行，在他的影响下，原本爱宅在家中的陈盈也变得爱旅行了。他带她去北京看故宫、长城、圆明园，去新疆看天山上的雪莲绝美绽放，去丽江看玉龙雪山和泸沽湖，去西安看秦始皇兵马俑，还带她去西藏看了那神圣的布达拉宫。

因为萧彻明白，热爱文字的她从小就喜欢读仓央嘉措的诗，他知道她少女时代的梦想就是希望未来找到对的人，然后一起去布达拉宫，听一听当年仓央嘉措的爱情。而他，就是那个对的人。

仓央嘉措说："那一世，转山转水转佛塔啊，不为修来生，只为途中与你相见。"这一句诗，对陈盈来说，又何尝不是呢？在她生命中最好的年华里，遇见了萧彻，等到了最好的那个他。

萧彻简直是个完美的人，英挺的身材，像太阳一样迷人的笑容，对她无限的包容和无微不至的关怀，完全满足她少女时代对未来另一半的所有刻画。她的朋友都羡慕她遇到了这样的另一半。陈盈也觉得自己是这世界上最幸福的人。与文字结缘的人，本身就格外的敏感和脆弱，而她终于遇见了能够包容她这些敏感、脆弱和小任性的人，这是上天对她的恩赐，她在布达拉宫的时候就一直这样想着。

他们从西藏回来的时候就一直牵着手，陈盈说萧彻是夜空中最亮的星，萧彻笑着问她："那你是什么呢？"

陈盈用俏皮的语调说她是月华一剪，也许前世就曾与他相约，今生才得以相遇，彼此交汇的那一刹那，一同绚烂了整个夜空……

说到最后，她对他说："遇见你之前，我从未想过结婚，因为我爱极了自由，而遇见你之后，我再也不想嫁给别人。"

萧彻听完，笑着刮了刮她的鼻子，宠溺地低低一语："真是个'小傻瓜'……"却在不经意间把她的手握得更紧了。

这一双手，这一生一世，他们都不会放开，就这样一直牵着，走遍千山万水，走过春夏秋冬，走到细水长流吧。

爱是混混沌沌、天地初开的时候，那已经盛放的玫瑰。

爱是不早不晚你我都在，天地光阴也都在。

爱是遇见你，一切刚刚好。

杜若归

一、菩提往生

中医馆一如既往地安静，午后光影极长，有清风徐徐吹来，愈发显得它静。这家中医馆的老板是霏霏的父亲，不过他并不是霏霏的亲生父亲，霏霏只是他收养的一个孤儿。

这家中医馆叫“杜若归”，霏霏刚来到这儿的时候，看到这个名字，着实惊了一下，总觉得有很多的故事在这三个字里面。

霏霏每次问父亲为何取了这个名字，他总是沉默，然后摇头，目光投向远方天际，叹息声不断，说：“霏霏，等到有一天，时机成熟的时候，我会把它告诉你的，我会把这‘杜若归’中所有的故事都告诉你的……”

可每次父亲越是这样说，霏霏的好奇心就越重。终于，在霏霏无意中看到那张照片的时候，再也按捺不住心底的疑惑，再次问起父亲有关“杜若归”的来龙去脉。

那张照片上只有一个女人，大约三十岁，衣着简单素净，只是穿了一件简单的天青色的长裙。可霏霏只看了那一眼，便被照片上折射出的风采震撼到了，那种清雅的出尘之姿，像极了春色满园中的一朵皎白梨花，在皎皎月华的流照下美得不可方物……这才是真正的美人，历经岁月沉淀后依旧如水温婉的美人。看着她，霏霏的脑中一直转着一个念头——她一定与这“杜若归”里的故事有关。

父亲拿起那张照片，将它放在心上，不停地抚摸着，似乎抚摸着久违的绝世珍宝，他的眉头紧锁着，慢慢地一点一点舒展开，轻轻一语，无限温柔：“霏霏，你去煮一壶白毫银针来，现在时机到了，我把‘杜若归’的故事全部告诉你。要说她的故事，怎么可以没有白毫银针相陪呢？因为，我讲的是她的故事，而白毫银针，又是她最爱的茶啊……”

煮水，温杯，投茶，等待茶香氤氲。

霏霏与他一同等待着这款白毫银针的绽放。

水沸，茶韵亦随之袅袅而出。

茶好了，他开始讲他的“杜若归”。

二、山中人兮芳杜若

故事的主人果然与“杜若归”有关，而故事的主人也印证了霏霏的直觉——是那张照片的主人。

杜若归，杜若归，只待杜若如期而归……

这个故事是深情的，是缱绻的，是曲折的，深情到让人难以置信。

故事的开始是在20世纪80年代的乡村，在那袅袅炊烟缓缓升起的古村落中，日子是过得极慢的。

山静似太古，日常如小年。

古村落中有一户人家特别知名，那是医学世家方家。方家历代行医，精湛的医术在整个古村落中特别出名。

到了方杜若这一代，已经是第六代了。

方大成总是抱着怀中的小女儿方杜若感叹："杜若啊杜若，你要是个男孩子多好呀，我们方家从来没有女孩，都是男丁，为啥到了你这一代，偏偏就是女孩呢？莫非你这一生的命运……"

一转眼十几年过去，杜若也长成了窈窕淑女，如她的名字一样，伊人独居在空谷，空谷生杜若，杜若自流芳。

她的美貌与才情传遍了古村落，前来求亲的人络绎不绝。

可她都不喜欢，她只喜欢她的青梅竹马，邻居之子——李杨。

郎骑竹马来，绕床弄青梅。青梅竹马十几载的情意，自是旁人难以替代。

然而方大成却十分不喜欢李杨，硬生生地将这对有情人拆散，酿成了两人日后一生的悲剧，一手造就了两人日后久久不散的噩梦。

大概人生，总是事与愿违。这世间之事，你越期许的，往往越难实现；你越不想遇到的，却偏偏会遇到。

杜若只留了一纸书信便孤身一人去了北京，离开了这个她从小生长的古村落，离开了家乡的重峦叠嶂，投身大都市的目眩神迷。她希冀，能在北京重新开始她想要的人生。

三、涅槃重生

《庄子·秋水》云："南方有鸟，其名鹓雏……非梧桐不止，非练实不食，非醴泉不饮。"

杜若从小饱读诗书，她一直最爱凤凰这种鸟，虽然她外表温婉，可她知道，她骨子里是怎样骄傲的一个人。

她对于爱情，一如凤凰对于周遭环境的挑剔。如果找不到真正让她心动并愿意与之一生相携的那个人，那她宁可孑然一身，萧萧独立，哪怕一辈子。

世事的奇妙往往在于兜兜转转，你永远都不知道下一秒会遇见什么人，又会发生多少故事。

杜若怎么也料不到，她在有生之年，还能和青梅竹马十几载的李杨重逢，在这阡陌人世中。

李杨一直未娶，即便被家人三天两头逼婚，他仍旧坚持。他发奋图强，年纪轻轻已经是 ×× 局的局长了。他私心里，一直在等待杜若，因为他笃定自己一定能等到杜若。

也许是上天也怜悯他对杜若这么多年都未曾变过的心思，终于让他们重逢，这一次，再也没有人可以拆散他们。

他要和他的杜若生生世世都在一起。

长沟流月去无声，十年光阴弹指间如长江水流滔滔奔去。

杜若以后在国外回想起这十年，总觉得是梦，那一定是前世的美梦，突然一朝密雨斜侵，惊雷滚滚炸裂她的今生，梦醒！

梦醒之后，她与李杨咫尺天涯。

因为一场突如其来的车祸，她独自在国外待了十年。

终其一生，她也无法忘记那一日。那一日她端坐在家中的绣架前，任凭窗外大雪下得如何淋漓肆意，她只是静静地绣着她心中的空谷幽兰，一如往常在等待着她的归人。

风雪夜归人。她的李杨，倒真的做了一回诗词中的风雪夜归人。

“杜若，我们出去踏雪吧，你不是特别喜欢下雪天吗？”李杨的声音仿佛携着窗外飞雪而来，那样清凉，那样入心。

她当然没有拒绝，笑着放下了手中的针线，便起身和他牵手一起去踏雪了。

天有不测风云，谁也没有料到，就在他们踏雪尽兴而归的路上，竟然会遇到一场车祸，两个人都不可避免地受伤了。

如果时光能够倒流，杜若一定不会答应李杨和他一起去踏雪。可惜，这世上从来都没有“如果”两个字。所谓的如果，也只是世人不切实际的幻想罢了……

四、归去来

白毫银针已经泡到第十泡了。霏霏与父亲来来回回不知喝了多少杯。

而他们父女二人都未尽兴，还要再喝。

霏霏难掩心头的震撼，震撼之余，又有着满心的疑惑，开口道：“父亲，那么后来呢？杜若阿姨和李杨叔叔他们被救了吗？”

他缓缓冲泡着第十一泡，龙泉青瓷盖碗在他的手中似乎有一种特别的魅力，他的声音有些缥缈，像极了这袅袅而起的茶韵，说：“很幸运，他们被好心人救起，只是李杨的右腿还是瘸了，而杜若的脸伤得很重，只能去国外接受治疗，说来今年已经是她去国外的第十个年头了。她的病差不多好了，算算日子，她也该回来了……”

他还未说完，身边的手机已经“嘟嘟嘟”地响个不停了，他看着上面的名字，神情与他的语气一般激动：“杜若，你等着我，我这就去接你！”

他的声音带着万分激动难耐，抬眼望向霏霏的目光中亦焕发出了无限神采，说道：“霏霏，现在你陪我一起去机场接杜若阿姨，好吗？”

霏霏毫不犹豫地答应了他，一路上，她开口问了他一个问题：“父亲，你就是李杨，对吗？”

他笑着拍拍她的脑袋，默认。

霏霏看着他有些瘸的右腿，泪流满面。

在霏霏见到方杜若的那一刻，她终于明白，为什么父亲这么多年从来都是一个人，从来没有想过要找一个伴。方杜若的美如同美酒，这种美，不会随着时间流逝而褪去，只会像美酒一样越来越醇厚、芬芳。

眼前的女子依旧穿着如照片上一样的天青色长裙，依旧清雅婉约，有风吹来，吹得她整个人更加飘飘独立。

他紧紧抱住她，在她耳边呢喃。那份深情，是这红尘中大多男子不会给予的深情；那份深情，一如当年，一如二十年前的重逢和十年前的生死瞬间。他说："杜若，十年了，你终于回来了。你知道吗？我为你在你最爱的地方建了一座中医馆，它的名字就叫作'杜若归'……"

转烛飘蓬半世归，从此，他为她笑傲烟云，她为他红颜尽欢。

生生世世，再不分离。